Anne Eliot Crompton
Merlins Tochter

PIPER FANTASY

Zu diesem Buch

Auf der verborgenen Insel Avalon wächst die Elfe Niviene heran, beschützt und umsorgt von ihrer Mutter, der Herrin des Sees. Anders als ihre Artgenossinnen besitzt sie ein fühlendes Herz und wird von Merlin, dem großen Zauberer, unterwiesen. Eines Tages begegnet ihr Artus, und die beiden entbrennen in Leidenschaft füreinander. Nach dem Gesetz des Zauberwaldes müßte Niviene den Eindringling töten, doch sie entläßt ihren Liebhaber in die Freiheit, nicht ahnend, daß er tatsächlich ein mächtiger König ist. Als ihr gemeinsamer Sohn auf mysteriöse Weise verschwindet, ertränkt Niviene vor Kummer ihr Herz im Fluß. Gemeinsam mit Merlin zieht sie nach Camelot, wo sie Artus wiederbegegnet. Mit Hilfe ihrer elfischen Zauberkräfte steht sie ihm im Kampf gegen die Sachsen bei. Doch als Morgan, Artus' Halbschwester, ihm das magische Schwert Caliburn stiehlt, wendet sich ihrer aller Schicksal.

Anne Eliot Crompton, geboren 1930, lebt in einem Bauernhaus in den Bergen von Massachusetts. Als das jüngste ihrer fünf Kinder zur Schule kam, begann sie mit dem Schreiben. Sie verfaßte insgesamt sechzehn Jugendbücher und phantastische Romane. »Merlins Tochter« ist der erste von drei Romanen, die um das Motiv der Artus-Sage kreisen, ihrem erklärten Lieblingsthema.

Anne Eliot Crompton

Merlins Tochter

ROMAN

Aus dem Amerikanischen von
Joachim Pente

Piper München Zürich

Die Gedichte im Text wurden
von Birgit Reß-Bohusch übersetzt.

Deutsche Erstausgabe
1. Auflage April 2003
2. Auflage Mai 2003

Titel der amerikanischen Originalausgabe:
»Merlin's Harp«, ROC / Penguin Books USA Inc., New York 1997

Umschlagkonzept: Büro Hamburg
Umschlaggestaltung: Nele Schütz Design, München
Umschlagabbildung: Ruth Sanderson
Gesamtherstellung: Clausen & Bosse, Leck
Printed in Germany ISBN 3-492-26510-3

www.piper.de

Inhalt

Ein Blätterlied der Ratseiche

Wasser aus den Felsen bricht,
Stürzt ans Licht,
Schenkt Wurzeln Kraft,
Füllt Stamm und Ast und Zweig mit Saft.
Erfüllet jedes durst'ge Blatt,
Auf daß es leuchtend grün und satt.
Diebisch kommt der Sonnenstrahl,
Saugt das Naß ins Wolkenall.
Regen fällt
Hinab auf die Welt,
Sickert tief in das Gestein,
Ein neuer Quell zu sein.

1

Merlins Harfe

Als ich noch eine sehr junge Frau war, warf ich mein Herz fort.

Ich baute ein Boot aus Laub, Weidenzweigen und Riedgras, ein Boot, das Platz in der Mulde fand, die ich mit meinen Händen formte. Da hinein legte ich mein verwundetes, unglückliches Herz und ließ es auf den regenumnebelten Wassern des Elfenflusses treiben; ich schaute ihm nach, wie es auf und ab hüpfte und kreiselte, dahinglitt und sank. Seither lebe ich herzlos – oder beinahe herzlos –, kalt wie Frühlingsregen, so, wie die Menschen glauben, daß alle Elfen leben. Menschen, die ich kennengelernt habe, wären erstaunt, wenn sie erführen, daß ich einst ein Herz hatte, das hüpfte, jubilierte, verzagte, höher schlug, wärmte, umarmte, erstarrte oder verschmähte, so wie ihr eigenes.

Ich wuchs auf eine seltsam menschliche Weise in einem Haus auf, inmitten einer Familie. Meine Mutter Nimway, mein Bruder Lugh und ich wohnten in der Herrinnenvilla auf der Apfelinsel, die menschliche Barden Avalon genannt haben. Ja, wir *wohnten* dort. In den meisten Nächten schliefen wir innerhalb der Mauern jener Villa. So manche Mahlzeit bereiteten wir über der mit Steinen umzirkelten Feuerstelle im Hof der Villa zu. Wenn wir die Gesellschaft der anderen suchten, gingen wir hinein, wo jeder von uns seinen eigenen, besonderen Raum hatte. Die Wände des Zimmers meiner Mutter waren mit Wellen bemalt, die längst verblichen waren, und mit fremdartigen springenden Fischen, wie wir sie nie im Elfensee fingen. Mein kleines Zimmer war ringsherum mit Wandmalereien von Reben verziert – anderen als denen, die sich an den Mauern der Villa emporrankten und sie tarnten – und Trauben von purpurfarbenen Früchten. Wegen dieser Malereien waren Lugh und ich immer überzeugt, daß es Welten jenseits des Elfenwaldes geben müsse, wo geheimnisvolle Kreaturen lebten. Nur wenige Elfenkinder wachsen mit diesem Wissen auf.

Wie andere Kinder ging ich fort und schloß mich der Kindergarde an, sobald ich groß genug war, um auf mich selbst aufpassen zu können. Doch anders als andere Kinder behielt ich die Villa als mein Zuhause in Erinnerung; ich entsann mich der Herrin, meiner Mutter, und wußte immer, daß Lugh, der große blasse Junge, der oft mit mir Wache stand, mein leiblicher Bruder war. Wir hatten an denselben Brüsten gesogen und auf demselben kühlen Fliesenboden laufen gelernt. Wir hatten ein ganz besonderes Verhältnis zueinander, wie es keine zwei anderen Kinder hatten.

Und obwohl ich es erst eingestand, als unsere Gardistenzeit endete – und auch da nur meiner besten Freundin Elana –, wußte ich immer, daß ich, wenn ich erwachsen werden und die Garde verlassen würde, nach Hause gehen würde.

Die Villa umschloß uns und umwand unser Leben, wie die Reben die Villa umwanden. Die Apfelinsel hielt uns vom Festlandselfenwald und unseren stillen Elfennachbarn getrennt. Hätten wir auf dem Festland gelebt, dann hätten wir von fern unsere Nachbarn erspäht, so wie wir einen Blick auf andere wilde Kreaturen erhaschten; durch langsame, bedächtige Annäherung hätten wir viele von ihnen mit Namen kennengelernt und mit manchen gar Freundschaft geschlossen. Aber der See hielt uns – größtenteils – in uns selbst gefangen.

Durch diese familiäre Art zu leben bekam ich ein nahezu menschenähnliches Herz. Es war eine Mißbildung. Selbst an dem hellen Frühlingsmorgen, als ich mit meiner besten Freundin Elana auf die Ratseiche kletterte, wußte ich, daß ich nicht länger mit diesem Herzen leben konnte.

Die Herrin, die so vieles wußte, muß gewußt haben, daß ich ein Herz hatte.

Elana wußte es. Es machte ihr nichts, weil auch sie ein Herz hatte. Tatsächlich war ihres größer und wärmer als meines, und es wurde immer verzweifelter. Ich hatte keine Vorstellung davon, wie verzweifelt, denn für eine solche Intensität gab es keinen vergleichbaren Fall in unserer Elfenwelt.

Die Ratseiche überragt alle Apfelbäume Avalons. Zu

jener Zeit klaffte ihr mächtiger Stamm weit offen: Ein Blitz vom Himmel hatte ihn vor langer Zeit gespalten. Ein geringerer Baum hätte längst seine Kraft eingebüßt, wäre umgefallen und hätte sein Leben der Göttin zurückgegeben. Aber die junge Eiche, die wir Ratseiche nannten, bäumte sich auf und suchte die Sonne.

Empor klommen wir, Elana und ich, von größeren Ästen zu kleineren, vorbei an neuem Laub und Misteln, durch Drosselgesang und Grasmückenschwarm. Einige Tage zuvor hatten wir endlich die Kindergarde verlassen; immer noch waren wir in die ›unsichtbaren‹ Mäntel gehüllt, in denen die Wächter aus Baumwipfeln und Büschen in das Menschenkönigreich jenseits unseres Waldes spähen. Wir hatten ein wenig herumgelungert, Buden gebaut und herumgestöbert. Und dann hatte ich zu Elana gesagt: »Komm mit mir nach Hause.« Und Elana war mit mir gekommen.

Jetzt kauerte ich in der höchsten Astgabel, die mein sehr geringes Gewicht tragen würde. Elana hatte sich ein Stück tiefer niedergelassen, denn sie war ein großes Mädchen; sie hatte echtes Gewicht. Zusammen spähten wir über die ganze Apfelinsel, den Elfensee mit seinem dunklen Wald, der ihn umgab, und die schimmernden kleinen Bäche, die den See speisten, sowie den breiten Fluß, der gen Osten floß, zum Königreich.

Ungezählte weißblühende Apfelbäume standen dicht an dicht auf der Insel unter uns. Die Bäume versteckten Avalons zwei Wohnbauten, aber ich wußte, wo sie waren. Otter Mellias' neu erbaute Hütte stand auf Stelzen über dem Wasser am östlichen Ufer. Die Herrinnenvilla duckte sich zwischen den Weiden am Westufer. Hätten wir die Ratseiche in längst vergangenen Zeiten erklommen, hätten wir von ihr aus die Villa sehen können. Sie hätte uns entgegengeleuchtet, uns geblendet, weißer Stein zwischen blühenden Gärten. Vielleicht hätten wir riesenhaften menschlichen Gestalten wie jenen, die auf die Wände der Villa gemalt waren, dabei zugesehen, wie sie über den Hof gingen oder sich neben dem Springbrunnen miteinander unterhielten. Der Springbrunnen hatte damals, so die Herrin, noch Wasser gespien...

Elana flötete wie eine Amsel. Ich blickte nach unten und sah, wie sie ihre plumpen Hände zu stummer Zeichensprache hob. Sie schrieb: *Lausche den Blättern.*

Ich hatte ihr gesagt, daß das raschelnde Laub der Ratseiche uns einen Rat erteilen werde. Das hatte die Herrin gemeint. Jetzt lauschte ich den Blättern, aber ich hörte keine Worte. Ich zuckte mit den Achseln.

Elana schaute traurig zu mir auf; das runde Gesicht leuchtete so weiß wie die Apfelblüten unter uns. Ihr rotbrauner Zopf lag über einem Ast wie sonnengesprenkelte Borke. Sie schrieb: *Frag! Frag die Eiche: Wird er mich jetzt bemerken?*

Ich schrieb zurück: *Wer? Wer soll dich bemerken?*

Nahezu verzweifelt: *Er! Der, nach dem ich mich verzehre!*

Ich seufzte. Über diesen ›Er‹ hatten wir uns schon einmal unterhalten. Ich glaubte, meine Freundin sei verhext, wie eine menschliche Heldin im Lied irgendeines Barden. In dem ganzen Wald gab es nur einen für sie. Wenn er bei ihr läge, dann würde sie erblühen wie der Frühling; wenn er sie jedoch verschmähte, dann, so fürchtete sie, würde sie glatt verwelken. Noch nie hatte sie bei jemandem gelegen, nicht einmal bei den Mondblütentänzen, obwohl wir jetzt beide von der Göttin blutgeweiht waren. Das gleiche traf auf mich zu, aber nicht aus einem so merkwürdigen Grund.

Wieder lauschte ich dem Wind in den Blättern der Ratseiche, und diesmal glaubte ich ein fernes Wispern zu hören. *Nach unten.*

Ich schrieb Elena: *Nach unten. Das ist alles, was die Blätter sagen. Nach unten.*

Horch noch einmal genau hin, Niviene!

Ich horchte noch einmal und glaubte zu hören: *Mädchen. Hinab.*

Und dann sangen leise, ferne Stimmen im Chor:

Mägdelein fein,
Fein Mägdelein,
Hinab, hinab,
Schautraudich hinab.

Es stimmte also, was die Herrin gesagt hatte: Das Laub der Ratseiche gab Ratschläge! Aber sie sagte uns das, was sie uns mitteilen wollte, und nicht das, wonach wir sie fragten. Ich beugte mich vor und um den Ast herum und spähte nach unten durch Laub und Misteln. Drunten zwischen den alten Apfelbäumen sah ich ein glänzendes Geheimnis.

Es stand hochaufgerichtet ganz allein, wie kein Elf jemals stünde. Schützenden Schatten verschmähend, glänzte es im prallen Sonnenlicht, augenfällig wie ein

Baum – oder wie ein Mensch, der seine eigene Art für die Könige der Welt hält.

Einmal hatte ich einen Rothirsch so stehen sehen, sorglos und stolz; sein Sommerfell hatte in dem gleichen Bronzeton geschimmert. Die Kindergarde des Ostrandes hatte sich tagelang an ihm gütlich getan.

Ich raffte meinen ›unsichtbaren‹ Mantel und kletterte hinab, Hand unter Hand. Ich kam an Elana vorbei, die die Finger hob, um zu fragen: *Was? Wo?*, und glitt den Stamm hinunter wie ein Schatten. Über mir hörte ich die leisen Gewichtsverlagerungen Elanas, die mir folgte. Unten angekommen, schlich ich geduckt von einem graugrünen Stamm zum nächsten, schnuppernd und witternd wie eine Füchsin. Meine Nase sagte mir schnell, daß ich keinen Hirsch vor mir hatte. Ich roch Rauch, Staub, einen Körper, der selten gewaschen wurde, und ganz gewiß nicht in jüngster Zeit. Einen Körper, der sich von Fleisch ernährte. Ich blieb hinter einem Erlendickicht stehen und spähte hindurch.

An einem Apfelbaum lehnte eine sehr großgewachsene, sehr bleiche junge Frau. Ihre Größe war erstaunlich, wie auch ihre Haut: milchweiß wie die Elanas und goldgesprenkelt. Sie wandte das schmale, leere Antlitz zum Himmel. Einer ihrer hüftlangen bronzefarbenen Zöpfe hatte sich gelöst. Der andere wurde immer noch von einem glänzenden roten Band zusammengehalten, das sich von oben nach unten um ihn wand.

Ich sah allein ihren strahlenden Glanz. Alle Vernunft und das strenge Urteil meiner Nase fahren lassend, dachte ich: Da steht die Göttin selbst! In jenem unvergeßlichen

Augenblick fühlte ich das, was Menschen fühlen, wenn sie einen von uns erblicken. Ich schrumpfte in mich zusammen. Mit trockenem Mund und zu Berge stehendem Haar duckte ich mich unter ihrem bleichen Blick, reglos wie ein Hase unter kreisenden Falken. Seitdem, wegen dieses unvergeßlichen Moments, habe ich Nachsicht mit manch arglosem Menschen geübt.

Ich spürte Elanas heißen Atem in meinem Nacken. Wenigstens stand ich der Göttin nicht allein gegenüber! Eine von meiner Art atmete hinter mir und hielt meine Schulter mit einer zitternden, lastenden Hand umfaßt.

Meine Freundin Elana war größer und schwerer als ich, aber nicht stärker. Elana hatte keinen Funken, keinen Krümel, kein Quentchen Magie in ihrem plumpen Leib oder kindlichen Geist. So kauerte ich mich zwischen sie und die Göttin. Ich hatte das Gefühl, sie vor der Göttin beschützen zu müssen. Sie war meine Freundin. Ich mußte mich der Göttin für uns beide entgegenstellen.

Dann endlich sammelte ich mich, kam wieder ein wenig zur Vernunft, hörte auf meine Nase. Mir fiel auf, daß die weiße Tunika der Göttin, die eigentlich wie die Sonne hätte leuchten müssen, dreckverschmiert war. Ihr Überkleid, wunderbar blau und reich bestickt, war von Dornen zerrissen, ihre schlanken weißen Handgelenke waren zerkratzt. An ihren weit aufgerissenen, glasigen Augen erkannte ich, daß sie in einem schweren Rauschzustand war. Dreck! sagte meine Nase, Fleisch! Met! Großpilz! Ein tiefer Atem der Erleichterung füllte meine Lunge. Dies war keine Göttin.

Was war sie dann?

Ein weiblicher Mensch, das war sie. Ein Mensch, naturgemäß größer als ich, aber nicht viel älter; dünn, berauscht, unbewaffnet. Nicht einmal ein Messer steckte in ihrem buntbestickten Gürtel. Ihre blutig zerkratzten Hände hingen hilflos herunter.

Ein weiblicher Mensch stand unter den blühenden Bäumen der Apfelinsel, auf die kein Mensch seinen Fuß gesetzt hatte, seit die Römer gegangen waren (sagte die Herrin). Und ich, die junge Niviene, eben noch Kindergardistin, hatte sie gefunden! Was täte die Herrin, wenn sie an meiner Statt hier kauerte?

Ich richtete mich auf und schritt um die Erlen herum. Hinter mir hörte ich Elana japsen. Ruhig näherte ich mich der Beute, bis meine Nase fast ihre Brust berührte, und schaute auf, in ihre regengrünen Augen. Ich fragte: »Frau, was tust du hier?«

Ihre Augen weiteten sich. Die Pupillen verdrängten fast die gesamte Iris. Sie hatte reichlich vom Großpilz genossen, oder es hatte ihr jemand davon zu essen gegeben – was wahrscheinlicher war. Langsam richtete sie sich zu ihrer vollen, beeindruckenden Größe auf und sprach fremdartige Worte. Sie rauschten an mir vorbei wie der Wind in den Blättern der Ratseiche. Ich fragte: »Was?« Und dann wiederholten meine Ohren die Worte, und ich wußte, daß es Lateinisch war. Durch Merlin, den Freund der Herrin, seine Harfe und seine Lieder verstand ich ein wenig Latein.

Sie wiederholte auf lateinisch: »Ungezogener Junge! Sag mir, wo ich bin!«

Sie wußte es nicht! Es war nicht ihre Schuld, daß sie auf

der Apfelinsel stand, der magiebewehrten Heimat der Herrin und Heimat von mir, Niviene.

Ich grinste sie an, mit offenem Mund. Meine spitz gefeilten Eckzähne waren auf das vorteilhafteste entblößt. Diese Geste sollte ihr unmißverständlich zeigen, wo sie sich befand und in welcher Gefahr sie schwebte.

Mit plötzlicher Gewißheit sagte ich: »Otter Mellias hat dich hierhergebracht!«

An meiner Schulter murmelte Elana: »Der Otter ... Natürlich! Wer sonst?«

Nur er konnte es gewesen sein; nur Mellias, der sich traute, auf der Apfelinsel in der Nähe der gefährlichen Herrin zu leben, hätte es gewagt, diese Menschenfrau zu fangen und zu betäuben, sie in ein Boot zu legen (zweifellos mit der tatkräftigen Hilfe lustiger Freunde) und hier herüberzustaken, wo seit den Römern kein Mensch seinen Fuß mehr hingesetzt hatte. Er hatte es gewiß aus boshaftem Spaß getan – mehr Spaß als Boshaftigkeit. Jeder andere, der in der Abenddämmerung eine Menschenfrau am Rande eines Elfenwaldes erhascht hätte, hätte mit ihr gespielt und ihren Körper dann irgendwo im Dickicht zurückgelassen. Nur der Otter mochte sich diese Eskapade ausdenken.

Mellias war jung, wie mein Bruder, noch nicht lange aus der Garde entlassen, braun und fröhlich wie ein Otter. Drüben auf dem Festland spionierte ich ihm oft nach, wenn er seine vielen Freunde mit Liedern und Geschichten unterhielt oder neue Schritte für den Mondblütentanz erfand und neue Weisen auf seiner Flöte einstudierte ...

Als Mellias herüber auf die Insel kam und sich seine Reihernesthütte baute, schwamm ich eines Abends von der Garde dorthin und schlich mich hinein. Mellias fischte gerade von seinem Deck aus, mit dem Rücken zum Innern der Hütte. Ich flatterte wie eine Motte von der ordentlichen Bettrolle zu den ordentlich aufgehängten Waffen – Bogen, Schleuder, Speer, Axt – und weiter zu den ordentlich gefalteten Kleidern – Hemden, Hosen, Mantel. Ich staunte über den wohl aufgeteilten Raum in der Hütte und die respektvolle Sorgfalt, mit der er seine Habe behandelte. Unter den gefalteten Hosen fand ich einen kleinen Kristall. Die meisten Elfen besitzen eine solche Schutzvorrichtung, auch wenn sie über keine Magie verfügen. Meine Hand schloß sich um den Kristall und nahm ihn weg, noch während ich wie ein Lufthauch durch die mit einem Vorhang bewehrte Tür entschwebte. Jetzt schwang Mellias' Kristall an einem Riemen um meinen Hals.

Ich grinste zu meiner Menschenfrau hinauf. Ihr Kopf lehnte am Stamm des Apfelbaumes. Sie murmelte: »Artus wird kommen.«

Ich schüttelte den Kopf, bis mein schwarzer Zopf schwang. Niemand würde kommen.

»Hör, was ich sage. Artus wird kommen.«

Ihre Knie knickten ein. Sie rutschte an dem Stamm herunter, mit einem Geräusch von langsam reißendem Stoff, als das blaue Überkleid sich an der Rinde festhakte und zerriß, und landete als halb bewußtloses Häufchen Elend auf dem Erdboden. Unten im Schatten auf der kühlen Erde wurde ihre Aura sichtbar: ein schmales blaßgrünes

Flackern, am stärksten ausgeprägt in der Herzgegend und an den Genitalien. Der Großpilz hatte sie gedämpft und eingetrübt, aber ich vermutete, daß sie nie stark oder hell gewesen war.

Ich kniete nieder und nahm die große blasse Menschenhand in meine kleine dunkle. Ich hatte schon früher Menschenhände berührt und war von daher nicht überrascht, daß sie warm und lebendig war wie meine eigene.

Elana hockte sich neben sie und berührte den lockeren, mit einem Band umwundenen Zopf. Sie umfaßte ihn erst ganz leicht, dann schloß sich ihre Faust darum, und sie zerrte an dem roten Band. Es tat weh, und die Frau wimmerte: »Was tust du da?«

Elana biß sich auf die dicke Unterlippe und zog. Das Messer flog aus ihrem Gürtel und zerschnitt das Band an drei Stellen. Es löste sich von dem Zopf.

Die hilflose Frau murmelte: »Artus wird dich ersäufen.«

Ich sagte: »Das blaue Kleid ist hübsch. Es reicht für zwei Hemden.«

»Es ist zerrissen«, erwiderte Elana. »Und dreckig.«

»Der Gürtel.«

»Ah!« Elana schnitt den Gürtel durch, ohne den weißen Körper – oder die Tunika – darunter zu ritzen, und gemeinsam zogen wir ihn unter der Frau weg.

»Das reicht«, sagte Elana. Ich schaute auf die fleckige weiße Tunika. »Nein«, meinte Elana, »sie ist dreckig.« Sie hatte recht. Außerdem war das Gewebe von kleinen Luftmaschen durchzogen. Sie war nicht für ein Geschöpf des Waldes gefertigt worden.

Die Frau sagte in klar verständlichem Latein: »Artus wird euch zwei Hexen ersäufen.«

»Was sagt sie da?« fragte mich Elana.

»Sie spricht Lateinisch.« Elana hatte nie Merlins Menschenlieder oder die alten Geschichten gehört.

»Versteht sie, was wir sagen?«

»Das bezweifle ich.«

»Ah.« Elana blickte mit neuer Aufmerksamkeit auf die jetzt bewußtlose Gestalt hinab. Wenn die Frau nicht mit uns reden oder uns verstehen konnte, war sie nicht einmal von menschlichem Wert; sie war eine verwundete wilde Kreatur, die wir gefunden hatten. »Wir könnten sie essen«, schlug Elana vor.

»Überlassen wir sie Mellias«, erwiderte ich. Er war der Jäger.

Aber ich nahm ihren Zopf und zog drei bronzefarbene Strähnen heraus, jede feiner als der feinste Wollfaden, den ich je gesehen hatte. Die flocht ich und steckte sie in meinen Beutel. Elana fragte mich, wieso ich das tat. Ich konnte darauf nur mit den Schultern zucken. Manchmal befahl mir mein Geist, Dinge zu tun, und dann tat ich sie, ohne den Grund dafür zu kennen.

Ich stand auf. Elana blieb noch einen Augenblick lang hocken und schaute zu mir auf, und ich bemerkte, wie sehr sie unserem Opfer ähnelte: die gleiche blasse Haut (wenn auch nicht ganz so blaß), das gleiche helle Haar, der gleiche hohe Wuchs. Es war nicht das erste Mal, daß ich dachte, Elana könne vielleicht menschliches Blut in den Adern haben.

Sie stand auf, das zerschnittene rote Band und den Gürtel in der Hand. Wir hüllten uns sorgfältig in unsere unsichtbaren Mäntel und gingen weg, uns von Schatten zu Schatten bewegend, ohne auch nur einen Zweig zu zerbrechen.

Die große weiße Frau in der weißen Tunika lag hinter uns zu einem Haufen zusammengesunken unter dem Apfelbaum; sie atmete, schlief aber. Sie stellte keine Bedrohung für uns, die Apfelinsel oder den Elfenwald dar. Wenn Mellias mit ihr fertig wäre, würden wir dafür Sorge tragen.

Als ich an der Ratseiche vorbeiflog, hörte ich, wie ihre Blätter leise einen Namen raunten: *Artus.*

Diesen Namen hatte ich schon einmal gehört, vor langer Zeit. Ich hatte ihn in der Nacht gehört, im Flüsterton gesprochen, als Merlin und die Herrin geglaubt hatten, ich schliefe. Ich hatte ihn auf dem Hof gehört, leise gemurmelt, als ich Rohr auf dem Türstein geflochten hatte. Und einmal, als ich geschwind auf den Hof gelaufen war, hatte ich die Herrin ganz deutlich sagen hören: »Artus! Gut, daß wir das Schwert deinem Artus gegeben haben.«

Ich hielt inne auf dem Pfad, tastete nach Erinnerungen, die wie Träume waren. Dieser Name Artus... Bärenmann?... Er beschwor in mir die Vorstellung von einem menschlichen Helden herauf, einem gepanzerten Riesen auf einem gewaltigen Roß, einem, von dem Merlin ein Lied auf lateinisch singen könnte.

Artus wird euch zwei Hexen ersäufen.

Vielleicht war Artus ein ganz gewöhnlicher Name im Königreich?

Unter meinem Hemd erwärmte Mellias' Kristall meine Brust.

Lächelnd trat der Otter auf meinen Pfad.

Er war kleiner als ich, dünner, behender. Er trug unauffälliges, dunkles Hirschleder, unsichtbar wie unsere Mäntel, aber das Sonnenlicht weckte eigentümliche, funkelnde Lichtreflexe auf seinem Zopf, seinem Hals, seinen Handgelenken und Fesseln. Ich hatte noch nie zuvor Edelsteine gesehen, aber ich wußte, daß es welche waren, und ich wußte, wem sie gehört hatten.

Kalt sagte ich: »Mellias, diese Menschenfrau dort hinten... Was hast du mit ihr vor?«

Er lächelte mich mit geschlossenem Mund an, seine furchterregenden Eckzähne verbergend. Ich wußte sehr wohl, daß Mellias mich mochte. Vielleicht könnte auch ich ihn mögen, beim nächsten Mondblütentanz. Ich fühlte mich bereit, vielleicht... fast... für meinen ersten Liebhaber.

»Niviene«, murmelte er leise, »du bist eifersüchtig auf mein bronzenes Mädchen.«

Ich zuckte bloß mit den Achseln. »Sie ist der erste Mensch, der seit den Römern den Fuß auf die Insel gesetzt hat. Die Herrin wird nicht erfreut sein.«

»Die Herrin ist wie eine Alte aus der Zeit, bevor die Menschen kamen. Ich habe unendliche Hochachtung vor ihrer Magie. Aber dies ist meine Freundin. Fast wie du, Niviene. Du brauchst also keine Angst um mich zu haben.«

Ich zuckte zusammen wie vor einer sich aufrichtenden Natter. »Angst! Ich habe um niemanden Angst, Mellias – und am allerwenigsten um dich!«

»Gut. Du hast kein Herz, Niviene. Eines Tages wird deine Macht der der Herrin gleichkommen.« Mellias schaute an mir vorbei zu Elana. »Was glaubst du – wird Niviene mit mir tanzen, wenn der Mond erblüht?«

Elana, die hinter mir stand, antwortete ihm offenbar mit den Fingern. Er lachte. »Eines von euch Mädchen denke an mich! Ich denke die ganze Zeit an euch. Wenn ihr den Mond in voller Blüte aufgehen seht, wenn ihr Trommel und Flöte hört, dann denkt an mich. Jede von euch. Alle beide.« Aber Mellias' braune Augen waren auf mich gerichtet.

Für die Frist eines hochmütigen Seufzens schaute ich weg, und Mellias verschwand.

Ich sagte zu Elana: »Laß uns nach Hause gehen.«

Die Herrinnenvilla ist aus den Knochen der Erde gebaut; Stein. Jedoch nicht aus dem Stein, wie er in der Erde liegt, sondern aus dem, das die Herrin ›behauener Stein‹ nannte. Als Kind dachte ich, sie müsse mittels Magie erbaut worden sein. Ich konnte mir einfach nicht vorstellen, daß Menschen sie errichtet haben sollten, Stein auf Stein. Aber genau so, sagte die Herrin, sei es gewesen.

Ich schrie: »Menschen haben keine Magie!«

»Sei dir da nicht so sicher, Niviene. Bedenke, Merlin ist zur Hälfte Mensch. Menschliche Druiden und Hexen haben Magie. Und außerdem ist die stärkste Macht auf der Welt ein menschliches Geheimnis, das uns Elfen unbekannt ist.«

Ich starrte sie an.

»Nun, jedes Geschöpf hat sein Geheimnis. Aber was diese Villa anbelangt, so bauten Menschen sie so, wie sie gewöhnlich bauen, mit den Händen und mit Werkzeugen aus Eisen.«

Ungläubig schaute ich auf die dicken steinernen Wände, die mit Fliesen belegten Böden, auf denen ich laufen gelernt hatte. »Diese Dörfler da draußen im Königreich haben das Haus mit ihren Händen erbaut?«

»Ihre Urgroßväter. Aber es war nicht ihre Idee. Sie bauten es für die Römer, die damals hier lebten.«

»Wo sind diese Römer jetzt?«

»Sie sind fortgegangen. Dann rückte der Wald heran, und mit ihm der Eber, der Bär und der Elf. Nichts ist heute mehr übrig von den Römern als diese Villa und die Apfelbäume.«

Viele Jahre lang hatte niemand in der Villa Zuflucht gesucht. Dabei war sie nicht zu übersehen gewesen: Weiß hatte sie sich gegen das Grün und Dunkelbraun der Insel abgehoben. Wer über den See geblickt hatte, gleich ob Freund oder Feind, hatte nicht umhin gekonnt, sie zu sehen. Und so beherbergte die Villa Fledermäuse, Eulen und Nattern, bis sie langsam, allmählich, wieder im Wald versank. Gütige Ranken krochen an ihr hinauf und über sie hinweg. Flechten färbten den harten weißen Stein grün. Apfelschößlinge und Erlen drängten sich gegen ihre Außenmauern. Und eines Tages blickte die Herrin, schwanger mit einem Kind – mit mir! – über den See und sah die Villa nur deshalb, weil sie wußte, daß sie dort war.

Ha! Das perfekte Nest zum Gebären! Geschützt, gut zu verteidigen und inzwischen nahezu unsichtbar! Sie hievte sich in das nächstbeste Boot, stakte hinüber und gebar mich gleich hinter der Eingangstür.

Dort, an der Eingangstür, ist ein Kieselsteinmosaik in den Boden eingelassen. Ein holdes Mägdelein trägt einen Korb inmitten hoher, fremdartiger Blumen. Es kehrt uns den Rücken zu. Das hellbraune Haar – wie das von Elana! – wallt an seinem grünen Kleid herunter. Seine Füße sind nackt. Gedankenvoll berührt es eine Blume, so, wie es eine Freundin berühren würde.

Auf diesem Mosaik wurde ich geboren. Ich lernte auf ihm laufen und benannte meine Farben nach ihm. Mein Bruder Lugh und ich sind wahrscheinlich die einzigen Elfenkinder auf der Welt, die jemals ein Bild – und dann auch noch ein so merkwürdiges – von einem fremden Mädchen mit fremdartigen Blumen gesehen haben. Ich glaube, dieses Bild bereitete uns beide auf unser ungewöhnliches Schicksal vor.

Ich nannte das Mädchen auf dem Bild Dana. Nach ›Mama‹ war ›Dana‹ das erste Wort, das ich sprach. Später fragte ich die Herrin, warum Dana und ihre Blumen keine Aura hätten.

Wir standen zusammen in dem schattigen Eingang und blickten hinunter auf Dana zu unseren Füßen. Die Herrin sagte: »Der Künstler, der sie schuf, war ein Mensch.«

»Ein Mensch!« Meine kindlichen Vorstellungen von Menschen wirbelten wirr durcheinander.

»Die meisten Menschen sehen keine Auren. Auch viele Elfen können das nicht.«

Ich starrte die Herrin an. Zu jener Zeit – es ist lange, lange her – sah sie ganz ähnlich aus wie ich jetzt. Obgleich sie mir in meinen jungen Augen groß erschien, war sie in Wahrheit kleiner als Mellias. Ihre ernsten, sanften Züge waren ebenmäßig, wie aus braunem Flußlehm geformt. Ihr schwarzer Zopf fiel bis weit über ihre Hüfte herab. Daheim in der Villa trug sie Kleider aus feinem Linnen, die Merlin aus fernen Ländern mitbrachte.

Ihre Aura umspielte sie in sanften Wirbeln: ein zartfunkelnder, silberner Schleier, sonnenbeschienenem, reglosem Wasser ähnlich. Sie füllte den dunklen Eingang, in dem wir standen. Es war, als badeten wir in ihr, als stünden wir am Grunde eines tiefen Teiches. Ich hatte damals keine Ahnung, daß die Aura meiner Mutter außergewöhnlich war. Die gewöhnliche schmale, verschwommene Aura, die typisch ist für einen geringen Geist oder für einen, der vom Körper beherrscht wird, hatte ich noch nicht gesehen – außer natürlich bei wilden Kreaturen. Ich kannte den trägen grünen Puls von Pflanzenauren, den blitzenden, flüchtigen Glanz von Vogel- oder Fischauren, und ich hatte von fern die breiteren, beständigeren Auren von Bär und Hirsch gesehen. Aber ich nahm damals an, daß jedes denkende Wesen – ob Elf oder Mensch – ganz selbstverständlich in einem breiten, leuchtenden Dunstschleier einherschreite wie die Herrin, wie Merlin. Wenn Lughs Aura orangefarben und schmal und manchmal trüb war, nun, dann lag das halt daran, daß er noch ein kleiner Junge war. Er und seine Aura würden gewiß wachsen.

Keine Auren zu sehen war so, wie halbblind zu sein. Wie konnte man wissen, was man von einem Lebewesen zu erwarten hatte? Wie konnte man an ihm vorbeigehen oder ihm den Rücken zukehren? Man konnte nicht wissen, was es fühlte, was es tun würde.

Die Herrin lachte leise, als sie mein hochgerecktes Gesicht gewahrte. »Niviene, deine Aura hüpft wie eine Flamme! Du liebst es zu lernen.«

Ich liebe es immer noch zu lernen.

Als das einsame – und oft verlassene – kleine Mädchen von der Apfelinsel stellte ich mir im Geiste das Mädchen auf dem Bodenmosaik, Dana, vor und schwatzte mit ihm, bis es sich vom Boden erhob, sich umdrehte und mir sein schlichtes, sanftes Gesicht zeigte. Es schwebte mit mir durch die Villa, ein Nebengeist, eine Gedanken-Gestalt, die ich selbst projizierte. Es gab dort auch noch andere Geister.

In der Abenddämmerung begegnete ich zuweilen einer gebeugten alten Frau, die unter ihrer schweren Bürde ächzte. Wenn ich sie am nördlichen Ende der Villa traf, bestand ihre Last aus Bergen von Kleidern und Wäsche. Am Südende plagte sie sich hingegen mit einem schweren Sack voller Erbsen oder Bohnen. Auf dem Hof erblickte ich hin und wieder einen lustigen Jungen in ungefähr meinem Alter. Er zog einen kleinen Karren über das Pflaster oder reihte dunkle geschnitzte Figuren am Rande des versiegten Springbrunnens auf. Einmal sah ich ihn in dem Brunnen herumtollen und in unsichtbarem Wasser planschen.

Anders als die erschöpfte alte Frau schien der Junge mich wahrzunehmen. Er hielt dann in seinem Planschen inne oder starrte in meine Richtung. Ich wollte ihn ansprechen, aber die Herrin warnte mich davor.

»Ermutige die Geister nicht, Niviene. Gib ihnen keine Macht.«

»Ich will mit ihm spielen!«

»Du bist einsam. Schon bald wirst du frei im Wald herumlaufen und lebendige Freunde kennenlernen.«

Skeptisch starrte ich hinauf in das ruhige, braune Gesicht der Herrin. Ich wußte nur wenig davon, was es bedeutete, ›frei im Wald herumzulaufen‹. Mein Bruder hatte bei seinen seltenen, geheimen Besuchen ein paar Andeutungen gemacht.

»Warum heimlich?« fragte ich ihn einmal im Sonnenschein neben dem Springbrunnen. »Bei den Göttern, Niv, die anderen dürfen nichts davon erfahren! Ihnen würde schlecht werden, und sie würden mich auslachen.« Lugh stellte anschaulich dar, wie ›schlecht‹ ihnen werden würde.

»Warum?«

»Schau, ich bin kein... ich bin ein... ich bin praktisch erwachsen, Niv.«

»Bist du nicht!« Lugh war einen Kopf größer als ich. Ich mußte zu ihm aufschauen. Aber das mußte ich zu jedem, sogar zu meiner Geisterfreundin Dana.

»Du weißt, daß ich dich behüte. Ich halte Drachen und Menschen vom Wald fern. Und ich sorge für mich selbst. Ich jage und stehle für mich. Ich finde mein Obdach für die Nacht. Ich bin erwachsen, Niv.«

Ich finde mein Obdach für die Nacht. Ich dachte an den Bärenfellmantel der Herrin und wie er uns beide einhüllte und warmhielt, an die Wärme ihres Körpers an meinem Rücken, an ihren Arm, den sie um mich gelegt hatte, und wie ich mich zusammengerollt an ihren warmen Körper schmiegte.

Entschieden erklärte ich: »Ich werde niemals frei im Wald herumlaufen! Niemals!«

»Du wirst es müssen«, versicherte mir Lugh.

»Ich nicht!«

»Jeder muß es. Sogar du.«

Aber ich entschied dort und in eben dem Augenblick, daß ich immer in der Villa wohnen bleiben würde. Und in gewisser Hinsicht habe ich das auch getan.

Nach meiner Geburt blieb die Herrin. Die Villa war bestens geeignet als Nest. Sonnenlicht flutete in den geschützten Innenhof. Nicht alle Dächer waren undicht. In stürmischen Nächten hatte man es trocken und im Winter warm. Und wir waren ganz auf uns allein gestellt.

Elfen halten untereinander stets respektvoll Abstand. Aber zur Herrin hielten sie sogar ängstlich Abstand.

Menschen fürchten uns Elfen und lassen uns meistens in Ruhe. Sie nennen uns ›das gute Volk‹, obwohl wir überhaupt nicht gut zu ihnen sind, und ›das helle Volk‹, obwohl wir dunkel sind. Sie sprechen unseren Namen, ›Elfen‹, niemals laut aus.

In ganz ähnlicher Weise fürchteten die Festlandselfen meine Mutter. Sie nannten sie stets ›die Herrin‹, aber niemals bei ihrem Namen, Nimway. Ihre Fischerboote hielten sich fern von der Insel. Nur die, die in großer Not waren, suchten sie wegen ihrer Heilkräfte und Prophezeiungen auf.

Bis der glitschige Otter Mellias seine Hütte in der Nachbarschaft baute, hatte die Apfelinsel allein ihr, Lugh und mir gehört. Die Apfelinsel und die Villa hielten uns gefangen und verwandelten uns in eine Art menschliche

Familie, etwas, in dem ein heranwachsendes Kind ein fühlendes Herz bekommen mochte.

Merlin, der Freund der Gebieterin und ein halb menschlicher Magier, war beinahe ein Teil dieser ›Familie‹. Er kam und blieb manchmal eine ganze Weile, bevor er ins Königreich zurückkehrte. Weil er zur Hälfte Mensch war, hatte Merlin einst eine Familie sein eigen genannt. Er hatte sogar seinen Elfenvater gekannt. Ich fand dies seltsamer noch als seine Magie. Von Geburt an hatte ich der Herrin dabei zugeschaut, wie sie den Wind entfesselte und wilde Kreaturen rief, aber ich wußte nichts von meinem Vater oder irgendeinem anderen Verwandten.

Merlin schnitzte mir einmal eine kleine Flöte, die die Form einer Drossel hatte. Während er schnitzte, sagte er zu mir: »Meine Mutter war ein Mensch. Mein Vater war ein Elf.« Ich wandte den Blick von der hölzernen Drossel und betrachtete sein Gesicht. Die menschliche Mutter konnte ich mir vorstellen: geteiltes Laken, warme Brüste – eine Riesenversion meiner eigenen Mutter. Aber den Elfenvater...

Dann war Merlin also ein Kind gewesen, wie ich?

Zu jener Zeit waren sein Haar und der nach Art der Menschen gestutzte Bart braun und die schmalen Schultern gerade. Die schlanken weißen Finger, die meine Drossel schnitzten, waren nicht unterschiedlich lang wie die der Herrin oder die Lughs. Vier von ihnen waren etwa gleich lang, wie meine. Und sie waren alle gleich geschickt. Mein ganzes junges Leben lang hatte ich diesen Fingern dabei zugeschaut, wie sie Eichenküchlein formten, Fische entschuppten oder über Harfensaiten strichen. Ich liebte Merlins bleiche Hände, und manchmal bog ich meine eigenen braunen, gleichlangen Finger und probierte Tricks mit ihnen, doch sie waren weniger kunstfertig als Merlins und steifer.

Ich fragte ihn: »Warst du wie ich, Merlin?«

Er lächelte mich über die drosselförmige Flöte hinweg an. »Ja, und nein. Ich war klein. Ich lebte bei meiner Mutter, und die Leute ließen uns in Ruhe. Aber...« Er hielt inne, um sein Werk eingehend von allen Seiten zu betrachten.

»Aber was, Merlin?«

»Ich war ein Mensch, und ich hatte Macht.«

Ich verstand. Der kleine Merlin verfügte über magisches Talent. Er träumte wahr und sprach mit Geistern, während ich nicht mit dem lustigen kleinen Jungen auf dem Hof sprechen konnte.

»Ich sehe Geister«, gestand ich.

»Auch du hast Macht. Ganz gewiß hast du Macht, und du wirst noch mehr davon bekommen.«

»Werde ich magisch aufwachsen?«

»Ich sehe dich machtvoll aufwachsen. Schließlich bist du Nimways Tochter.«

»Ich wünschte, ich würde meinen Vater kennen.«

»Ihr Elfen braucht keinen Vater, Niv.«

»Wie hast du deinen Vater kennengelernt?«

»Wir sind in die Wälder gerannt, um ihn zu sehen. Immer zur Mittsommerzeit, wenn die Göttin lächelt und die Menschen vergessen, ein böses Gesicht zu ziehen.« Merlin überreichte mir die fertige Flöte. »Was verrät dieses Holz deinen Händen?«

Meine kleinen Hände umfingen die Drosselflöte. »Sie sagt *Regen* ...« Ich drückte sie an meine Wange. »Das Holz liebt Regen, Merlin, und Sonne ... aber etwas hat es gefressen. Es fühlt sich nicht gut an.«

»Darum habe ich diesen Ast herausgeschnitten.«

»Aber er ist immer noch lebendig.«

»Nicht mehr lange. Schau, du kannst zusehen, wie die Aura verblaßt.«

In der Tat verblaßte die schwache grüne Aura noch ein wenig mehr, während ich zusah.

Ein Schatten huschte über meinen Kopf. Ich spürte die pulsierende Gegenwart der Herrin hinter mir. Merlin sagte zu ihr: »Die kleine Niviene hat Macht.«

Sie erwiderte leise: »Natürlich. Sie ist schließlich mein.«

Von da an schulten Merlin und die Herrin mich, Tag für Tag. Magierkinder lernen immer als erstes den Warzenwegmachzauber, weil er so leicht geht. Ich wußte nicht, was Warzen waren, aber ich lernte die Formel; und als Lugh das nächste Mal über den See nach Hause paddelte, hatte er wundersamer Weise Warzen, und ich machte sie ihm wieder weg.

Ich lernte wahrspähen, erst in Wasser, dann in Feuer. Bald konnte ich die ganze Apfelinsel in einer Schüssel Wasser wahrspähen: wo das Röhricht am dichtesten wuchs; wie reif die Bucheckern waren; in welchem Brombeerstrauch sich ein Kaninchen versteckte. Ich lernte, einen Schleier aus silbernem Nebel über mich zu werfen, um Wölfe oder Bären von mir fernzuhalten. Dann lernte ich, durch Aneinanderreiben der Hände Feuer zu entfachen. (»Feuer machst du nur an einer Feuerstelle«, mahnte die Herrin mich oft. Auch Elfenkinder spielen gern mit Feuer.)

Ich lernte auch, daß Lugh nichts von alledem konnte. »Nicht mal Warzen wegmachen?«

»Nicht mal Warzen wegmachen, Niv. Ich habe halt keine Magie.«

Lugh hatte andere Begabungen, menschentypische Begabungen des Körpers, des Herzens und der Energie. Als er mich einmal müßig mit einer Natternfreundin spielen sah, warf er einen Stein auf sie und tötete sie. Kein Wort. Keine Frage. Nur Handeln.

Ich schaute auf, überrascht, erzürnend. »Warum?«

»Weißt du nicht, daß Nattern giftig sind?« Er hielt den noch zuckenden Leib an der Schwanzspitze hoch. »Bei den Göttern, sie ist so lang wie mein Arm! Du wirst nicht mehr mit diesen Biestern spielen, Niv!«

»Werde ich wohl.« Ich wußte, wie ich mit ihnen umzugehen hatte.

»Wirst du nicht. Ich erzähl's sonst.«

»Ha! Geh doch und sag es ihr. Die Herrin hat nichts dagegen.«

Aber Merlin hatte etwas dagegen. »Das nennt man die Götter herausfordern. Es ist eine gute Sache, daß du mit Nattern umgehen kannst und keine Angst vor ihnen hast. Aber deshalb muß man sich nicht gleich bei ihnen Liebkind machen.«

Merlin beugte sich zu mir herunter und nahm mein kleines Gesicht zärtlich in beide Hände. »Du bist aus einem bestimmten Grund hier auf der Welt, Niviene.

Nutze deine Macht und dein Wissen, um dich zu schützen, und nicht, um törichte Risiken einzugehen.«

»Ich werde Lugh Warzen machen, dafür, daß er mich verpetzt hat!« maulte ich.

Merlins Lächeln ließ meine Drohung dahinschmelzen. »Freu dich, daß du als einzige unter den Elfen einen Bruder hast, der dich liebt.«

Die Menschen glauben, alle Elfen seien klein. Das war früher einmal so, bevor Elfen- und Menschenblut sich vermischten – sagte die Herrin. Nun, wir Elfen sind immer noch klein, nach menschlichen Maßstäben, aber nicht so klein, wie die Menschen glauben. Wahrscheinlich ist es die Kindergarde, die diesen Mythos am Leben erhält.

Ein Mensch, der sich im Morgengrauen oder in der Abenddämmerung in den Wald wagt, bekommt unter gewissen Umständen ein kleines, mit Holzkohle geschwärztes Gesicht zu sehen; womöglich bedroht ihn eine winzige Hand mit einem vergifteten Wurfpfeil. Doch vor den verblüfften Augen des Menschen verschwinden Gesicht und Hand im Wirbel eines unsichtbaren Mantels. Der Mensch steht da und glotzt, und die Haare auf dem Kopf, im Nacken und auf den Armen und Beinen stehen ihm zu Berge.

Wenn er weiter glotzt, trifft ihn vielleicht ein vergifteter Pfeil in den Hals. Damit endet die Geschichte. Macht er sich indes schnell aus dem Staub, kann er die Geschichte womöglich am heimischen Feuer oder in der Dorfschenke zum Besten geben. »Ganz klein war er«, wird er vielleicht flüstern, immer noch bange um sich blikkend. »Nicht größer als mein kleiner Tommy.« Und irgendein Klügerer wird ihm sagen: »Das ist aber nur natürlich. Du mußt nämlich wissen, die vom guten Volk sind alle klein.«

(Meine eigene Größe ist ganz normal für eine Elfe. Seit Jahren bereise ich jetzt, verkleidet als Menschenjunge von vielleicht zwölf Jahren, das Menschenkönigreich. Nur sehr selten hat dann und wann ein Gastwirt oder Schafhirte die Finger zur Warnung hinter dem Rücken gekreuzt.)

Elana lernte ich in der Kindergarde kennen. Vom ersten Augenblick an fühlte ich mich zu ihr hingezogen, mag sein, weil sie mich mit ihrem dicken braunen Haar und dem überraschend derben Körperbau an Dana erinnerte. Vielleicht war es auch schlichtweg Angst, die uns aneinander band. Wir waren zum ersten Mal zusammen ›frei im Wald‹ und fürchteten uns sehr, obgleich Lugh uns vieles zeigte und lehrte. Zu der Zeit war er Gardenführer, die einzige Art Führer, welche die meisten Elfen jemals in ihrem Leben akzeptieren.

»Warum ist Lugh so freundlich zu dir, Niviene?« fragte mich Elana.

Unbekümmert und gedankenlos antwortete ich: »Er ist mein Bruder.«

»Was? Er ist dein *was*?«

»Wir haben dieselbe Mutter.«

»Ach … Woher weißt du das?«

»Wir leben alle zusammen. Wir sind … wir sind …«

»Sehr gute Freunde?«

»Das – und mehr.« Ich konnte es nicht mit Worten erklären. Aber Elana verstand. Etwas in ihrer Natur verstand und war dafür empfänglich, obwohl sie nie Merlins Geschichten gehört hatte und nichts von den Beziehungen wußte, wie die Menschen sie pflegen.

»Hör mal«, sagte Elana später. »Ich möchte auch dein Bruder sein.«

»Das kannst du nicht.«

»Ich weiß, daß ich nicht dieselbe Mutter habe. Aber wir könnten so tun.«

»O ja!« Die Vorstellung begeisterte mich. »Aber du kannst trotzdem nicht mein Bruder sein. Du mußt mein ...« Ich entsann mich Merlins Wort. »Schwester. Du wirst meine Schwester sein. Und ich werde deine Schwester sein.«

Im Schutz der Nacht überfiel die Garde nahe gelegene Dörfer. Menschen sehen nachts schlecht, und wir huschten wie Schatten durch Kornspeicher und Kuhställe. Elana und ich zogen zusammen los. Jede von uns schleppte einen Sack, der so groß war wie wir selbst.

Wenn wir Brot, Käse oder Tuch auf einer Türschwelle fanden, ließen wir die Hütte unbehelligt, am selben Abend und für eine ganze Weile danach. Im Schatten der Dämmerung lauernd, hörte ich einmal eine Frau zu ihrem Kind sagen: »Geh und leg diesen Haferkuchen nach draußen, für das gute Volk.« Ihr Mann, der drinnen gierig Suppe in sich hineinlöffelte, erfuhr nichts davon. Er hätte es für eine Verschwendung des guten Haferkuchens gehalten. Aber seine Frau wußte, daß eine leere Türschwelle wirkliche Verschwendung bedeutete.

Wenn wir keine Spenden fanden, lachten wir herzhaft, bleckten unsere dolchartigen Zähne und raubten die Hütte aus.

Wir schlichen uns in dunkle, stinkende Hütten oder köstlich duftende Kornspeicher und füllten unsere Säcke. Wir stahlen uns in den Stall und molken die Ziege. Auf Zehenspitzen schlichen wir dicht an so mancher schlummernden Familie vorbei, beobachteten, wie sie sich im Schlaf drehten und wälzten, wie sie mit den Beinen austraten und zustießen und sich gegenseitig die Decken wegzogen. Wir schauten auch zu, wie Säuglinge an den Brüsten ihrer schlafenden Mütter nuckelten.

Es kam vor – wenn auch selten –, daß eine Elfe ein schlafendes Kleinkind aus dem Bett seiner Mutter stahl. Das war fast so leicht, wie einen Laib Brot zu stehlen, sagte die Herrin. Elana und ich taten dergleichen nie, denn wir hatten auch keine Kundin, die im Wald wartete. Elfenmütter, deren Kinder gestorben waren, trieben Tauschhandel mit diesen Säuglingen; oder es waren Elfen, die nicht von der Göttin gesegnet waren und die trotzdem den Wunsch hatten, ihr ein Opfer zu bringen, indem sie ein Kind aufzogen, auch wenn sie selbst keines gebären konnten.

Bisweilen fühlte ich eine Präsenz, die in der drückenden, schwülen Luft dieser menschlichen Behausungen hing. Aber ich würde noch lange leben und weit reisen müssen, ehe ich diese Präsenz begreifen würde, jenes menschliche Mysterium, von dem die Herrin mir erzählt hatte und das uns Elfen gänzlich unbekannt ist.

Einmal setzte sich ein alter Mann auf und sah mich an. Als er sich bewegte, flackerte seine Aura auf, eine niedrige, matte Flamme im Dunkeln. Bei uns Elfen wäre solch ein hinfälliger alter Kerl längst weggewandert, um der Göttin seine Knochen wiederzugeben. Aber Menschenfamilien behalten ihre Alten bei sich, und ihre Kranken auch – und manchmal sogar ihre mißgebildeten Kinder.

Ich stand mucksmäuschenstill, nach vorn gebeugt und eine Hand ausgestreckt, um die Decke von seinen Füßen zu ziehen. Ich verlangsamte meine Atmung. Auf der anderen Seite der Hütte stopfte Elana Brot und Käse in ihren Sack. Sie wußte nicht, daß der Alte wach war, und ich konnte ihr kein Zeichen geben.

Der Alte schwang seine sehnigen Beine von der Pritsche. Ich vermutete, daß er auf den Nachttopf wollte, was bedeutete, daß wir zusammenprallen würden. Ich konnte nicht sagen, ob er mich sah. Menschenaugen sind in der Dunkelheit schwach, und viele Alte können nicht einmal bei Tageslicht richtig sehen.

Er schickte sich an, von der Pritsche aufzustehen, und schaute mir ins Gesicht. Einen langen Augenblick saß er so da, seinen Blick auf meinen geheftet. Dann faltete er die Hände, beugte den Kopf und beobachtete mich unter gesenkten Brauen.

Er sah mich. Er sah mich, aber er würde nichts unternehmen. Er würde weder schreien noch die Schlafenden aufwecken oder aufspringen und nach mir greifen. Er würde nicht mal versuchen, seine Decke festzuhalten. Wahrscheinlich glaubte er, ich brauchte bloß auf ihn zu zeigen, ein Wort zu sagen, und schon würde er sich in eine Kröte verwandeln.

Ein wundervolles Gefühl von Macht durchpulste mich.

Ich zog die dunkle Decke weg und warf sie über mich. Für ihn verschwand ich ganz einfach im Dunkeln. Dann berührte ich Elana an der Schulter. Auf Zehenspitzen schlichen wir zur Tür.

Wir rannten leichtfüßig davon. Das heißt, ich rannte leichtfüßig. Elana sprang wie ein fetter Hase; ihre Hacken gruben sich bei jedem Schritt tief in die Erde. Sicher in der Dunkelheit des Elfenwaldes angelangt, brachen wir in Gelächter aus.

Später tuschelten wir zusammen unter der muffig riechenden Decke des Alten über Jungen, Männer und Sex. Wir mußten murmeln, denn im Dunkeln konnten wir uns nicht mit Zeichensprache verständigen. Ich sagte: »Ich will nicht.«

»Du meinst, du bist noch nicht bereit.«

»Was ist mit dir?«

»Psst!« zischte ein Kamerad auf der anderen Seite des kleinen Feuers. »Wollt ihr zwei die ganze Nacht schwatzen?«

»Ich bin bereit!« flüsterte Elana.

»Aber du tust es nicht.«

»Es ist... schwer zu erklären.«

»Jetzt gebt endlich Ruhe da drüben!« kam es von der anderen Seite des Feuers.

»Versuch's. Erklär's mir.«

Elana kuschelte sich tiefer unter die Decke, und ich folgte ihr. Es roch dort drunten nach Mensch und Alter, Staub, Schweiß, Fleisch, Suppe, Krankheit. Jemand hatte vor langer Zeit auf diese Decke gekotzt. Elanas Atem an meiner Wange roch nach Thymian und Forelle. Ihre geflüsterten Worte kitzelten erst mein Ohr, dann meine Gedanken. »Es ist … Es gibt da einen.«

»Einen was?«

»Einen Mann, Dummerchen. Oder besser gesagt, einen Jungen.«

»Und wieso tust du's dann nicht?«

»Verstehst du, es gibt nur einen. Nur den einen. Und er will mich nicht.«

»Das ist komisch.« Ich kicherte.

Auf der anderen Seite des Feuers seufzte unser schlafloser Kamerad, raffte seine Decke zusammen und verzog sich, auf der Suche nach Ruhe und Frieden.

»Das ist überhaupt nicht komisch! Es fühlt sich schlimm an. Hier drinnen.« Elana nahm meine Hand und drückte sie an ihr Herz, unter ihre zart keimende Brust.

Reumütig gab ich ihr einen Kuß auf die Wange. »Warum probierst du's dann nicht mit einem anderen? Beim nächsten Mondblütentanz. Dort sind eine Menge Jungs, Elana.«

»Nicht für mich. Für mich gibt es nur den einen.« Elana weinte.

Ich lag wie benommen da, fühlte ihr Herz unter meinen Fingern klopfen, fühlte ihre heißen Tränen auf meinem Gesicht. Da fiel mir etwas ein.

»Elana … Meine Mutter hat einen Freund namens Merlin.«

»Den Magier. Ich weiß.«

»Er hat uns früher immer Menschenlieder vorgesungen – alte Geschichten von Helden und Prinzessinnen.«

»So?«

»Elana, in diesen Geschichten fühlten die Menschen wie du.«

Elana erstarrte. »Tatsächlich?«

»Ja. Es gab nur die eine oder den einen für sie, und wenn sie die oder den nicht kriegen konnten, zogen sie aus, um sich mit einem Drachen oder dergleichen zu messen ... jedenfalls wollten sie dann nicht mehr leben.«

»Ich dachte ... ich dachte, das wäre bloß bei mir so ...« Die heißen Tränen flossen noch immer, aber ihr klopfendes Herz beruhigte sich wie ein Vogel, den man still in der Dunkelheit in den Händen birgt.

»Nein, es ist etwas, das die Menschen fühlen. Aber meistens waren diese Menschen verhext.«

»Verhext!«

»Ein Bann lag auf ihnen. Deshalb fühlten sie sich so.«

»Bei den Göttern!«

»Vielleicht bist du verhext.«

»Wie wird man das wieder los?«

»Das weiß ich nicht. In den Geschichten werden sie das nie los.« Ich trocknete Elanas Tränen mit einem Zipfel der Decke.

»Was machen sie denn dann, die in den Geschichten?«

»Entweder treffen sie sich und lieben sich, oder sie lassen sich von einem Drachen fressen. Oder etwas anderes in der Art.«

»Ha! Ich hab noch nie einen Drachen gesehen! Du?«

»Laß uns jetzt schlafen, Elana.«

»In diesem Gestank?«

Halb lachend wühlten wir unsere Köpfe unter der Decke hervor und sogen die klare Nachtluft ein.

»Ich habe einen Sommersturm geträumt«, erzählte Merlin.

»Nichts Ernstes«, sagte die Herrin.

»Nicht ernst für Artus. Wie du sehr wohl weißt, lege ich keinen Wert auf die Frau.«

Also wußten sie von Mellias' Gefangener und von ihrem Artus. Sie knieten zusammen vor dem Kamin im Hof, wo Lughs Forelle auf den heißen Steinen brutzelte. Lugh hockte bei ihnen, und Elana und ich schwebten in der Nähe in unseren unsichtbaren Mänteln, angezogen von dem köstlichen Duft des Fisches.

»Es würde dir nichts ausmachen, wenn ihr Körper unsere verkümmernden Apfelbäume nährte?«

Ihr Zopf war immer noch schwarz wie die Nacht. Merlins Haarschopf und Bart waren grau geworden. Sie lehnten aneinander wie ein betagtes Gänsepaar, wie ein altes menschliches Ehepaar.

»Mir würde es nichts ausmachen«, sagte Merlin. »Aber dir vielleicht.«

»Wieso sollte es das?«

»Du glaubst doch nicht, daß Artus tatenlos den Diebstahl seiner Frau hinnimmt?«

»Wieso sollte er das nicht? Du hast selbst gesagt, es sei nur wenig Liebe zwischen ihnen.«

Merlin seufzte. »Das ist keine Frage von Liebe, Nimway. Das ist eine Frage des Stolzes.«

»Des Stolzes? ... Ach. Stolz.«

»Du verstehst.«

»Ich versuche es.«

»Es könnte gut sein, daß Artus seine gepanzerten und

berittenen Gefährten zusammentrommelt und in deinen Wald einfällt. Einen solchen Angriff würden die vergifteten Wurfpfeile von Kindern gewiß nicht aufhalten.«

»Welchen Schaden könnten sie schon anrichten? Diese tolpatschigen Riesen, die in ihren Panzern aussehen wie Käfer, würden nicht einen von uns erhaschen!«

»Dein Wald würde in aller Munde sein, Nimway. Dann wäre er nicht länger verwunschen und verboten.« Nachdenklich strich Merlin sich über den grauen Bart. »Die ganze Zeit habe ich dafür gewirkt, daß Artus deinen Wald vor dem Eindringen der Sachsen bewahrt. Und jetzt sieht es so aus, als würde Artus bald selbst hier einfallen.«

Die Herrin schmunzelte. »Das hast du für Artus selbst getan, Merlin. Der menschliche Teil von dir hat Artus immer geliebt.«

»Das ist wahr.« Merlin gestand es feierlich. »Du hast gut lachen. Du hast nicht das neugeborene Kind in deinem Mantel durch den Sturm getragen.«

»Das Kind nicht, nein.«

»Du hast ihn nicht groß werden und das Geheimnis bewahren sehen. Und du bist kein Mensch.«

»Den Göttern sei Dank!«

»Auch diese Sache könnte man aus zweierlei Blickwinkeln betrachten, Nimway. Jede Geschichte hat mindestens zwei Seiten.« Merlin starrte die Herrin einen Augenblick lang eindringlich an, dann stand er auf und schritt auf und ab. »Um Artus' willen würde ich die Frau vergessen. Ihre Sterne und seine passen nicht zusammen. Das habe ich ihm bereits vor der Heirat gesagt.«

»Es muß das einzige Mal gewesen sein, daß er einen Rat von dir in den Wind schlug.«

»Das war es. Damals wog Menschenpolitik schwerer als die Vernunft. Aber um deinetwillen, Nimway, um der Elfen willen muß sie nach Hause zurückkehren, wohlbehalten und schnell.«

Lugh, den sie ganz vergessen hatten, rief empört dazwischen: »Aber sie kann doch nicht einfach hier hinausspazieren!«

Seine Stimme überschlug sich, als er diese verblüffende, klare Feststellung vor der weisen Herrin und dem Magier Merlin machte – gerade so, als wüßte er, wovon er redete.

Er errötete von seinem dunklen Haaransatz über beide Ohren bis hinunter zum Hals. (Lugh war der einzige Elf, den ich je gekannt habe, der hellhäutig genug war, um rot werden zu können. Nun ja, da gab es auch noch Elana, aber bei ihr vermutete ich ohnehin stark menschliches Blut.)

Merlin und die Herrin starrten Lugh an. Spannung ließ die Luft knistern.

Er schaute von einem zum andern und wieder zurück, senkte die glänzenden dunklen Augen und warf sein Haar nach vorn wie einen Schild. Dann beugte er sich vor, um die Forelle mit einem Stock aufzuspießen. Während er sie in seine dunkle Schüssel legte, erklärte er mürrisch: »Ihr wißt, daß ich das Königreich studiere und ziemlich gut weiß, was dort vor sich geht.«

Die Herrin ließ ein tiefes, trällerndes Lachen ertönen, wie man es gelegentlich von einem Vogel nach einem Donnerschlag hörte. »In Wahrheit«, murmelte sie,

»wünschte ich, du studiertest weniger und wüßtest auch weniger.«

Merlins hochgezogene Brauen senkten sich. »Wissen ist immer gut, Nimway. Was weißt du, junger Lugh, das wir noch nicht bedacht haben?« fragte er.

So sanftmütig waren Lugh und ich großgezogen worden, und so sicher fühlten wir uns in der Villa – unserem Heim –, daß Lugh stracks den Kopf hob, sich das Haar zurückstrich und mit seiner männlichen Stimme zu sprechen anhob, diesmal ohne peinliches Kieksen.

Er sprach von menschlichen Mysterien: Ehe, Gesetz, Krieg, den Sachsen, Bündnissen. Merlin und die Herrin tauschten amüsierte Blicke.

Sodann sprach er von Gwenevere – der Frau, die wir unter dem Apfelbaum gefunden hatten –, von ihrer sagenhaften Schönheit (die Menschen hielten sie also für schön, wie ich selbst auch!) und ihrer wohlbekannten Dickköpfigkeit. (Dickköpfig? Im Augenblick aber nicht.)

»All dies wissen wir, Lugh.«

»Aber dann müßt ihr begreifen ... Es ist richtig, daß sie nach Hause zurück muß! Aber sie kann doch nicht einfach losmarschieren wie ein Dorfmädchen, das irgendein närrischer Elf überfallen und dann laufen gelassen hat!«

»Du wirst es vielleicht nicht glauben«, erwiderte Merlin, »aber Königinnen können genausogut verhext werden wie Bäuerinnen.«

»Oh, das weiß ich!« rief Lugh. Er erkannte jetzt, daß er nicht wirklich um Rat gefragt wurde, sondern daß man ihn aufzog. Wieder errötete er, diesmal vor Wut. »Wie das Mädchen, von dem ich eben gesprochen habe, kann sie von hier fortgehen und von Bäumen erzählen, die sie gefangengehalten haben, und von Wild, das sich in Liebhaber verwandelt hat, und wie die Tage verflogen sind wie Augenblicke. Und unser Wald wird um so sicherer sein, weil sie von hier fortgegangen ist.«

Merlin lächelte. »Also, was meinst du?«

»Ich meine … nun, zunächst einmal kann sie nicht in den Lumpen weggehen, die sie trägt.«

Die Herrin fragte leise: »Woher weißt du, was sie trägt, Lugh?«

Lugh warf seine Schüssel mitsamt dem Fisch auf den Boden und stampfte wütend mit dem nackten Fuß darauf. Da der Fisch brühendheiß war, hüpfte er danach eine Weile mit schmerzverzerrtem Gesicht und ohne den geringsten Anschein von Würde herum. Niemand lächelte. Höflich warteten wir alle auf seine Antwort.

»Na schön!« keuchte er schließlich. »Na schön! Ich habe sie gesehen. Sie ist schon seit ein paar Tagen hier.«

»Hast du mit ihr gespielt?« wollte Merlin wissen.

»Sie … sie haben mich nicht rangelassen.«

»Das ist gut«, sagte Merlin bedächtig. »Das ist sehr gut. Ja, du hast recht. Gwenevere muß etwas Besseres zum Anziehen haben.«

»Und sie kann nicht allein gehen!«

»Wieso nicht?«

»Bei den Göttern, sie kann überhaupt nicht zu Fuß gehen! Sie muß auf einem Zelter reiten, geleitet von einem …«

»Einem treuen Kämpen.«

»Ja.«

Merlin warf einen Blick zur Herrin. Sie schaute erst hinauf zum strahlenden Himmel und dann in die Ferne. Das Gesicht von uns abgewandt, zuckte sie mit den Achseln.

»Lugh ...«, begann Merlin. »Du hast früher doch immer mit den Dorfburschen Turnier gespielt, nicht wahr?«

»Ich ... ja.« Lughs Stimme kiekste wieder. Merlin hatte ihn überrascht.

»Du kannst mit einem Pferd umgehen.«

»Nun, ja. Ich meine ... ich denke schon.«

»Du weißt, wie man mit Waffen umgeht. Nicht im Kampf, aber doch zumindest so, daß du nicht über sie stolperst.«

»O ja! Ich kann mit Waffen umgehen!« Lughs Gesicht, eben noch düster, hellte sich auf.

»Eine Reise in das Königreich würde dir zweifelsohne gefallen.«

Lugh schluckte, verschluckte sich, hustete. »Jederzeit ... Wann und wie auch immer ich mich nützlich machen kann!«

»Keine Bange«, beruhigte ihn Merlin unnötigerweise. »Ich werde mit dir kommen.«

Freude barst wie Feuer aus Lugh heraus. Seine rötliche Aura, die in dem hellen Licht unsichtbar gewesen war, umhüllte ihn jetzt wie eine Wolke. Sein Gesicht strahlte wie die Sonne, die Augen leuchteten wie Sterne.

Hochaufgereckt wie eine wütende Schlange drehte sich die Herrin um und glitt von uns weg. Ihr langes Gewand schleifte raschelnd über die Pflastersteine, ein Geräusch wie herannahender Regen.

»Lugh geht fort!« sagte Elana.

»Das wollte er schon immer«, erwiderte ich.

Wir lagen eng beisammen auf dem weichen Moos unter der Ratseiche. Eine Frühlingsbrise fuhr durch ihr Blattwerk und ließ es rascheln. Drossel und Grasmücke sangen in ihren Zweigen, und Kuckucke zeterten auf der anderen Seite der Insel.

»Aber wohin?« wollte Elana wissen. »Aber warum?«

Elana hatte nie Merlins Lieder vom Königreich gehört. Neulich hatte sie zum ersten Mal im Eingang der Villa einen Blick auf Dana und die fremdartigen springenden Fische an der Wand erhascht; leer und stumpfsinnig hatte sie sie angestarrt. Elana hatte keine Vorstellung von einer Welt außerhalb unseres Waldes. Sie sah Lugh davonziehen in die weite, furchterregende Ferne des Königreiches, ins ... Nichts.

Der Gedanke an einen Versuch, es ihr zu erklären, lähmte meine Zunge. Ich zuckte mit den Achseln und wiederholte: »Er wollte schon immer dorthin. Seit wir klein waren. Merlin sagte damals, er würde da herauswachsen – wie aus einer Grille, verstehst du?«

Die Herrin saß mit übereinandergeschlagenen Beinen an der Feuerstelle im Hof, meinen winzigen Körper auf dem Schoß, und ich fühlte, wie sie energisch den Kopf schüttelte: Nein.

Merlin klopfte Teig auf den heißen Steinen. Der köstliche Duft von Haferkuchen stieg uns in die Nase. Über meinem Kopf sagte die kummervolle Stimme der Herrin: »Mein Sohn wird aufwachsen und gehen. Es liegt ihm im Blut. Kann man einen Schwan vom Schwimmen abhalten?«

Diese traurige Prophezeiung begleitete mich seither. Meine ganze

Kindheit hindurch träumte ich von diesem Augenblick, und wenn ich erwachte, fragte ich mich, was es wohl zu bedeuten hatte. Was für ein Kummer war es, der die Stimme meiner Mutter so bedrückt klingen ließ?

Und jetzt jammerte Elana: »Aber was gibt es dort draußen so Wichtiges? Was will er dort?«

Ich wunderte mich über ihre Trübsal. Wieso sollte es Elana etwas ausmachen, wenn Lugh sich wie ein junger Recke herausputzte, auf ein Roß stieg und Richtung Königreich ritt? Was bedeutete es ihr? »Dort gibt es eine andere Welt«, antwortete ich geduldig, »eine Welt jenseits von der, in der wir leben.«

Ging man nach Merlins Erzählungen und Schilderungen, so war es eine fremde und gefährliche Welt. Wenn man hier einen Schneesturm heranrücken sah, baute man sich einen Unterstand. Wenn Wölfe in der Nähe waren, kletterte man auf einen Baum. Den simplen Gefahren unserer Welt begegnete man simpel. Dort draußen aber, im Königreich des Riesen, sah man die Gefahr nicht unbedingt nahen. Es konnte durchaus geschehen, daß man – ohne es zu wissen – gegen eine Regel verstieß oder daß man jemanden kränkte oder beleidigte, ohne es zu wollen; und wir Elfen kannten nur eine Art der Verteidigung – zu schrumpfen, uns zu verstecken, zu verschwinden. Das jedoch war kaum möglich in den offenen Weiten des Königreiches.

Angst berührte mein Herz mit dornigen Fingern. Lugh, mein Bruder, ging nicht aus gutem Grunde dorthin – in ein Land, dessen Sprache er kaum verstand und dessen Regeln er wahrscheinlich weniger kannte, als er dachte. Er ging offen, vollkommen sichtbar, auf einem großen Pferd sitzend, beladen und beschwert mit Panzer und Speer.

Er ging dorthin, wohin er immer schon hatte gehen wollen. Ich ging nicht. Was bedeutete es für mich? Mein nahezu menschliches Herz pochte ruhelos.

»Wenigstens geht der Otter mit ihm«, sagte Elana.

»Was?« Ich fuhr hoch. »Otter Mellias? Wieso, im Namen aller Götter, geht *der* denn mit?«

»Er wird Lughs … Diener? Knappe? … sein. Ich hörte diese Wörter.«

»Aber … Mellias weiß nicht mehr über das Königreich als du! Wie soll er sich dort draußen zurechtfinden?«

Elana lag still da und starrte hinauf zu den in der Sonne leuchtenden Blättern der Ratseiche. Ihre Aura flackerte grün vor dem Hintergrund des grünen Mooses und dem mit grünen Flechten überzogenen Stamm. Vorher hatte sie gezüngelt wie eine hungrige Flamme; jetzt, bei dem Gedanken, daß Lugh irgendwie von Mellias beschützt werden würde, beruhigte sie sich wieder.

»Er wird … taub? … sein. Unfähig zu hören. Auf diese Weise wird er nicht sprechen müssen.«

»Gibt es taube Menschen?«

»Merlin sagt, ja.«

»Das wußte ich nicht. Wann hast du das gehört?«

»Gestern nacht. Während du schliefest.«

Ich saß starr da in Sonnenschein und Vogelgesang und stellte mir den kleinen braunen Mellias vor, wie er sichtbar im Königreich herumlaufen würde. Ein seltsames Kribbeln, wie von Angst, erfaßte mein Herz. »Aber warum?«

»Das wirst du ihn selbst fragen müssen.« Elana sah

mich an. Ihre Augen waren grau, wie die von Lugh, mit dichten Wimpern und gedankenvoll; sie ließen verborgene Tiefen erahnen. »Was bedeutet es für dich, Niv?«

»Bei den Göttern, ich kann es nicht sagen!«

Elana sah mich prüfend an. »Du magst Mellias.«

»Ich . . . ja. Ich mag ihn.« Ich hatte daran gedacht, bei der Mondblüte, die jetzt nur noch wenige Tage entfernt war, mit ihm zu tanzen.

»Niv«, sagte Elana, »horch, was die Blätter der Ratseiche sagen.«

Ich lauschte. Ich hörte, wie der Wind in den Blättern zu raunenden Stimmen wurde, weit entfernten, unverständlichen Stimmen. Vogelgezwitscher übertönte ihre Worte. »Ich kann sie nicht hören, Elana.«

»Vielleicht wird Merlin weissagen. Sie werden die beiden doch nicht ohne eine Prophezeiung losschicken!«

»Vielleicht wird die Herrin in ihrem Kristall lesen . . .«

So trösteten wir uns im Sonnenschein, auf weichem Moos, am Fuße der Ratseiche.

Merlins gleichlange Finger strichen über die Saiten der kleinen Harfe, die er Zauberer nannte.

Er saß mit übereinandergeschlagenen Beinen ein Stück abseits vom Feuer, am Rande der Dunkelheit, und als seine Finger die magischen Saiten weckten, seufzten sie wie die Blätter der Ratseiche. Ich zitterte ein wenig, und meine Lider senkten sich, damit ich die leuchtenden Träume besser sehen konnte.

Ich gab mir einen Ruck, um wach zu bleiben. In dieser Nacht wollte ich sehen, schauen und behalten und mich nicht von irgendeiner kühnen Menschenmär verzaubern lassen.

Unser Feuer glomm schwach in dem steinernen Kamin. Elana und Lugh saßen Schulter an Schulter und starrten in die Glut. Mellias lag ausgestreckt auf dem Rücken, döste und balancierte einen Fuß auf dem angehobenen Knie des anderen Beines.

Neben ihm hockte seine Gefangene Gwen, halb wach. Durch die Fetzen ihres blauen Kleides schimmerte weiß wie der Mond ihr schlanker Körper. Immer, wenn ihr der Gedanke daran kam, zog sie ihr langes, offenes Haar über die Brüste, doch nur, um es einen Augenblick später wieder loszulassen. Ihr verschwommener Blick glitt über Merlin hinweg – den sie kannte –, als wäre er ein Fremdling, und blieb auf Lugh haften.

Mit leuchtenden Augen, aufrecht wie ein Eichhörnchen dasitzend, sandte mir die Herrin ein kaum wahrnehmbares Lächeln und hob die Finger, um mir zu signalisieren: *Du bleibst auf der Hut!*

Ich lächelte zurück. Wir verstanden uns.

Unter Merlins Fingern raschelte die Harfe Zauberer wie Laub, plätscherte wie Wasser und sang wie der Wind; und Merlin stimmte eine Ballade an.

Bist du von Liebesleid gerührt,
Ist dir die Kehle zugeschnürt
Von längst vergang'nem Weh der Herzen,
Von Schuld und Sühne, Tod und Schmerzen,
Dann lausche meiner Harfe Lied,
Das klagend durch die Hallen zieht,

Ein Pfeil, der in die Seele dringt
Und dort für immer weiterklingt.

Dann, in lebendiger Prosa: »Hier kommt mein Held, Sir Tristam, übers Meer – welches ein sehr großer See ist – auf seinem Schiff, welches ein sehr großes Boot ist. Und Sir Tristam selbst ist ein sehr großer Held, ein Mensch, das, was wir einen Riesen nennen; und das Mädchen, das kommt, ihn zu begrüßen, mit dunklem, wallendem Haar, hellem, wehendem Gewand, die Prinzessin Yseult, ist eine Riesin wie Gwen.«

Ich schaute zu Gwen und stellte mir Yseult deutlicher vor als je zuvor, obwohl Yseult natürlich edel gekleidet war und ihre Sinne beisammen hatte. Es war nicht Gwens Schuld, daß sie halbnackt unter Feinden kauerte. Sie hätte sehr gut die Heldin eines großen lateinischen Epos darstellen können, denn sie war wunderhübsch, schöner noch anzuschauen als ... als die Herrin, deren Schönheit im Walde Legende war. Und Schönheit machte eine menschliche Heldin aus, wie mir aufgefallen war. Geist, Begabung und Macht waren von weit geringerem Gewicht. In Wahrheit waren Frauen mit Geist oder Magie gewöhnlich die Bösen in den Märchen der Menschen.

Die Geschichte nahm ihren Lauf. Sir Tristam, ein Rittersmann von der Art, wie Lugh sie so sehr bewunderte, war gekommen, Yseult zu suchen – seltsamerweise nicht, um ihr beizuwohnen, sondern um sie zurück nach Hause zu holen, damit sein Onkel, König Markus, ihr beiwohnen konnte. (Diese Stelle der Geschichte vermochte man einem Elfen unmöglich zu erklären, weshalb Merlin es auch gar nicht erst versuchte. Er merkte lediglich an, daß die menschliche Art zu leben einige sonderbare Eigenheiten aufwies.) Yseult erklärte sich einverstanden, dem König Markus beizuliegen, obgleich sie ihn nie zuvor gesehen hatte. Und ihre Mutter, eine dieser suspekten Frauen mit Verstand und Magie, gab ihr einen Liebestrank, den sie mit König Markus teilen sollte, damit sie beide sich auch ja lieben würden.

Merlins Harfenmusik wogte jetzt wie das Meer, über das Tristam und Yseult zusammen fuhren. Sie schmausten unter den sich neigenden Sternen, und Yseults Zofe brachte ihnen beiden einen Trank; durch ein bitterböses Schicksal war jener Trank der Liebestrank der Mutter.

Und Yseults Mutter verstand fürwahr etwas von Magie! Sobald Tristam und Yseult den Trank geteilt hatten, verliebten sie sich tief, hoffnungslos und für alle Ewigkeit ineinander. Sie waren verhext. (Eben so, wie ich glaubte, daß Elana verhext sein müsse. Sie war so närrisch, so menschlich, was diesen einen, diesen einzigen anging, den sie liebte, daß ihr Verhalten mich stark an die Geschichte erinnerte. Hier fand ich die einzig mögliche Erklärung für ihren Zustand.)

Und so liebten sich Tristam und Yyseult denn nun, während sie sich nach menschlichem Brauch und Empfinden nicht hätten lieben dürfen. Sie begehrten einzig einander, und wenn es nach ihnen gegangen wäre, hätten König Markus und sein Königreich getrost im Orkus versinken können. So begann eine Zeit des Grams und der Pein für König Markus, sein Königreich und das verhexte Liebespaar.

Merlins Harfenmusik schwoll ab von Tosen zu Murmeln, von plätscherndem Wasser zu raschelndem Laub.

Elana legte den Kopf an Lughs Schulter und starrte mit feuchten, verträumten Augen ins Nichts. Ihre pummelige weiße Hand hatte die seine ergriffen.

Lugh schaute über Elanas Kopf hinweg zu Gwen.

Gwen schaute Lugh an, als sähe sie ihn durch ihren Pilz-Nebel.

Und Merlin strich ein letztes Mal über Zauberer, die Harfe, und entlockte ihr einen tiefen, wohlklingenden Schlußakkord, der sogar in meinem Herzen widerhallte.

Hellglitzernd im Licht der aufgehenden Sonne, strömte der Ostfluß unter unseren beiden Booten dahin. Schwärme von Enten und Schwänen stiegen auf donnernden Schwingen aus dem Wasser auf, als wir auf sie zuhielten. Sie flogen über uns hinweg und ließen sich in unserem Kielwasser nieder.

Gwen, Mellias und ich fuhren in dem einen Boot, Lugh und Elana in dem anderen. Elana und ich hielten die Stangen quer über den Bootsrand. Da es flußabwärts ging, brauchten wir nicht zu staken.

Zwischen der gleißenden Sonne und dem funkelnden Wasser sah ich meine Freunde, Vögel und Bäume, die sich über die Uferbänke lehnten, nur als starre Gestalten, die das Sonnenlicht auffingen und reflektierten wie – so hatte Merlin es mir erzählt – der Mond, selbst lichtlos, es tut. Aber ich konnte die Auren fühlen, die ich nicht sehen konnte. Von Gwen in meinem Boot zu Lugh in dem von Elana spannte sich eine straffe Kraftlinie.

Unerschütterlich beobachtete Lugh Gwen; und Elanas wütender grauer Blick hätte eigentlich ein Loch in seinen Hinterkopf bohren müssen. Als ihr Boot gegen unseres stieß, fühlte ich, wie Elanas Wut unsere beiden Boote wie ein Strudel umspülte.

Gwen saß stumm im Boot und starrte die Bäume an, die an uns vorüberglitten. Ihr zunehmend schärfer werdender Blick verriet uns, daß die Wirkung des Pilzes allmählich nachließ. Am Ostrand, dachte ich, sollte sie in der Lage sein, auf den Zelter zu steigen, den Merlin für sie gefunden hatte, etwas, das sie in ihrem Alltag als Königin Tag für Tag tun mußte. Vielleicht würde sie sich sogar an einiges von dem erinnern, was sie jetzt geschwind vorübergleiten sah: dicht an dicht stehende dunkle Bäume, aufstiebende Entenschwärme, ein Baumhaus, das über das Wasser auslud, kleine dunkelhäutige Kinder, die im Wasser planschten.

Mellias striegelte und putzte sich wie ein glücklicher Otter. Er löste seinen Zopf und flocht ihn aufs neue, bürstete Laub von seiner Tunika, prüfte immer wieder seine sich bauschenden Taschen. Mellias tat eine weite Reise.

»Aber warum, Mellias?« hatte ich ihn traurig gefragt.

»Du überraschst mich, Niviene! Hast du noch nie die Welt sehen wollen?«

»Nun, nein.« Der Gedanke war mir noch nie gekommen.

»Und das, wo du Merlins Geschichten gehört hast, als du klein warst! Und Bilder gesehen hast!«

»Ich war mit den Geschichten und Bildern ganz zufrieden, Mellias. Ich bin's immer noch.«

»Nimm's nicht schwer, Süße. Ich werde wieder zurück sein, bevor der Mond zweimal erblüht ist.«

»Das glaube ich nicht.« Ich hatte eine düstere Vision von gewaltiger Ferne gehabt, von Zeit, die nicht verging.

»Ich werde schon noch zur Mondblüte mit dir tanzen, Niviene. Der Gedanke wird mich zurückbringen!«

»Sie sagen, du seiest Lughs ... Diener.«

»Was immer das ist, ja, das bin ich.«

»Das ist eine noble Rolle, Mellias. Ich hoffe doch, du kannst mit Pferden umgehen?«

»Was?«

»Du wirst die ganze Zeit über auf Pferden sitzen oder in ihrer Nähe sein.«

»Ach, tatsächlich? Weißt du, ich hatte eigentlich die Vorstellung von einem Schiff, so wie in der Geschichte. Ein sehr großes Boot auf einem sehr breiten Strom.«

»Pferde.«

»Ach. Mhmm.« Zum ersten Mal hatte Mellias unsicher geklungen. Doch dann war Lugh mit leuchtenden Augen zu uns gestoßen, schwanger vor Erregung wie eine Frau mit einem Kind; und sie waren zusammen weggegangen, sich fröhlich mit den Fingern unterhaltend ...

Ich staunte über diesen Hang zum Abenteuer, den zwei männliche Wesen teilten, die doch so verschieden waren. Nichts, dachte ich, würde mich jemals aus den sicheren Schatten unseres Waldes fortlocken.

Der Ostfluß wurde breiter und behäbiger. Die Bäume an den Uferbänken standen nicht länger dicht an dicht, Flecken vom Sonnenaufgang sprenkelten den Waldboden. Ich schaute zu Elana hinüber und nickte.

Sie saß in einer Gewitterwolke, die sie selbst geschaffen hatte. Mir stockte der Atem, und mein Herz zog sich schmerzhaft zusammen beim Anblick ihrer elendigen Wut.

Aber sie sah mein Nicken und erhob ihre Stange, so wie ich die meine erhob. Zusammen stießen wir die Stangen durch klares Wasser und Pflanzen in den festen Grund und stakten die Boote Richtung Ufer. Vorsichtig krochen wir um die nächste Biegung, durch raschelndes Röhricht, unsichtbar zwischen den Schilfrohren; denn wir befanden uns jetzt am östlichen Rand des Waldes, den wir als Kinder bewacht hatten – oder, anders gesagt, am Rand des Menschenkönigreichs.

Ich stand auf, um über das schwankende Röhricht und die Uferbank zu spähen, und sah erneut, wie sich das Königreich vor mir ausdehnte. (Ich hatte nicht damit gerechnet, diesen Anblick so schnell wieder vor mir zu haben. Ich hoffte immer noch auf ein ruhiges, zurückgezogenes Leben auf der Apfelinsel oder in den geheimen Tiefen unseres Waldes, in sicherer Entfernung von dieser unendlichen Weite aus Himmel und baumloser Erde und dem verwirrten, getriebenen Volk, das hier arbeitete.)

Weideland grenzte an den Wald, Trift für große Herden von Schafen und Ziegen und kleine Herden halbwilder Ponys. Dahinter verschmierte der Rauch von drei strohgedeckten Dörfern den Sonnenuntergang. In ihrer Mitte erhob sich Mittsommer-Kogel, ein kleiner, kegelförmiger Hügel, auf dem Elana und ich einmal in der Mittsommernacht mit Menschen getanzt hatten. (Bis zum heutigen Tag habe ich nie wieder einen Blick auf diesen Kogel geworfen, aber ich erinnere mich genau an ihn.) Zwischen uns und dem Kogel pflügten gebückte Männer und eingespannte Ochsen die Felder.

Lerchen stießen herab und sangen am heller werdenden Himmel. Die Rufe von Schafen und Kühen drangen zu uns im Röhricht herüber, und Gerüche nach Dung und Rauch sowie ein anderer, beißender Tiergeruch ganz in der Nähe, den ich nicht einordnen konnte. Und diese ebene, fremde Weite lag völlig offen vor uns, unterbrochen hier und da von dem einen oder anderen großen, schattenspendenden Baum und ein paar Hecken, in denen vielleicht ein Kaninchen verschwinden konnte, aber kein Elf. Die gewaltige Aussicht raubte mir den Atem und brachte mein Herz zum Stocken, wie sie es immer getan hatte.

Wir stiegen aus den Booten und wateten ans Ufer. Elana und ich zogen die Boote aufs Ufer. Nur Gwen saß still da, mit umwölktem Blick; ihre weißen Hände waren gefaltet und ruhten in ihrem Schoß.

Lugh watete zu ihr. Er hob sie aus dem Boot, dieser große, kräftige Junge, trug sie auf den Armen und setzte ihre Füße mit den zerfetzten Pantoffeln auf die Uferbank. Er hielt sie fest, damit sie nicht umfiel, den muskulösen Arm um ihre Hüfte geschlungen.

Das überraschte mich, aber ich vergaß es gleich wieder, als Merlin neben uns auftauchte, die Herrin an seiner Seite. Im Schatten des Waldes hatten sie Pferde bereitstehen. (Das war also die Quelle des beißenden Tiergeruchs.) Sie hatten auch einen Sack mit Kleidern bei sich, dazu einen leichten Harnisch für Lugh, ein Kleid und einen

Mantel für Gwen. Merlin wollte so gehen, wie er war, und Lughs tauber Knappe brauchte keinen Putz.

Die Herrin gab das zusammengerollte Kleid und den Mantel Gwen, die das Bündel hielt, wie sie ein Baby im Arm hielte.

»Zieh das an!« befahl die Herrin.

Gwen stand schwankend da, das Bündel zärtlich an sich drückend.

»Du kannst dich anziehen.« Die Herrin stellte sich auf die Zehenspitzen, um Gwen in die Augen zu schauen. »Der Pilzrausch läßt nach ... Ah, ich weiß.« Sie wandte sich zu uns. »Sie möchte sich unbeobachtet umziehen.«

Lugh, der soeben seinen neuen Küraß festschnallte, schnaubte. »Wahrhaftig! Elana, geleite sie in das Gebüsch dort und hilf ihr!«

»Was ...« Elana fuhr hoch und erstarrte. »Was?«

»Hilf Gwen beim Umziehen!«

»Ist sie ein Säugling?«

»Sie ist eine römische Herrin, Elana. Sie ist eine Königin.« Lugh schien zu glauben, daß diese Wörter jeden Protest verstummen lassen würden.

Ich stand verblüfft da. Lugh sah keine Auren. Deshalb konnte er auch nicht die Gewitterwolke sehen, die Elana einhüllte. Aber spürte er denn nicht ihren Zorn und Kummer, da doch sogar Menschen vor der Heuernte ein heraufziehendes Gewitter spüren konnten? Lugh kämpfte weiter mit den ungewohnten Verschlüssen des Harnischs, und Mellias spielte mit den neuen Waffen, wog sie prüfend in der Hand und probierte sie aus. Keiner schien etwas Ungewöhnliches an Elana zu bemerken.

Was mich selbst anbetraf, so reagierte ich rasch und stibitzte ihr das Messer aus dem Gürtel. Dann nahm ich Gwens große, sommersprossengesprenkelte Hand in meine kleine, braune Hand und führte sie weg.

In einem Dickicht, das Elana und ich gut kannten, nahm ich Elanas Messer und schnitt Gwen die Lumpen vom Leib. Nackt stand sie da und schwankte wie eine golden getüpfelte Birke. Sie erschauerte in der plötzlichen Kühle, und ihre grauen Augen leuchteten ein wenig auf.

Ich betrachtete sie. Widerwillig rief ich: »Elana, wir brauchen einen Kamm!«

Mit düsterer Miene erschien Elana neben mir und reichte mir einen beinernen Kamm. Ich bot ihn Gwen an, aber sie starrte ihn bloß an. Also machte ich mich selbst an die Arbeit.

Während ich ihr langes, glänzendes Haar kämmte, sagte ich: »Elana, du weißt, warum Gwen nach Hause zu ihrem Mann geht. Und du weißt, warum Lugh sie begleitet.«

»Und du, Niviene, weißt, daß Lugh niemals wiederkehren wird.«

Meine kämmende Hand hielt inne. Gwen stand still wie ein gut dressiertes Pferd.

Dunkelheit umfing Elana wie ein Mantel. Ihre Hand fuhr zum Gürtel, wo ihr Messer hätte hängen müssen. Sie erstarrte, verdutzt.

»Elana«, fragte ich leise, »warum gibst du Lugh solche Macht, dich zu verletzen?«

Elana öffnete den Mund, aber kein Wort kam über ihre Lippen. Sie hob die Finger, um mir zu antworten.

Lugh ist der eine. Der einzige.

Ich hätte das ahnen müssen.

Ich fragte Elana nichts weiter. Statt dessen flocht ich Gwens wundervolles Haar zu einem langen Zopf und band ihn mit ihrem eigenen Band aus meiner Tasche. Ich nahm ihr das zusammengerollte Kleid aus den Armen, stellte mich auf die Zehenspitzen und zog es ihr über den Kopf. Während sie die Arme in die Ärmel steckte, legte ich ihr den braunen Mantel um die Schultern. Da stand sie nun, gekämmt und angezogen, für mich wieder so strahlend und schön wie eine Göttin. (Ich hatte keine Ahnung, wie bescheiden ihre Kleidung war. Sie hätte eine Tunika und ein Überkleid tragen müssen, gehalten von einem juwelenbesetzten Gürtel. Ein Messer hätte in dem Gürtel stecken müssen, Schlüssel hätten an einer goldenen Kette an ihm hängen müssen, und ihre Pantoffeln hätten sauber sein müssen. Und ein feiner Schleier hätte auch nicht geschadet.)

Ich sagte: »Komm, Gwen«, zog an ihren Fingern und führte sie an Elana vorbei zurück zu den anderen.

Lugh, der gerade dabei war, sein neues Schwert zu begutachten, schaute auf, als wir kamen, und stand wie vom Donner gerührt.

Das Sonnenlicht spiegelte sich in seinem Küraß und seinem Helm. (Es würde jetzt unmöglich für ihn sein, in einem Gebüsch zu verschwinden!) Er sah aus wie jeder beliebige blutjunge Rittersmann, der am Waldrand vorbeiritt und mit mulmigem Gefühl in die Schatten spähte. Elana und ich hatten immer gern Tannenzapfen von Baumwipfeln auf solche Rittersleute hinuntergeworfen und lachen müssen, wenn sie erschrocken ihrem Roß die Sporen gegeben hatten.

Lugh erholte sich langsam wieder von der überwältigenden Wirkung, die Gwens Schönheit auf ihn hatte. Vielleicht hatte diese ihn aber auch dazu inspiriert, ihr zu imponieren. Er wandte sich zu seinem neuen Knappen um und befahl großspurig: »Mell, hol die Pferde!«

Mellias war gerade damit beschäftigt, Gwen mit offenstehendem Mund in ihrem bescheidenen Glanz anzugaffen. Jetzt drehte er sich zu Lugh um – und wurde blaß.

»Mach schon.«

Mellias rührte sich nicht vom Fleck.

»Du hast doch schon einmal mit Pferden zu tun gehabt, oder?«

»Mhm. Nicht … in letzter Zeit.«

»Na schön. Dann werd ich's dir zeigen.« Unübersehbar stolzierend, führte Lugh Mellias in den Schatten der Bäume.

(Aus dem Dickicht heraus pflegten Elana und ich Lugh immer beim Reiten mit den Dorfjungen zu beobachten. Sie ritten gegeneinander auf Ponys, Eseln oder zur Not auch auf ihren Brüdern und verpaßten sich echte Hiebe mit echten Stöcken. Dieses unglaublich dumme Spiel nannten sie Turnier. Der Sinn der Veranstaltung bestand darin, so viele Gegner wie möglich von ihren Reittieren zu werfen, bevor man von seinem eigenen geworfen wurde.

Lugh spielte oft mit Menschenjungen. Sie faszinierten ihn, wie alles Menschliche. Er näherte sich ihnen von Osten und schlug dann einen weiten Bogen um sie herum, damit sie glaubten, er sei ein Mensch wie sie, stamme nur aus einem weiter entfernten Dorf, das sie nicht kannten. Sehr zum Leidwesen der Herrin hatte er seine Zähne nie feilen lassen, so daß er mit offenem Mund lachen konnte und sie nur krumme, schleimige Zähne wie ihre eigenen sahen. Er erlernte ihre rohen Wölflingsspiele und damit auch ihre Sprache und ihr Gehabe.)

Pferde hatten für Lugh nichts Erschreckendes. Er marschierte stracks zu denen, die im Schatten warteten. »Du solltest ihnen gegenüber nicht so zaghaft sein«, sagte er zu Mellias. »Du gehst ruhig auf sie zu, so...«

Aber die Pferde witterten die Elfen. Sie zitterten, wieherten und zerrten an ihren Leinen.

Merlin strich sich über den Bart. Die Herrin lächelte mit geschlossenem Mund und lehnte sich an eine Esche. Dies würde eine Weile dauern.

Mellias hatte noch nie Turnier gespielt. Der scharfe Pferdegeruch alarmierte ihn genau so, wie sein Elfengeruch die Pferde alarmierte. Mellias und die Pferde drehten sich nervös im Kreis und duckten sich, was zur Folge hatte, daß sie sich bald in ihren Leinen verhedderten; sie schnaubten und traten aus. Fast glaubte ich das Gelächter von Kindergardisten zu hören, die von den Baumwipfeln aus zuschauten.

Lugh verlor die Geduld. Er fuhr dazwischen, hob Mellias in die Höhe und warf ihn wie einen Sack über den Rücken des alten, bereits mit einem Bündel beladenen Packpferdes, des einzigen Tieres, das während des ganzen Aufruhrs den Kopf ruhig hatte hängen lassen. »In Ordnung. Für heute zeige ich dir ausnahmsweise noch einmal, wie es geht. Aber du wirst lernen müssen, mit Pferden umzugehen, wenn du mein Knappe sein willst!«

Mellias schloß die Augen.

Eigenhändig führte Lugh die Pferde in einer Reihe aus dem Schatten der Bäume hinaus in die Sonne. Er selbst verschränkte die Hände zu einer Trittstufe und half Gwen auf den kleinen, mondweißen Zelter, den sie für sie gekauft hatten. Sie schwang sich von seinen verschränkten Händen aus rittlings auf das Pferd und zog ihr weites Kleid herunter, und zum ersten Mal schien sie sich voll dessen bewußt zu sein, was sie tat.

Dann machte Lugh eine Räuberleiter für Merlin. Der Magier schmunzelte sich eins in den Bart, stellte den Fuß auf Lughs verschränkte Hände und schwang sich auf einen kleinen Grauen.

»Schau, Mell«, sagte Lugh, »das sind die Dinge, die du für mich tun sollst.« Aber Mellias' Augen blieben geschlossen.

Lugh klatschte den Staub von seinen Händen und schwang sich auf ein großes schwarzes Schlachtroß. Zwei noch ungesattelte Pferde waren für die ›bewaffneten Reiter‹ reserviert, die am ersten ›Gasthof‹ zu der Gruppe stoßen würden. Lugh war bereit loszusprengen; die Fersen schwebten schon über den Flanken seines Rosses, als die Herrin zu ihm geeilt kam.

Sie stand mit dem Rücken zu mir. Sie sprach mit Lugh in der Fingersprache, nicht sichtbar für mich. Daher habe ich nie erfahren, was sie zu ihm sagte.

Ich weiß jedoch, daß Lugh zu dem Zeitpunkt keine

Ahnung davon hatte, daß er nicht zurückkehren würde. Er dachte einzig und allein daran, daß er zu einer wunderbaren Abenteuerreise aufbrechen und frei in der Welt umherschweifen würde, so wie ein Kind im Walde. Bestimmt dachte er, er werde zurückkehren, so wie er ja auch von der Kindergarde nach Avalon zurückgekehrt war. Vielleicht glaubte er sogar, dieser Tag der Rückkehr werde schon bald kommen, so wie Mellias ja auch glaubte, er werde bei der nächsten Mondblüte mit mir tanzen.

Daher hatte er der Herrin wenig zu sagen. Über ihrem Kopf sah ich ihn signalisieren: *Beobachte uns in deinem Kristall. Wirke uns einen Zauber.* Dann loderte seine Aura in die Sonne empor und hüllte seine Gruppe ein, ergriff sie und nahm sie auf, wie seine Hände die Zügel des Schlachtrosses aufnahmen. Die Pferde hoben die Köpfe, bliesen durch die Nüstern und setzten sich in Trab.

Zuerst ritt Lugh durch die Schafherden, die auf den Weiden grasten. Sein Knappe Mellias folgte ihm an einer Leine, auf und ab hüpfend wie die Säcke an seinem Gürtel. Gwen wippte auf dem weißen Zelter auf und ab, wieder ganz bei Bewußtsein und mit der Eleganz einer geübten Reiterin. Und Merlin bildete, mit eingezogenen Schultern unter seinem groben Wollmantel kauernd, den Schluß. Sie entfernten sich immer weiter von uns, wurden immer kleiner, drangen immer tiefer in die unendliche Weite des Königreiches.

Eine Schafherde teilte sich vor ihnen, abgesprengte Lämmer blökten nach ihren Müttern. Sie ritten an den pflügenden Männern vorbei, die in ihrer Arbeit innehielten, um zu gaffen. Schließlich kamen sie am Mittsommerkogel vorbei. Zwischen uns und ihnen flogen Lerchen und sangen.

Wir standen alle drei still und stumm und schauten ihnen nach, bis sie außer Sicht waren. Dunkle Energie ging von der Herrin aus. Sie wußte es. Sie hatte es immer gewußt.

Hinter mir schrie jemand.

Ich fuhr herum.

Tränen flossen über Elanas dicke Backen. Aus ihrem weit aufgerissenen Mund drangen kindlicher Kummer, Verlust und Verzweiflung. Sie blökte wie ein verlorenes Schäfchen.

Hinter dem Kogel verschmolzen die Reiter mit dem frühlingsgrünen Land.

Kreischend sank Elana auf die Knie. Die schwarze Wolke wälzte sich über sie, hüllte sie vollständig ein und streckte tastende Spinnenarme nach mir aus.

Ich rannte. Ich stürmte weg von Elana und ihrer gefährlichen Wolke und lief hinunter zu den Booten im Schilf. Ich stieß ein Boot in die Strömung, sprang hinein und packte die Stange. Einen Augenblick lang hielt ich das Boot ruhig im Wasser und schaute mich um.

Die Herrin war halb von der Wolke eingehüllt. Sie reichte nicht höher als bis zu ihren Hüften, denn ihre gleißende Energie drückte die Schwärze nach unten. Meiner eigenen Energie traute ich jedoch nicht zu, daß sie das Gleiche tat. Ich stemmte meine Füße gegen den Boden des Bootes, tauchte die Stange ins Wasser, spürte den Grund und stieß mich kraftvoll ab, flußaufwärts, gegen die Strömung.

2

Mondblüte

Während die letzten Sonnenstrahlen noch verweilten, ging der Jungfernmond auf. Ich hielt mit dem Richten meines Nachtlagers mit Schilfrohr inne und schaute zu, wie er die Wipfel der Buchen auf der anderen Seite der Lichtung berührte. Diese Lichtung mußte für Mondblütentänze gerodet worden sein, aber sie war seit Jahren nicht mehr dafür gebraucht worden; junge Bäume reckten ihre belaubten Häupter aus dem Glockenblumenteppich. Zwei Nächte noch, und der Mond würde erblühen. Trommeln würden schlagen, Flöten würden spielen. Aus den tiefsten, fernsten Waldschatten würden die Elfen sich auf Lichtungen wie dieser versammeln, um zu tanzen, umherzutollen, zu schmausen und zu lieben. Stille Leute, deren Wege sich mit Bedacht den ganzen Monat lang nicht kreuzten, würden sich in dieser Nacht als Freunde und Geliebte begegnen. Und ich hatte mir diesmal vorgenommen, dabei mitzutun.

Unter den Buchen bewegte sich eine Gestalt, die weiß war wie der Mond. Sie hob ihren kleinen Kopf, zuckte mit den Ohren und dem Sterz und spähte um sich. Der Geist einer Damhirschkuh?

Ich hatte solche Geister schon früher gesehen. Ein Bär suchte die Falle heim, in die man ihn gelockt hatte. Ein Wolf schnürte im Mondenschein durch den Schnee, ohne Spuren zu hinterlassen. Und diese Hirschkuh...

Trat auf einen Zweig. Ich hörte es knacken.

Dies war eine weiße Damhirschkuh, warm und lebendig wie ich. Während ich ihre langsamen Bewegungen studierte, dachte ich: Sie hat ein Kitz irgendwo in der Nähe versteckt. Leise rief ich ihr zu: »Sei mir gegrüßt, Hirschkuh! Wir wollen Freunde auf dieser Lichtung sein, du und ich.«

Sie reckte den Kopf ganz hoch und zuckte mit einem Ohr.

Ich ging wieder zurück, um meinen Unterschlupf aus gebogenen Schößlingen weiter mit Röhricht zu bedekken. Pirole und Amseln sangen um mich herum. In einem dunkleren Waldflecken flötete eine Nachtigall. Ich deckte mein Dach und dachte nach.

Auf der Heimfahrt nach Avalon hatte ich beschlossen, hier eine Rast einzulegen, um allein zu sein. Vielleicht befürchtete ich im Stillen, daß mir Elanas schwarze Wolke flußaufwärts zur Insel folgen könnte. Vielleicht versteckte ich mich auch wie ein verwundetes Tier, das seine Wunden lecken wollte. Vieles war geschehen in sehr kurzer Zeit.

Ich hatte meinen Bruder verloren. Elana sagte, er werde nicht zurückkommen, und meine Knochen sagten mir, daß sie recht hatte. Warum ich das dachte, konnte ich nicht sagen. Aber ich wußte, daß die Herrin sich immer vor seinem Weggehen gefürchtet hatte. *Kann man einen Schwan vom Schwimmen abhalten?* Ich hatte meinen Freund Mellias verloren, noch bevor wir uns richtig miteinander angefreundet hatten. Ich hatte womöglich auch Elana verloren. Wie konnte ich mich jemals wieder ihr zuwenden und ihre Hand nehmen, nun, da ich ihre furchtbare Schwäche kannte?

Ich deckte weiter meinen Unterschlupf und dachte nach, zuerst über Lugh.

Mein Bruder Lugh hatte stets Sehnsucht nach dem Menschenkönigreich verspürt. Während seiner Zeit in der Kindergarde hatte Lugh das Königreich mehr besucht, als daß er sich vor ihm gehütet hatte. Eines Mittsommernachts hatte er Elana und mich zu dem Freudenfeuer auf dem Kogel mitgenommen...

Er gab uns Tuniken und Umschlagtücher, wie die Menschen sie trugen, und führte uns in der Abenddämmerung vom Ostrand aus ins Königreich. Wie Schatten huschten wir Hand in Hand über Weiden, die wir von unseren nächtlichen Streifzügen her gut kannten. Als wir näher kamen, scharte sich das Dorfvolk um uns, Leute aus unserem Dorf und von weiter entfernten Dörfern. Wir bewegten uns in dieser Menge wie braunes Wild in einer braunen Herde. Als wir uns dem Kogel näherten, begannen die Trommeln zu schlagen – keine leise im Rhythmus des Herzens schlagenden Trommeln, wie wir Elfen sie spielten, sondern große, dröhnende Donnertrommeln, die das Blut in unseren Adern aufwühlten.

Elana blieb stehen. »Sie werden Verdacht schöpfen!« Mit den Fingern schrieb sie: *Sie werden unsere Knochen in dem Feuer verbrennen.*

Lugh schrieb zurück: *Haltet einfach die Lippen geschlossen. Sie werden nie und nimmer darauf kommen. Ihr seht vollkommen menschlich aus.* (Und für Elana stimmte das.)

Am Feuer angekommen, reihten wir uns sogleich in den sich bildenden Kreis ein. Hand in Hand mit den Dörflern liefen wir um das immer höher lodernde Feuer herum.

Der menschliche Gestank war überwältigend. Der Anblick unzähliger Menschen auf einem Haufen verblüffte mich. Menschen aller Altersstufen bewegten sich gemeinsam in dem Kreis, Kinder, die kaum laufen gelernt hatten, gebeugte Alte, ein paar durch und durch Verunstaltete. Solche Menschen hatte ich noch nie gesehen.

Es waren schwerfällige Riesen. Ihre Füße hoben sich vorsichtig von der Erde, die sie so gut kannten. Die Trommeln schlugen erst langsam, dann schneller. Pfeifen schrillten, das Tempo wurde schneller, und ich sah eine Flamme der Erregung rings um den Kreis aufflackern.

Jetzt zogen sich die Siechen, die Kleinen und die Alten zurück, um zuzuschauen. Wir tanzten schneller, hüpften und sprangen immer höher, während das Feuer langsam herunterbrannte.

Und dann brach ein junges Paar aus dem Kreis aus, rannte Hand in Hand auf das Feuer zu und sprang darüber hinweg.

Staunend schaute ich zu, wie Paare, einzelne Menschen und ganze Ketten von jungen Leuten wie Hasen über das

Feuer setzten. Warum mußten sich Kitzel und Gefahr diesem Spaß beigesellen? Aber so geht es halt immer bei den Menschen.

Lugh riß sich von meiner Hand los. Er und Elana stürmten vorwärts und warfen sich über das Feuer, Hand in Hand, mit wehenden Kleidern und Haaren. Sie machten kehrt und sprangen ein zweites Mal.

Ich sah ihre Gesichter im Feuerschein, leuchtend und wild wie die Menschengesichter um sie herum. Sie hätten ebensogut selber Menschen sein können. Beide waren sie für Elfen groß und kräftig, und jetzt sah ich sie im Zustand höchster Erregung, ja, Ekstase. Bestürzt schloß ich den Kreis, indem ich die Hand eines alten Bauern auf der einen Seite und die eines kleinen Mädchens auf der anderen ergriff. Mein Herz pochte im Gleichtakt mit den Trommeln.

Sei auf der Hut, sagte ich mir. Besinne dich deiner selbst, und denk daran, was du bist, sonst springst du womöglich auch noch über dieses Feuer!

Vorsichtig geworden, stieg ich im Geiste empor und schaute aus luftiger Höhe auf die Tanzenden hinab. Aus sicherer Warte konnte ich sehen, wie die Flamme freudiger Erregung durch den Kreis lief, auf den Gesichtern der Tänzer leuchtete und unter ihren Füßen hervorsprang.

Ein junger Bursche, der Blumenbänder hinter sich her zog, schätzte seinen Sprung falsch ein, und die Bänder fingen Feuer. Er stolzierte weiter, ohne dies zu bemerken, aber Tänzer und Schaulustige rannten zu ihm, rissen ihn zu Boden, wälzten ihn über die Erde und rissen ihm die brennenden Bänder vom Leib.

Danach ebbte die Erregung ab. Die Flamme flackerte jetzt sanfter um den Kreis, und ich sank wieder in meinen Körper, fühlte die schwieligen, verschwitzten Hände, die meine hielten, und roch bitteren menschlichen Atem.

Als die Nacht verging, löste sich der Kreis auf. Lugh und Elana kamen und zogen mich weg, und zu dritt stiegen wir leise und unauffällig den Hügel hinab. In drei Dörfern unten brannten Feuer, die an dem Freudenfeuer angezündet worden waren. Auf dem Weg nach unten stolperten wir ständig über Paare, die dem Gott und der Göttin halfen, sich zu vereinigen, und die so gierig aufeinander waren, daß sie nicht einmal Deckung suchten...

Während ich jetzt mein letztes Schilfrohr auf das Dach legte, dachte ich, daß Elana Lugh in jener Nacht hätte verführen sollen. Seither hatte es zwar weitere Gelegenheiten gegeben: Mondblüten, ›zufällige‹ Begegnungen; überhaupt hätte sie Lugh in der Villa oder in jedem Gebüsch verführen können. Aber ich war mir sicher, daß sie das nie getan hatte. Wenn Elana mit Lugh geschlafen hätte, dann hätte sie ihn trockenen Auges ziehen lassen können.

Als das Tageslicht verschwunden war, sammelte ich Reisig und Laub, schichtete es in einem kleinen Kreis aus Steinen auf und hauchte Energie in meine Handflächen. Mit übereinandergeschlagenen Beinen setzte ich mich vor den Zunder, beugte meine Hände, formte mit ihnen eine Mulde, zog sie auseinander und zusammen, schaute, wie die Aura von Handfläche zu Handfläche übersprang. Damals hatte meine Aura das kräftige, gleichmäßige Grün der Jugend und des Wachstums. Sie hat seitdem mehrmals die Farbe gewechselt. Jetzt ist sie blaugerändertes Silber.

Als ich bereit war, hielt ich die Hände an den Zunder, und eine kleine gelbe Flamme züngelte an ihm hoch. Sogar damals schon, am Anfang meiner Macht, wahrspähte ich in Feuer, so wie meine Mutter in Kristall wahrspähte. Oft sah ich bevorstehende Ereignisse im Feuer oder hatte Wachträume, die neues Licht auf die Vergangenheit warfen. Diesmal suchte ich die jüngste Vergangenheit zu verstehen, besonders Elanas erstaunliche Leidenschaft. Ich suchte Orientierung, Rat. Wie sollte ich mich ihr gegenüber verhalten, ohne daß ihre Schwäche wie eine Krankheit auf mich übergriff? Wie sollte ich mit dem Verlust meines Bruders fertig werden? Ich hatte nicht geahnt, daß ich ihn so sehr vermissen würde, wie ich ihn schon jetzt vermißte! Und sollte ich mich bei der kommenden Mondblüte zum ersten Mal paaren? Oder sollte ich noch einen weiteren Mond abwarten?

Ich hatte mein stilles Lager am Elfenfluß aufgeschlagen, um ganz für mich allein wahrzuspähen und nachzudenken, ohne daß die Herrin mir mit gerunzelter Stirn über die Schulter schaute. Ich beugte mich vor und blickte ins Feuer, wie ich in einen Teich geblickt hätte; und in diesem Feuer-Teich sah ich das Spiegelbild eines Gesichts. Nicht die Herrin, sondern ein Mädchen schaute mir von einem Ast auf dem Eschenbaum über die Schulter.

Vollkommen still, ohne einen Muskel zu bewegen, betrachtete ich das Gesicht.

Mein Geist mußte die ganze Zeit über gewußt haben,

daß ich nicht allein war; aber ich, Niviene, war zu sehr mit Grübeln und mit meinen Gefühlen beschäftigt gewesen, um die leise geflüsterte Warnung zu hören.

Ein junges Mädchen von vielleicht zehn Jahren beobachtete mich mit großen Augen. Es legte den Kopf schief wie ein Fuchsjunges und leckte sich seine schmalen, hungrigen Lippen. Und jetzt konnte ich es riechen: Das Haar und die Haut waren nicht allzu sauber, und kurz zuvor hatte es Fleisch gegessen.

Ich sagte leise: »Komm herunter, laß uns miteinander reden.«

Das Gesicht im Feuer riß die Augen verdutzt noch weiter auf und verschwand. Ich hörte, wie das Mädchen weich auf dem Erdboden landete und auf leisen Sohlen zu mir kam. Es ging um das Feuer herum und schaute mich an, die kleinen Hände vor dem dünnen Bauch gefaltet, die schwarzen Augen weit aufgerissen.

Ich lächelte mit geschlossenem Mund. »Wie heißt du?«

»Aefa.«

»Aefa, kennst du mich?«

Ein Nicken. »Du bist eine Zauberin. Du lebst auf der Apfelinsel bei der Herrin.«

»Ich heiße Niviene«, sagte ich zu ihr. »Die Herrin ist meine Mutter.«

»Deine Mutter, die dich geboren hat?«

Ich nickte.

»Ich kenne meine Mutter nicht.«

»Ich kenne meinen Vater nicht.«

»Ach«, sagte Aefa und warf den Kopf zurück, »keiner kennt seinen Vater.«

»Das ist wohl wahr. Aber ich würde ihn trotzdem gern kennen, du nicht?«

Wenn ich meine Füße mit den gleichlangen Zehen badete oder mein dichtes Haar kämmte, fragte ich mich manchmal, woher beides stammte. Und meine gleichlangen Finger – waren das womöglich menschliche Finger? Merlin hatte solche Finger, und Merlin war halb Mensch. Und so fragte ich mich manchmal, wenn ich den Dorfbewohnern nachspionierte, ob sie vielleicht meine Vettern und Basen waren. Aber ich würde es nie erfahren.

Aefa sagte: »Nein, ich mache mir nichts aus meinem Vater. Ich würde gern meine Mutter kennen. Aber Herrin, ich, ich ... habe mir gedacht ...« Sie wand sich. »Ob du ...«

»Was?«

»Ich habe mir gedacht, ob du mich vielleicht unterrichten könntest.«

Aha!

»Ich habe gesehen, wie du das Feuer entzündet hast. Du hast die ganze Zeit gewußt, daß ich dort oben auf dem Baum saß, nicht wahr?«

Ich nickte ernst.

»Ich bin eine Mausspionin, die beste, die es gibt. Aber wenn ich die Garde verlasse, möchte ich Zauberin werden, wie du. Unterrichte mich! Ich werde dir eine gute Dienerin sein.«

»Aefa«, sagte ich feierlich, »ich habe Geisterdiener. Welchen Dienst könntest du mir bieten, den sie mir nicht bieten könnten?«

»Mhm.« Sie verdrehte nachdenklich ihren kleinen Körper. Dann: »Geister können nichts mit Dingen machen.

Echten Dingen. Ich kann rennen und Dinge für dich stehlen. Ich kann die weiße Hirschkuh für dich töten, die da drüben steht.«

»Tu das ja nicht! Sie und ich sind Freundinnen.«

»Dann werde ich's nicht tun.«

»Was ich brauche, Aefa, ist ein Gewand für den Mondblütentanz. Kannst du mir ein weißes Kleid stehlen?«

»Leicht!«

»Und eine Apfelblütenkrone.«

»Wird sofort erledigt!«

»Am Tag nach dem Tanz werde ich dir den ersten Schritt zeigen.«

»Was ist der erste Schritt?«

»Still zu sein.«

»Oh!« Enttäuschung. »Bloß still zu sein?«

»Das wird dir schwer genug fallen. Und ich hätte gern morgen etwas zum Essen, Aefa. Menschenessen. Brot und Käse und ... einen Schluck Bier.«

»Schon so gut wie besorgt!« Aefa zeigte ein überraschend charmantes Lächeln und verschwand. Sie war wahrhaftig eine Mausspionin. Ich hätte selbst nicht gewandter verschwinden können.

Nachdenklich wandte ich mich wieder meinem Feuer zu. Ich hatte durch die Unterhaltung mit Aefa Zeit verloren; das Feuer war schon im Erlöschen begriffen. Aber in der verglimmenden Asche sah ich einen riesenhaften Ritter auf einem mächtigen Schlachtroß auf mich zureiten. Auf der Spitze seiner Lanze stak eine große rote Blume. Er neigte seine Lanze zu mir herab, und ich nahm die Blume entgegen.

In der letzten, erlöschenden Glut sah ich Dana. Sie stand wie auf dem Mosaik, die Hand an der Blume, mit dem Rücken zu mir. In einer züngelnden Flamme drehte sie sich zu mir um, und sie war Elana.

Mein kleines Feuer zischte. Schwarzer Rauch stieg auf und legte sich über mich wie Elanas Wolke.

Mein Bruder war fortgegangen, auf Nimmerwiedersehen.

Ich sagte mir das wieder und wieder. Standhaft erklärte ich meinem Herzen: Er wird nicht wiederkommen. Wenn ich das annehmen könnte, würde der Schmerz durch mich hindurch und über mich hinweg gehen. Aber mein Herz schrie: Nein! Nein! Und schlug den Schmerz zurück. So umschlang mich der Schmerz wie eine Schlange.

Meine Welt war leer. Lugh hatte über meinem Leben geschienen, wie der Mond über den Wald scheint – und ich hatte es nicht einmal gewußt! Ich schloß die Augen, wiegte mich hin und her und ballte die Fäuste. Da fühlte ich eine leichte Hand auf meiner Schulter.

Mein Geist beugte sich über mich und wisperte: *Atme!*

Ich atmete tief. Die Frühlingsluft war echt und lieblich, wiewohl Lugh fortgegangen war.

Mein Geist sagte: *Sei still.*

»Ist das alles?« fragte ich. »Nur still sein soll ich?«

Das wird dir schwer genug fallen.

Lange Zeit später schlug ich die Augen auf und sah, daß die weiße Hirschkuh immer noch unter den Buchen stand, fast so still wie ein Geist.

Weißgewandet und von Aefa mit Blumen bekränzt, saß ich auf dem untersten Ast einer mit Reben fast zugerankten Eiche nahe dem Fluß. Ich sah den erblühenden Mond aufgehen und lauschte fernen Trommeln.

Überall auf den Lichtungen von hier bis zum westlichen Rand des Waldes fanden sich die Elfen jetzt zum Tanze ein. Ihre Trommeln schlugen leise, wie ein pochendes Herz, nicht viel lauter als die knisternden Feuer, die die Tänzer umkreisen. Sie kamen mit Booten über so manchen Bach. Sie kamen zu Fuß über so manchen Wildpfad. Ich stellte mir vor, daß die Herrin jetzt von Avalon wegstakte, in schimmernder Robe, Merlins bestem Geschenk. Ich stellte mir vor, daß irgendwo Elana sich jetzt auf die nächste Trommel zu bewegte, und hauchte einen Zauberspruch für sie, daß irgendein Mann beim Tanze ihr helfen möge, meinen Bruder zu vergessen.

Wenn Mellias hier wäre, würde er heute nacht in schwingenden Otterfellen und mit Geweih tanzen. Sein funkelnder Blick würde hierhin und dorthin huschen und mich suchen. Mellias begehrte mich schon seit langem, und heute nacht, so dachte ich, hätte ich auch ihn vielleicht begehrt. In meinem ganzen Körper spürte ich eine Wärme und eine Weichheit, wie ich sie noch nie zuvor gespürt hatte.

Aber Mellias war draußen im Königreich und mimte Lughs tauben Knappen. Er lag jetzt vielleicht im Stroh oder schrubbte Töpfe. Vielleicht konnte er durch das Dach und die Wände um ihn herum nicht einmal die Mondblüte sehen! Wenn er den Mond sah oder fühlte, legte er vielleicht irgendein Dienstmädchen wie Yseults

Zofe flach. Aber die sollte sich besser hüten, die arme Närrin! Draußen im Königreich können die besten Gaben der Göttin Unheil bringen.

Ich wollte mich gerade auf den Weg zur nächsten Trommel machen, als eine Stimme in meinem Kopf sprach: *Warte.*

Also wartete ich wer weiß wie lange und saß dabei so still in der Eiche, daß eine vorüberfliegende Eule mein Gesicht mit ihrem Flügel streifte. Ich hätte das als Warnung auffassen können.

In weiter Ferne sprachen drei Trommeln und antworteten sich. Ganz in der Nähe trällerte eine Nachtigall. Ein Stück weiter röhrte eine drohende Stimme.

Stammte sie von einem Elfen, einem Menschen oder einem Tier? Näherte oder entfernte sie sich?

Sie kläffte rhythmisch, wütend, während sie immer näher kam. Ich zog die Füße hoch auf den Ast und wünschte, mein Gewand wäre braun; ich mußte aus dem Schatten hervorstechen wie die weiße Hirschkuh.

Etwas brach, stampfte und schnaubte durchs Unterholz. Etwas stürmte unter meinem Ast vorbei.

Meine weiße Hirschkuh! Ich sah weit aufgerissene Augen und angelegte Ohren, ich roch Todesangst. Drei Atemzüge später sprang sie in den Fluß.

Die näher kommende Stimme gehörte einem Jagdhund. Ich hatte dergleichen Gebell noch nie gehört, denn Menschen jagten nicht in unserem Wald. Aber ich erkannte es aus den Geschichten wieder. Vielleicht hatte sich der Hund verirrt und jagte jetzt seine eigene Nahrung. Oder menschliche Jäger folgten ihm. Wie konnten sie, Hund oder Jäger, unbemerkt an der Kindergarde vorbeigekommen sein?

Bei den Göttern, die Garde war ja tanzen gegangen! Jetzt blieb es allein mir überlassen, dieser Invasion zu begegnen, bewaffnet einzig mit dem Messer in meinem Gürtel.

Ich kletterte von der Eiche, raffte mein Gewand mit beiden Händen und rannte zum Fluß.

Dort schwamm die weiße Hirschkuh stromaufwärts; der silberne Kopf und die silbernen Schultern zogen eine glänzende Blasenspur hinter sich her. »Schwester, ich schütze die Fährte!« rief ich ihr zu, stellte mich breitbeinig auf ihre Fährte, zückte mein Messer und erwartete den großen, heranstürmenden Jagdhund.

Die Nase am Boden, wild bellend, rannte er mir fast vor die Füße. Ich hatte das Messer erhoben, bereit zuzustechen, als er zurückprallte und zitternd und knurrend vor mir stehenblieb.

Hinter ihm knackte es im Unterholz.

Der Hund war so groß wie die Hirschkuh, dunkel, stinkend. Ich weitete meine Aura aus und ließ sie die Luft sengen. Sie brannte wie grünes Feuer. Ich fühlte, wie sie kribbelte und leuchtete, und der Hund sah sie. Verwirrt wich er zurück und kauerte sich zusammen. Diese Technik hatte zuvor schon Eber und Wolf zum Rückzug bewegt; ich freute mich, daß sie auch bei einem Hund funktionierte, der bei Menschen lebte und deshalb schwerer einzuschüchtern war. Aber würde sie auch bei dem Menschen funktionieren, der jetzt aus dem Unterholz trat?

Nein, denn er, ein bloßer Mensch, konnte meine Aura nicht sehen.

Er kam allein, ein einzelner, schwer atmender, schwitzender Jäger, der roch wie sein Hund; ein großer Mann, ein Riese. Schweiß glänzte in seinen dunklen Locken und in seinem Bart. Metall glänzte an seinem Hals, an seinen Händen. Er kam auf uns zu, blieb stehen und machte ein Handzeichen, das ich noch nicht erkannte. »Gottes Blut!« stieß er schweratmend hervor und wich zwei Schritte zurück.

Ich stand breitbeinig und entschlossen auf dem Pfad, mit offenem Mund grinsend; das Gewand, die Zähne und die erhobene Klinge glänzten im Mondlicht. Ich war entschlossen, ihn mit dem Messer zu töten; schon hatte ich die Stelle ausgemacht, wo ich zustoßen würde, und duckte mich zum Sprung, als ich sah, daß seine Entschlossenheit schwand.

Er wurde bleich, seine Kinnlade fiel herunter. Wieder machte er ein Handzeichen, zeichnete ein magisches Muster zwischen uns in die Luft, und wich einen weiteren Schritt zurück.

Da wußte ich, was er dachte, und lachte mit offenem Mund. Ich brauchte mein Leben nicht zu opfern, um ihm seines zu nehmen. Die klugen Täuschungen der Elfen, seit Generationen an seiner Art praktiziert, hatten ihn ohne einen Hieb oder Stich entwaffnet.

Ich konnte mit ihm spielen. Gelassen fragte ich: »Fremder, suchst du den Tanz?«

»Tanz?« Er hielt eine Hand ausgestreckt, bereit, erneut Zeichen zu machen. (Jetzt begriff ich, daß er Zeichen gegen das Böse machte, daß er seine Götter zu Hilfe rief.) Ein großer, schwerer Ring glänzte an seinem fleischigen Ringfinger.

»Du hörst die Trommeln. Trachtest du danach, mit den Elfen zu tanzen?«

Er erschauerte sichtlich. »Herrin.« Er schluckte. »Du weißt sehr wohl, daß ich nach der weißen Hirschkuh trachte. Ich werde diese Jagd gern fahrenlassen.«

Nun, das war ein braves Zugeständnis! In dem Glauben, daß ich selbst die weiße Hirschkuh sei, verwandelt – oder daß sie ich sei –, bekannte er sich dennoch zu der Jagd.

Seine Courage erweckte mein Interesse. Ich schaute ihn mir genau an. Die Trommeln schlugen, mein Blut wallte und pochte; der erblühende Mond stand hoch am Himmel.

Ich brauchte nicht zu dem Tanz zu gehen. Mellias würde nicht dort sein. Und hier hatte mir die Göttin einen starken, schönen, verängstigten Mann in die Hände gespielt. Gewiß, er war ein Mensch. Aber ich würde ganz bestimmt nicht die erste Elfe sein, die sich mit einem Menschen paarte.

Jetzt lächelte ich mit geschlossenem Mund, meine Zähne verbergend. Ich glitt zu ihm und ergriff sein Handgelenk mit beiden Händen. Er sprang hoch wie ein angeschossener Hase. Ich lächelte ihn freundlich an. »Komm«, gurrte ich, »du bist müde von der Jagd. Komm mit mir und ruh dich aus.« Ich führte ihn zurück zu der großen Eiche. Sein Hund folgte uns, knurrend und winselnd.

Zwischen den ausladenden Wurzeln der Eiche ließen

wir uns nieder. Mein Mann war bleich; seine Zähne klapperten. Wenn er mir wirklich von Nutzen sein sollte, würde er Aufmunterung brauchen. Ich lehnte mich an seine Seite und gurrte: »Komm. Erzähl mir von dir.«

»Von mir.«

»Nicht deinen Namen, den muß ich nicht wissen.« Seine Schultern entspannten sich einen halben Finger. Er dachte wohl, wenn ich seinen Namen wüßte, könnte ich ihn jederzeit und aus jeder Entfernung verhexen. Langsam schöpfte er Hoffnung, dieses Abenteuer lebend zu überstehen.

»Sag mir ...« Ich empfing jetzt massiv sein Gefühl. Überwältigend. »Wie bist du hierhergekommen?«

»Du weißt, daß ich ... dir gefolgt bin.«

»Hat niemand dich gewarnt?«

»Doch, doch, ich wurde gewarnt. Niemand wollte mir folgen.«

»Und doch bist du gekommen.«

»Herrin«, sagte er mit hilflosem Stolz, »ich bin ein Krieger.«

Und das war er in der Tat! Ich konnte seine Aura in der Dunkelheit des Abends nicht sehen, aber sie prasselte auf mich ein wie ein Wasserfall, pulsierend, kraftvoll, prikkelnd. Dies war ein menschlicher Held. Die Lieder, die Merlin sang, handelten von Männern just wie diesem.

»Ich habe dich hierhergebracht, weil ich dich will«, sagte ich leise. Ich reckte mich hoch und küßte seine bärtige Wange.

Seine Schultern sackten noch ein wenig herunter. Hoffnung – und Energie – wuchsen in ihm.

»Sag mir nun, Mann, woher stammst du? Deine Sprache verrät mir, daß du von weit her kommst.« Das sagten mir auch die pulsierende Aura, der Ring und der breite metallne Kragen, der fast seinen ganzen Hals umfing.

Nun, da er meiner unmittelbaren Absichten gewiß war, fand er die Sprache wieder. Er tischte mir eine wunderbare Mär auf, die eines Merlin würdig gewesen wäre, von bescheidenen Anfängen und gewaltigen Abenteuern, von einem Magier und einer hohen Frau, die ihm ein magisches Schwert gegeben hätte, mit welchem er neunhundert Sachsen in einer einzigen Schlacht getötet hätte, worauf er Führer seines Volkes geworden wäre.

Ich vermutete, daß er so wenig ein Führer war wie ich die weiße Hirschkuh. Aber die Geschichte war wahr in ihrem Geist; er war ein echter Krieger, von der Art, wie die Menschen sie bewundern und die Barden sie besingen. Und ich war eine von heißem Verlangen erfüllte Jungfrau, und der Mond stand hoch am Himmel, während die Trommeln schlugen. Ich ließ meine Finger durch seine dichten Locken gleiten. »Und was tust du jetzt?«

»Ich kämpfe gegen die Sachsen. Die Sachsen von unserem Land fernzuhalten ist mein Lebenswerk.«

Das einzige Lebenswerk, das ich kannte, gehörte Frauen, Töchtern der Göttin. Der Gedanke, daß ein Mann ein Lebenswerk für sich in Anspruch nehmen könnte, war mir neu.

»Ich dachte, du hättest schon alle Sachsen getötet.«

»Es kommen immer wieder neue.«

»Und du gewinnst diese Schlachten stets?«

»Wenn nicht, wäre ich nicht hier.«

Und er war hier, stark und warm, groß und töricht. Sein Geruch war nicht gut, aber der erstarkende Geruch meiner eigenen Lust überdeckte seinen. Wie die meisten Menschen hatte er wahrscheinlich Flöhe und Läuse. Aber darum konnte ich mich später immer noch kümmern.

Sehr höflich fragte er mich: »Willst du das? Bist du sicher?« Denn wenn das, was er tun würde, mir nicht gefiele, könnte ich ihn am Ende in einen Igel verwandeln.

Wie eine Weinrebe rankte ich mich um ihn herum. Sein Hund lag auf dem Boden und beobachtete uns wachsam, den Kopf auf den Pfoten. In der Ferne schlugen die Trommeln. In der Nähe sang die Nachtigall.

Lady Nimway nahm sich gelegentlich einen Menschenmann zum Liebhaber. Danach übergab sie einen jeden sogleich den kleinen, grausamen Händen der Kindergarde. »Geh nach Norden am Fluß entlang«, pflegte sie ihrem Liebhaber zu sagen. »Das wird dich zum Wald hinaus führen.« Und der Mann, der halb damit rechnete, in ein Hermelin verwandelt zu werden, küßte ihre Hand und marschierte nach Norden, bis ein vergifteter Wurfpfeil seinen Hals fand.

Keiner ihrer menschlichen Liebhaber ist jemals zu seinem Herd oder zu seinem Weibe zurückgekehrt, das an der Tür nach ihm Ausschau hielt. Keine wahre Geschichte von unserem Wald und seinen Pfaden ist jemals bis ins Königreich gedrungen. Denn wenn wir Elfen auf diese Weise mit Menschen verkehren, lautet die Regel: Liebe und Tod. Erst Liebe, dann Tod.

Im ersten Licht des Morgens stützte ich mich auf den

Ellenbogen und schaute mir meinen Mann eingehend an. Sein Haar und sein Bart waren schwarz, seine Haut leicht gebräunt; aufgestickte rote und schwarze Drachen verzierten seine feine wollene Tunika; sein Kragen war ein goldener Halsreif. Seine schlafende Aura pulsierte in einem kräftigen, satten Orange. Bei den Göttern, dachte ich, vielleicht ist er ja wirklich ein Dieb! Nun, und wenn schon. Was mache ich nun mit ihm?

Er wurde wach. Als er mich gewahrte, weiteten sich seine grauen Augen mit einem Schlag. Er hatte erwartet, daß ich mit dem Mond verschwände.

Ich lachte mit geschlossenem Mund. »Ich bin immer noch da.« Er setzte sich auf und schaute an sich hinunter. »Du bist auch immer noch da«, versicherte ich ihm. Keine Wurzeln wuchsen aus seinen Füßen, noch sprossen ihm Flügel aus den Schultern.

Mit einem Winseln kroch sein Hund zu ihm.

»Ich werde dich aus dem Wald führen«, sagte ich.

Er blinzelte nicht einmal. Vielleicht kannte er die Regeln nicht, die ich brach. »Beantworte mir eine Frage«, bat er.

»Was willst du wissen?«

»Außerhalb dieses Waldes, ist es da heute oder hundert Jahre später?«

Ich blinzelte.

»Harfner singen von Männern, die eine Nacht in ... solchen Wäldern verbringen. Und wenn sie zur Erde zurückkehren, sind hundert Jahre vergangen.«

Diese tolle Geschichte hatte ich noch nie gehört. »Wäre das schlimm?«

»Nun, ohne mich hätten in hundert Jahren die Sachsen womöglich gewonnen.«

Er nahm sich wichtig, dieser Möchtegern-Führer. »Vielleicht würdest du es ja vorziehen hierzubleiben?«

»Gib mir die Sachsen.«

Ich lachte, froh über meine Entscheidung. Er verdiente es, am Leben zu bleiben. »Ich werde dich hinausführen; doch vorher mußt du erst einmal etwas essen.«

Um jeden Verdacht zu zerstreuen, aß ich mit ihm. Wir teilten uns das Brot und den Käse, die Aefa gestohlen hatte; aber er allein aß vom Großpilz, genug, um drei Riesen damit zu berauschen. Schon leicht benommen sagte er zu mir: »Bitte mich um einen Gefallen, Herrin. Wünsch dir etwas.«

»Die Nacht muß dir gefallen haben.«

»Mach schnell ... ich kann mich nicht mehr lange wach halten ...«

»Du hast mir meinen Gefallen schon erwiesen.« (Ich wußte da noch nicht, daß ich in der Tat die Wahrheit sagte.) Hastig streifte er den rot glänzenden Ring von seinem Finger und steckte ihn an meinen. Er saß locker um meinen kleinen Finger, und um ihn nicht zu verlieren, steckte ich ihn in meinen Beutel zu Gwens Haar und Mellias' Kristall. Die Aura des Riesen waberte und schrumpfte zusammen. Der Hund sah das und winselte.

»Er wird bald wieder wohlauf sein«, sagte ich zu dem Hund. »Wenn du erzählen könntest, was du weißt, würde ich dir auch Großpilz zu fressen geben.« Der Mann war schon zu benommen, um mich noch hören zu können.

Einmal im Boot – halb stolpernd, halb gezogen –,

plumpste er gegen den Rand. Die Augen fielen ihm zu. Ich stieg hinterher, nahm die Stange und stieß das Boot ab. Wir glitten flußabwärts; der Hund schwamm hinter uns her.

An derselben Stelle, wo Elana und ich Gwen angekleidet hatten, zog ich das Boot ans Ufer und wuchtete meinen Helden auf festen Grund. Er lag da, alle viere von sich gestreckt. Sein Hund kam angetrippelt, schüttelte sich und streckte sich neben ihm aus. Mein Menschenmann war gut bewacht.

Ich zögerte. Dies war ein Mann mit wirklicher Macht. Angenommen, er entsann sich, wenn er aufwachte!

Unwahrscheinlich. Er würde sich vielleicht an die eine oder andere Einzelheit der Nacht erinnern, aber es würde ihm alles wie ein Traum vorkommen. Ich war mir sicher, daß das, woran er sich vielleicht erinnern würde, uns nicht schaden könnte. Also ließ ich ihn zurück.

Im Boot stehend und flußaufwärts stakend, lachte ich lauthals. Es gab einen Helden, der keinen weißen Hirschkühen mehr nachspüren würde! Ich lachte herzhaft, genoß den Spaß und die Freude der eben erst vergangenen Nacht; und das war gut, denn ich würde so bald nicht mehr lachen.

Entenschwärme stoben mit lautem Flügelschlag vor dem Boot auf. Die Luft war erfüllt von Vogelgezwitscher, das Wasser rauschte und plätscherte, das Morgenlicht strahlte und funkelte. Im hohen Röhricht stand meine weiße Hirschkuh und trank, ihr kleines weißes Kitz an der Seite. »Wir haben uns gut geholfen, Schwester«, rief ich ihr zu. »Du hast mir meinen ersten Liebhaber gebracht. Ich habe dir das Leben gerettet. Lebt wohl, du und deine Kinder.« Und so segnete ich sie, nicht ahnend, daß ich die wirkliche Macht zum Segnen besaß, und stakte vorbei.

Nahe meiner Lichtung hielt ich an, um meine Tunika und meine Hose von dem überhängenden Ast zu ziehen, über den Aefa sie gehängt hatte. Für diesen Dienst würde ich ihr das Warzenwegmachlied beibringen.

Ich stakte weiter zur Apfelinsel, Avalon, meiner Heimat. Zähneknirschend hatte ich mich mit dem Verlust meines Bruders und der Schwäche meiner Freundin abgefunden. Ich hatte meine Jungfernschaft weggeworfen und tiefes Vergnügen kennengelernt. Nun fühlte ich mich stark, beschenkt, wohlgerüstet. Ich summte ein Staklied.

Der Fluß wurde schmaler, die Strömung schneller. Enten stoben donnernd vor einem unbemannten Boot auf, das flußabwärts trieb.

Zwei Schwäne glitten neben dem Boot her. Einer auf jeder Seite, zupften sie mit den Schnäbeln an dem Grünzeug, das über den Rand des Bootes hing. Das Boot war mit Grünzeug und Blumen vollgehäuft. Bei den Göttern, es war ein schwimmender Garten!

Neugierig stakte ich zur Flußmitte, um das treibende Boot abzufangen. Die Boote stießen mit einem dumpfen Schlag genau in der Flußmitte zusammen. Mit einer Hand stützte ich mich auf die Stange, mit der anderen packte ich den Rand des schwimmenden Gartens und hielt ihn fest.

Dort unten, unter Blumen, auf Blumen, lag Elana und schlief.

Sie war für den Tanz in ein gebleichtes Leinengewand

gekleidet. Butterblumen umkränzten ihr sonniges braunes Haar, das auf dem sonnigen braunen Wasser schwamm. Ihre Aura, ohnehin schon blaß im Licht des Tages, war ein schmaler, immer schwächer werdender Streifen zitternden Graus. »Elana? Elana?« Meine Freundin mußte sechsmal soviel Großpilz vertilgt haben, wie ich meinem Mann gegeben hatte. Wenn sie am Ostrand vorbei und ins Königreich trieb, würde sie schon tot sein.

Lugh hatte sie hinter sich gelassen. Also hatte sie ihn hinter sich gelassen, für immer. Sie war weiter von ihm fort gegangen als er von ihr. Und sie hatte dafür Sorge getragen, daß er sie nicht vergessen würde. Selbst wenn Lugh ihren schwimmenden Garten niemals sehen würde, er würde davon hören. Harfner würden diese Geschichte jahrelang besingen.

»Elana ...«, sagte ich. »Lugh wird dich vergessen. Zuerst wird er sich wundern und sich grämen, aber dann wird er sich wieder seinem neuen Leben zuwenden und dich vergessen. Findest du, daß ein bißchen Trauer von Lugh dein Leben wert ist?« (Und all die noch vor dir liegenden Mondblüten, Kinder, Freunde, Liebhaber, Festessen und Fastenzeiten!)

Elana seufzte.

»Elana.« Meine Arme taten weh von der Anstrengung, beide Boote in der Strömung festzuhalten. »Elana«, sagte ich, »ich werde dich auch vergessen. Ich muß dich vergessen. Aber ich werde immer im Gedächtnis behalten, was du mir gezeigt hast. Niemals, niemals werde ich irgendein Wesen so lieben, wie du Lugh geliebt hast!« Ich streckte die Hand aus, um ihre Hand zu berühren; meine entkräfteten Arme ließen das Boot entgleiten. »Elana, werde das nächste Mal als Mensch geboren. Du würdest einen viel besseren Menschen abgeben«, murmelte ich.

Und in meinem Kopf hörte ich Elana antworten: *Ich war einer.*

»Elana?«

Dann begriff ich. Irgendein Kindergardist hatte sich einst über ein Menschenbett gebeugt und einen schlafenden Säugling herausgehoben, und dann war er losgerannt und hatte ihn in unserem Wald gegen ein neues Hemd oder eine Halskette aus Eberzähnen getauscht. Oder vielleicht war die vom Tod beraubte Elfenmutter selbst um Mitternacht zwischen den Bäumen hervorgeglitten und hatte das Baby gestohlen. Oder die Menschenmutter selbst hatte ihr Kind heimlich an einem Waldrand zur Welt gebracht und es dort zurückgelassen. Menschen haben gewöhnlich ein warmes Herz, aber ich habe so einige Geschichten gehört ... Elana war ein Wechselbalg.

Die Entdeckung überwältigte mich.

Ich wußte aus Merlins Erzählungen, daß die Menschen ihre Toten manchmal in Särge legten und diese mit Blumen bedeckten. Elanas Boot war ein solcher Sarg. Ich stützte mich auf meine Stange und schaute dem Sarg hinterher, wie er mit seiner Schwaneneskorte flußabwärts trieb.

Sehr nüchtern stakte ich jetzt heimwärts zur Apfelinsel. Viel hatte sich innerhalb weniger Tage zugetragen. Aber an jenem Morgen, während ich kraftvoll flußaufwärts nach Hause fuhr, wußte ich noch längst nicht alles, was sich zugetragen hatte.

Noch nüchterner wäre ich gewesen, wenn ich gewußt hätte, daß just, während ich meinen menschlichen Liebhaber verführte und in die Falle lockte, die Göttin *mich* überlistete und in die Falle lockte. Ihre Macht floß mit dem Strom seines Samens in meinen Leib. In diesem Augenblick saß sie in meiner Mitte und spann ihr dunkles, heiliges Garn wie eine zutiefst zufriedene Spinne.

Die Göttin und ich waren eins.

Ein Lied von Merlin

Am Dorfrand, wo die Eichen stehn,
Ein Bauernmädchen, jung und schön,
Die Schafe seines Vaters weidet.
Da trat ein wilder Elf verkleidet
Als dunkler Jüngling wohlgestalt
Hervor aus seinem Zauberwald.
Und einen Sommer lang war'n blind
Vor Liebe der Elf und das Hirtenkind.

Der Winter nahte. Der Elf floh bald
Zurück in seinen Zauberwald.
Und als ihre Zeit gekommen war,
Die Schäferin einen Sohn gebar.
Merlin, den Falken, nannte sie ihn,
Und die Leute im Dorf, die nahmen es hin,
Freuten sich an dem munteren Knaben,
Bis sie erkannten die Kraft seiner Gaben.
Er deutete Träume, und er fand
Die Zukunft geschrieben in jeder Hand.
Er kannte Balladen und Zaubersprüche,
Heilende Kräuter und Hexenflüche.

Die Bauern fühlten sich betrogen.
»Eine Elfenbrut haben wir großgezogen!
Auch wenn er unsere Herden segnet
Und uns vorhersagt, wann es regnet,
Ist mit seinesgleichen niemals zu spaßen.
Wir dürfen ihn nicht am Leben lassen!«

Die Mutter drückte ihn fest ans Herz
Und küßte ihn voll Abschiedsschmerz.
Dann hortet sie dankbar und ohne Klage
die Erinn'rung an graue und goldene Tage...

3

Göttin

Als die Göttin in mir ihre dunkle Macht und Gegenwart ankündigte, tat ich so, als verstünde ich nicht. Ich ignorierte sie und suchte irgendeine andere, annehmbarere Erklärung für meine körperlichen Anzeichen und meine Träume. Ich war doch noch so jung, längst nicht bereit, der Göttin mein Opfer darzubringen. Also wahrte ich ihr Geheimnis vor mir selbst, bis es für alle Welt sichtbar wurde.

Da sagte die Herrin: »Du begleichst deine Lebensschuld früh! Nun, das ist gut. Gebären ist leichter, wenn du jung bist.« (Gebären und leicht? Wenn diese Geburt leicht war, dann möchte ich niemals eine schwere erleben!) Natürlich dachte sie, ich hätte der Göttin bewußt mein Opfer dargebracht. Schließlich war ich intelligent und hatte eine umfassende Bildung genossen. Ich hätte niemals ›versehentlich‹ schwanger werden können wie ein dummes Menschenmädchen.

Aber ich war schwanger geworden. Vor lauter Erregung, auf dem Höhepunkt meines Abenteuers, hatte ich schlichtweg nicht aufgepaßt. Ich habe diese schreckliche Wahrheit niemals auch nur einer Seele gebeichtet, und erst recht nicht die noch schlimmere Wahrheit, daß der menschliche Vater meines Kindes noch auf der grünen Erde wandelte!

Mein Kind! Mein dunkler, winzigkleiner Junge! Seine Haut war so weich, sein Duft so lieblich, daß ich ihn am liebsten aufgefressen hätte. Seine grauen Augen, so unschuldig wie die eines Rehkitzes, waren die seines Vaters. Seine gleichlangen Finger und Zehen hatte er von mir geerbt. Ich gebar ihn in einem aus Schößlingen errichteten Zelt, nahe beim See, halb hoffend, daß er mißgebildet oder krank oder schwach wäre. Wenn ihm auch nur ein Fingernagel gefehlt hätte, hätte ich ihn ertränken können. Ich hätte niemals erwartet, daß die Welt bei seinem ersten Schrei erschauern, erbeben und sich neu formen würde! Ich hätte niemals erwartet, daß ich ihn nach Hause zur Villa tragen würde als der Göttin schönstes Geschenk an mich und mein schönstes Geschenk an ihre Welt.

Stolz nach dem Schmerz, entzückt nach der Bestürzung brachte ich ihn heim und hegte ihn und nannte ihn Bran. Freudig nahm die Herrin ihn auf.

Wir lachten mit ihm am Feuer, als jede Geste, jedes Glucksen Lachen nährte. Wir unterhielten uns glänzend mit ihm, bevor er sprechen konnte. Eines schönen Morgens, als er über das Dana-Mosaik krabbelte, richtete er sich auf und stand auf zarten Füßen.

Die Herrin japste und rief entzückt auf. Mein Herz hüpfte und erblühte zu einer großen Blume. Und wieder lachten wir.

Bran lernte wie ich das Laufen auf den gefliesten Böden der Villa. Er benannte seine Farben wie ich nach dem Dana-Mosaik. Sobald er laufen konnte, folgte er mir auf Schritt und Tritt, schwankend, fallend, Hügel hinunter kugelnd, zwischen Felsen herumkrabbelnd. »M-Ma«, schrie er ständig, wie ein verirrtes Schäfchen.

Er hielt mich wie in einer Falle gefangen. Ich gab alle Hoffnung auf Unsichtbarkeit oder Schnelligkeit auf. Mit Bran am Rockzipfel war ich für alle Welt sichtbar wie eine Menschenfrau und langsam wie eine Schildkröte. Wütend zählte ich die Monde, die noch vergehen mußten, bevor er sich frei im Wald bewegen und mich wieder freigeben konnte.

Aber dann rührte sein gekrähtes »M-Ma!« aufs neue mein Herz an, und ich ging zurück und hob ihn hoch, küßte ihn, sog seinen süßen Duft ein, verschlang ihn vor lauter Liebe. So habe ich eine Bärin ihr Junges erst knuffen, dann umarmen, herzen und küssen sehen.

Bran wurde ein prächtiges Kind, braun und langbeinig und leuchtend, wie ein Rothirschkalb. Er war nie krank. (Weil wir Elfen allein oder in sehr kleinen Gruppen leben, ist Krankheit bei uns etwas Seltenes. Merlin lehrte mich später, daß Krankheit nicht, wie die Menschen glauben, ein Fluch der Götter ist. Sie ist in Wahrheit ein Lebewesen, ein unsichtbares Kind der Göttin, das sein Fleisch jagt, wie wir unseres jagen. Nur, daß wir sein Fleisch sind.)

Bran rannte und lernte schneller als die meisten Elfenkinder. Früher als die meisten machte er sich auf eigene Faust auf Entdeckungsreise. Vorbei war es mit dem Am-Rockzipfel-Hängen, dem ›M-Ma‹, dem Blöken wie ein verirrtes Lamm. Er ließ mir endlich die Freiheit, Eier zu suchen, Schilfrohr zu flechten oder Visionen heraufzubeschwören. Der kleine Bran spazierte ganz allein herum, wißbegierig, tüchtig, beinahe unsichtbar, wie ich es ihn gelehrt hatte, unter den Apfelbäumen Avalons.

Abends kam er dann über das Dana-Mosaik in unseren Hof gesprungen, eine Ente am Hals schwenkend oder ein Kaninchen an den Ohren. Doch immer noch schlüpfte er gern in kalten Nächten unter jene Decke, die ich vor langer Zeit einem betagten Menschen von den Füßen weggezogen hatte.

Aber ich wußte von den Unterschlüpfen, die Bran sich auf der ganzen Insel gebaut hatte. Otter Mellias hatte sie mir gezeigt. (Da er nie Lughs Passion für die Menschenwelt geteilt hatte, sondern lediglich Lust auf ein gelegentliches Abenteuer gehabt hatte, verbrachte der Otter ebensoviel Zeit in Avalon, wie er damit verbrachte, ›Knappe‹ zu spielen. Er sah meinen Sohn heranwachsen.)

»Er baut klug und geschickt«, erklärte Mellias stolz, als wäre das Kind sein eigenes. »Den Rücken zum Wind, die Füße trocken. Guck mal, kannst du die Hütte dort in den Weiden sehen?« Ich schüttelte den Kopf. Mellias mußte mich zu ihr führen und meine Hand auf sie legen. Sie sah genau so aus wie das Dickicht um sie herum.

Ich hätte mich freuen müssen. Statt dessen lächelte ich Mellias stolz an, als wäre das Kind tatsächlich seines, aber mein Herz sank. In Wahrheit fühlte ich mich im Stich gelassen. Bran brauchte mich oder meine Decke in kalten Nächten eigentlich nicht mehr. Er kam jetzt nur noch aus Gewohnheit nach Hause.

In jener Nacht war er spät dran, und ich starrte bang auf die Tür.

Die Herrin sagte: »Laß das Kind los, Niviene!«

»Er ist noch so klein!«

»Er ist kein Säugling mehr.« Sie sah mich scharf an. »Laß dir noch ein Baby machen.«

Ohne den Blick von der Tür zu wenden, schüttelte ich den Kopf.

»Wenn du so schnell nicht wieder opfern willst, dann stiehl dir eines.«

Das brachte meinen Blick zurück zu ihr. »Stehlen?«

»Gewiß. Menschenkinder entwickeln sich oft recht gut.«

Einige Nächte danach kam Bran überhaupt nicht nach Hause. Ich konnte nicht schlafen. Heftiger Herbstregen tropfte durch ein neues Loch im Dach. Ich malte mir aus, wie mein Kleiner jetzt vom Regen durchnäßt auf irgendeinem Apfelbaum hockte, wie sich Regen und Tränen auf seinem winzigen Gesicht vermengten und er ungeduldig auf den Tagesanbruch wartete, damit er nach Hause planschen konnte.

Als nächstes stellte ich ihn mir zusammengerollt wie ein Eichhörnchen in dem winzigen getarnten Unterschlupf in den Weiden vor, den Mellias mir gezeigt hatte, oder in einem von den vielen anderen, die ich selbst gefunden hatte. Einer lehnte an einer Buche wie ein heruntergefallener Ast. Einer duckte sich im Schutz eines großen Felsens. Bran war höchstwahrscheinlich so gut aufgehoben und hatte es so warm wie ich selbst, dachte ich, und ich sollte mich jetzt besser schlafen legen und ihn dann am Morgen suchen gehen. Wie weit kam ein kleiner Junge schon zu Fuß? Er war irgendwo auf der Insel. Ich drehte mich auf die Seite und spürte seinen leeren, kalten Platz unter unserer Decke, und ich weinte.

Im ersten Licht des Morgens suchte ich Brans Buden auf. Als ich rutschend und stolpernd nach Hause zurückstapfte, begegnete ich Mellias, der von einem nächtlichen Fischzug zurückkehrte. *Bran ist weg*, signalisierte ich ihm in der Fingersprache.

»Nun.« Gebeugt unter seinem Netz, blieb Mellias neben mir stehen. »Das war eine rauhe erste Nacht draußen! Aber so lieben Jungen es nun mal. Niviene«, fügte er freundlich hinzu, »du siehst bedrückt aus. Du hast geweint.«

»Erzähl es irgend jemandem weiter, und ich verwandle dich in eine Kröte!«

Mellias lachte. Er warf sein Netz hin, faßte mich bei der Hand und ging mit mir in Richtung der Villa. Er roch nach Fisch, Schlamm und Regen. Ich schmiegte mich an ihn.

»Nimm's nicht so schwer. Jungen gehen früher hinaus als Mädchen.«

»Aber nicht so früh!« Bran war gerade mal fünf.

»Nun, er ist ein heller Bursche. Bei meiner ersten Nacht draußen schneite es. Am Morgen sah ich überall um mich herum die Spuren von Wölfen.« Mellias geleitete mich behutsam weiter, fürsorglich den Arm um meine Hüfte gelegt.

Wir sahen ein Stück feuchtes Grün, es war die Rückwand der Villa. Er ließ mich los. »Ich wette, wenn du reinkommst, sitzt dein Nestling am Feuer und trocknet sein Gefieder. Geh sanft mit ihm um, Niviene.«

»Natürlich!«

»Wenn er nicht da ist, sprich mit deiner Mutter. Sie hat zwei von euch großgezogen. Sie kennt sich aus.«

Ich schaute zur Seite. »Ich fürchte ihren Spott.«

»Vielleicht mißverstehst du die Herrin«, erwiderte Mellias. Dann ließ er mich stehen.

Mein Nestling hockte nicht am Feuer. Ich fand die Herrin in unserem Zimmer, in seinen Kleiderhaufen herumstöbernd. Viele davon hatte sie selbst gemacht. Eine Menschenfrau hatte ihr es einst beigebracht, als Dank dafür, daß sie ihr krankes Kind geheilt hatte.

Sie blickte mit einem beinahe schuldbewußten Gesichtsausdruck auf, als ich hereinkam. »Ich habe mich gefragt, ob er seinen Mantel mitgenommen hat. Er hat so wenig mitgenommen, ich denke, er wird noch heute zurückkommen. Genieße deine Freiheit. Erinnerst du dich, wie sehr du dich nach ihr gesehnt hast?«

»Ja.« Und ob ich mich an die dumme Jungmutter erinnerte, die mit den Zähnen geknirscht hatte, sobald sie den nervenzerfetzenden Schrei ›M-Ma!‹ gehört hatte. Ich versuchte also, meine Freiheit zu genießen – an jenem Tag, am nächsten und am übernächsten.

Am Morgen des vierten Tages, einem heiteren, goldenen Herbstmorgen, hockte ich vor der Feuerstelle auf dem Hof, wärmte meine Hände und entzündete ein kleines Wahrspähfeuer. Als es brannte, kniete ich mich darüber und sang: *Bran! Bran! Bran!* Knisternd und knackend sprach das Feuer von Sonne und Regen, von Wind, Schnee und kühler Erde. »Bran!« schrie ich da, und meine Tränen tropften zischend in die Flammen.

Jetzt sprach das Feuer munter von verschiedenen Dingen. Ich sah drei Kinder in unsichtbaren Mänteln, die sich durch Eiben schwangen. Ich sah einen Eber in den See steigen und nach Avalon schwimmen. Ich sah eine winterweise Schlange in ihre Höhle unter einem Felsen gleiten.

Das Feuer flackerte.

Füße tappten leise um mich herum. Ich schaute in die Gesichter Mellias', Aefas und der Herrin. Aefa sagte: »Die Raben haben mir gesagt, ich solle kommen.«

Ich haschte nach einem Zipfel Hoffnung. Was eine nicht sehen konnte, vermochte vielleicht eine andere. Ich schrie: »Aefa! Spähe nach Bran!«

Sie hockte sich neben mir auf die Fersen. »Du weiß, Niviene, er ist in dem Alter, in dem Kinder verschwinden.«

»Nicht so plötzlich! Nicht vier Tage hintereinander! Spähe nach Bran!«

Die Herrin stand über uns und kämmte geistesabwesend ihr Haar mit den Fingern. Ihre Augen waren rot vom Kristallspähen. »Mit all unserer Wahrspäherei hätten wir ihn mittlerweile längst sehen müssen«, murmelte sie. »Niviene, beruhige dich. Aufregung ist reine Kraftverschwendung.«

Das kleine Feuer erlosch.

Aefa lehnte sich zurück. »Ich sah ihn leibhaftig, Niviene. Es ist noch keine zwei Tage her.«

»Bei den Göttern! Wo? Warum hast du mir nichts davon gesagt?«

»Ich wußte nicht, daß du ihn suchtest. Er kam unter meinem Baumhaus vorbei, unglaublich geschickt, fast unsichtbar. Ich dachte: Da geht ein künftiger Mausspion!«

Ich starrte Aefa an. Ihr Baumhaus war auf der anderen Seite des Wassers. War mein Kleiner über den See geschwommen, wie der Eber, den ich im Feuer gesehen hatte? Zum Staken eines Bootes war er noch zu klein.

»Er war in Richtung Norden unterwegs, als ich ihn sah«, fuhr sie fort. »Später dann hörte ich Gerede über den Nordrand.«

Ich sprang auf. »Was für Gerede?«

»Eine Art... Kraft... hat in jenen Teil des Waldes Einzug gehalten und einen Schutzschild um sich herum errichtet.«

Die Herrin und ich wechselten entsetzte Blicke.

»Vögel und Tiere wurden dabei gesehen, wie sie dem Schild auswichen. Gewöhnliche Elfen ohne magische Kräfte fühlten ihn und hielten sich von ihm fern. Er war einen Tag und eine Nacht dort; dann verschwand er wieder.«

»Aber Bran... Bran würde sich doch auch von ihm fernhalten!«

»Nicht, wenn die Kraft ihn gerufen hat«, sagte die Herrin leise.

Mellias wand sich unbehaglich. Er war bereit, den Wald Busch für Busch zu durchstöbern, aber dieses Gerede von magischen Kräften und Schilden beunruhigte ihn. Mellias war jung damals, so wie Aefa und ich jung waren.

Die Herrin hatte Avalon eine ganze Weile nicht mehr verlassen, außer um die Menschenfrau zu besuchen, die ihr Dinge beibrachte. Jetzt zog sie Hemd und Hose an, flocht ihr Haar zu einem Zopf und kam mit uns. In zwei Booten überquerten wir den See und stakten den Nordkanal hinauf.

Mellias, der vorneweg fuhr, stieß einen leisen Schrei aus und ließ seine Stange fallen.

Neben ihm sagte Aefa: »Hier ist der Schild.«

Wir alle fühlten ihn. Mein Haar wollte sich aufrichten, und ich erschauerte. Eine Kraft durchzuckte meinen Körper wie einstmals der Blitz die Ratseiche.

Der Schild löste sich auf, verzog sich wie Nebelschwaden. Hart stakend durchstießen wir ihn und ließen ihn hinter uns. Auch Enten und Schwäne, die nach Nahrung gründelten, ließen wir dort; vor uns schwamm oder planschte kein Vogel. Kein Fisch kam an die Oberfläche. Doch etwas bewegte sich in der Stille.

Mellias zwitscherte wie eine Amsel und deutete mit einer Kopfbewegung darauf.

Im hohen braunen Röhricht bewegte sich etwas Kleines, Weißes. Ein weißes Damkitz reckte den Kopf aus dem Schilf, als wollte es uns grüßen. Hinter ihm planschte ein zweites weißes Kitz im seichten Wasser.

Ich stieß meine Stange in den Schlamm und brachte das Boot zum Stehen. »Ich werde diesen Zwillingen folgen«, sagte ich.

Die Herrin nickte. »Nimm Aefa mit. Mellias und ich

werden auf dem Wasser weiterfahren und die Uferbänke absuchen.«

Aefa und ich wateten ans Ufer und zogen mein Boot in das Röhricht. Die Kitze kletterten ans Ufer und schienen dort auf uns zu warten. Sie umkreisten einander, spähten über die Schulter zu uns herüber und wackelten mit den Schwänzen. Sobald wir sie erreicht hatten, bewegten sie sich von uns weg, blickten dabei aber immer wieder zu uns zurück; wir folgten ihnen in geringem Abstand.

Der Nordrand des Waldes war verwaist. Wir kamen an verborgenen, leerstehenden Hütten und an verlassenen Baumhäusern vorbei und an einem Tanzring, in dem junge Bäume Wurzeln faßten.

Die Kitze trabten und sprangen vor uns her. In dem Tanzring hielten sie inne, um zu spielen. Sie tollten ziellos im Kreis herum, hierhin und dorthin, als hätten sie ihre Mission vergessen. Aefa rief leise: »Hübsche Kinder! Geleitet uns jetzt, bitte!« Und sie erstarrten zwischen einem Sprung und dem nächsten und schauten uns erstaunt an. Wir gingen langsam auf sie zu; als wir so nahe waren, daß wir sie fast hätten berühren können, sprangen sie davon, doch wir hatten keine Mühe, ihnen zu folgen.

Der Nordkanal verläuft in einem weiten Bogen entlang dem nördlichen Rand des Waldes. Die Herrin berichtete uns später, daß es dort wegen der Untiefen, Wasserfälle und Felsklippen schwierig ist zu staken. Die Zwillinge führten uns mehr oder weniger geradeaus übers Land, um auf den Kanal an der Spitze seines Bogens zu stoßen; dort, im ersten Schlamm des ersten Sumpfes am Kanal, blieben sie stehen. Die kleinen Köpfe hochgereckt, die Ohren gespitzt, schauten sie uns entgegen und sprangen erst kurz bevor wie sie erreichten davon.

Dort im Matsch war ein deutlicher Fußabdruck zu sehen, tief eingesunken und beinahe fest. Ein klarer, kleiner Fußabdruck.

Ich kniete mich neben ihm auf den Boden. »Seine Stiefel sind schon ziemlich abgetragen«, sagte ich und starrte auf den Fußabdruck, als könnte ich in ihm wahrspähen, während Aefa wie ein Jagdhund herumstöberte, auf der Suche nach weiteren Spuren.

»Es gibt keine weiteren«, sagte sie schließlich. »Man könnte meinen, er sei einmal in den Matsch getreten und dann von einem Adler gepackt und fortgetragen worden.« Aber ganz so klein war Bran nicht mehr. Sie fügte hinzu: »Vielleicht ist es ja auch gar nicht Brans Fußabdruck.«

Ich schüttelte den Kopf. »Ich war auf der Suche nach neuen Stiefeln für ihn. Ich wußte, daß die alten abgetragen waren.«

Abrupt stand ich auf, holte tief Luft und schrie aus Leibeskräften, das Waldgesetz zum ersten Mal brechend, seit ich ein Kind in Brans Alter gewesen war. Aefa starrte mich erschrocken an. Die Kitze taten einen gewaltigen Satz in die Luft und verschwanden auf Nimmerwiedersehen im Dickicht. »Bran!« kreischte ich so laut, daß Echos von den alten Sumpfbäumen zurückkamen. »Bran, komm zu mir! Bran, komm hierher!«

Irgendwo im trüben Sumpf schrie eine aufgescheuchte Eule.

Aefa und ich kampierten mehrere Tage nahe dem

Nordrand. Wir spähten und suchten und fanden nichts, nicht einmal einen Faden von Brans Tunika.

Erschöpft und niedergeschlagen ging ich zur Villa zurück. Die Herrin sagte: »Ich habe nicht das Gefühl, daß unser Bran tot ist, Niviene.«

Ich schaute sie müde an.

»Um sicherzugehen, werden wir zwei die Toten anrufen«, fuhr sie fort.

Ich erstarrte. »Die Toten anrufen? Wir rufen die Toten an?«

»O ja, das tun wir, wenn es nötig ist. Ich werde es dir zeigen.«

In jener Nacht – einer kalten, windigen Nacht – saßen wir im Hof, die Beine über Kreuz, und hielten uns an den Händen. Eine kleine Lampe brannte zwischen uns. Die Herrin brachte mir ein Lied bei, einen Singsang, den wir leise anstimmten, immer und immer wieder, während Blätter und Zweige aus dem Dunkel geweht kamen und um uns herumwirbelten. »Singe«, hatte die Herrin mir befohlen, »bis ein Geist vorbeikommt. Schau, ob es der Geist ist, den du willst. Wenn nicht, beweg dich nicht, sprich ihn nicht an, gib ihm keine Macht. Sobald du dich bewegst oder sprichst, ist der Bann gebrochen.«

Wir sangen, bis der Jungfernmond über die Mauer klomm und die Lampe niedergebrannt war und wir steifgefroren waren. Ich hatte vergessen, was wir taten; als eine neue, schärfere Kälte meine durchgefrorenen Knochen durchdrang und eine verschwommene weiße Gestalt heranschwebte, dachte ich wohl, ich träumte.

Sobald ich merkte, daß es nicht Bran war, blickte ich

fast ohne Neugier zu ihr auf. Es war ein kräftig gebautes, menschengroßes Mädchen in einem Gewand im römischen Stil. Dana! Dies war der Geist, den ich selbst in meiner Kindheit in der Villa erschaffen hatte, meine imaginäre Freundin. Ich hätte nicht geglaubt, daß ein entlehnter, von meinen Gedanken erschaffener Geist so lange Zeit Bestand hätte.

Dana wandte sich zu mir, und ich sah, daß sich Blumen in ihrem Haar verfangen hatten und daß ihr Haar naß war; sie selbst schien zu tropfen. Und ich dachte: Elana!

Ich hörte auf zu singen und holte Luft, um zu sprechen.

Die Herrin drückte meine taubgefrorenen Hände so fest, daß es weh tat, und ich hielt den Mund. Sobald du sprichst, ist der Bann gebrochen. Und so schwebte Elana denn vorbei, wabernd, wehend und sich in Luft auflösend, und wir sangen noch eine Weile weiter.

Mein Hals tat weh. Ich konnte den Singsang kaum noch krächzen, als von hinten der unter seiner Last gebeugte Geist der alten Frau heranschwebte, den ich aus der Villa kannte. Sie hatte sich nicht verändert. Ihr schmales Gesicht war immer noch zerfurcht, ihr weißes Haar immer noch mit einem Lappen zusammengebunden. Auf ihren gebeugten Schultern trug sie eine Ladung ... Wäsche? Ich sehnte mich danach, mit ihr zu sprechen, ihr zu sagen: »Armer Geist, du brauchst hier keine Wäsche mehr zu waschen. Dein Leben ist vor langer Zeit zu Ende gegangen. Geh fort, suche dir ein neues Leben, ein besseres! Du bist frei und kannst gehen, wohin du willst!« Ich biß mir auf die Zunge, um nur ja stillzuschweigen.

Und dann kam das Kind.

Beim Anblick der kleinen fliegenden Gestalt wäre ich hochgefahren, hätte die Herrin mich nicht an den Händen festgehalten. Er flog langsam vorüber, lächelnd, die kurzen, dicken Ärmchen wie Flügel auf und ab bewegend. Die Locken fielen ihm auf die Schultern. Er drehte sich einmal in der Luft herum und flog mit dem Bauch nach oben weiter.

Es war nicht Bran. Auch diesen Geist hatte ich früher schon einmal gesehen, in meiner Kindheit. Es war nicht Bran.

Er schwebte vorbei, und die Lampe erlosch.

Die Herrin murmelte: »Unsere Nacht ist vorüber.« Der Jungfernmond stand hoch am Himmel.

Uns gegenseitig Halt gebend, uns gegenseitig stützend, torkelten wir in das warme, rauchige Zimmer der Herrin, in dem eine Kohlenpfanne brannte. Wir streckten die Glieder unter ihren Rehfellen aus, und allmählich kehrte das Leben in uns zurück. Die Wärme kroch in unser Blut, der Verstand in unsere Augen. Wir schauten uns an. Das Gesicht der Herrin – das immer noch schön war und kaum Falten hatte – war tränennaß. »Du weißt, daß Kinder in diesem Alter verlorengehen können. Es passiert fast jedes Jahr einmal«, sagte sie.

»Ich weiß.« Nur daß bis jetzt die Verlorengegangenen nicht meine gewesen waren.

»Du bist noch jung«, versuchte meine Mutter mich zu trösten. »Du kannst noch andere Kinder haben.«

»Nein.«

»Nein?«

»Ich werde der Göttin nie wieder ein Opfer darbringen.«

»Niviene!« Entsetzen ließ das Antlitz der Herrin erstarren. »Schnell, nimm das wieder zurück! Ehe sie es hört!«

»Dafür ist es zu spät.« Die Göttin hatte es gehört. Ich fühlte ihre Gegenwart im Zimmer bei uns.

Die Göttin ist immer bei uns und in uns. Sie atmet durch uns, sie sieht durch unsere Augen, sie hört mit unseren Ohren. Und sie fühlt mit unseren Herzen. Aber wir werden ihrer nur gegenwärtig, wenn wir uns anstrengen. Wenn wir – so wie ich jetzt – ihre Anwesenheit fühlen, ungefragt, dann will sie zu uns sprechen. Ich lauschte.

Kleine, hörte ich sie sagen, *du hast die Freude, die ich dir sandte, nicht abgelehnt. Warum lehnst du den Kummer ab?*

Ich antwortete laut: »Weil ich daran zugrunde gehen würde.«

Ja, pflichtete sie mir bei, *du wirst gewiß sterben. Liebe das Leben, solange ich dich liebe, Kleine; liebe den Sommer und den Winter, das Glück und die Trauer.*

Ihre Gegenwart verflog wie ein lieblicher Duft. Leise sagte ich zur Herrin: »Ab heute nacht bringe ich kein Opfer mehr dar. Ich werde für mich leben, allein. Morgen früh werde ich mein Herz hinunter zum See bringen und es ertränken wie ein mißgestaltetes Kind.«

Und das tat ich wirklich.

Nackt unter meinem ›unsichtbaren‹ Mantel ging ich hinunter zum Ufer des Sees; meine bloßen Füße machten schmatzende Geräusche in dem kalten Matsch, mein Gesicht war naß vom Regen. Ich sammelte heruntergefallenes Laub, Zweige und Ranken und formte aus ihnen ein Boot, so groß wie meine Hand, und in dieses Boot hauchte ich mein glühendes Herz. Dann schüttelte ich meinen

Mantel ab und watete in den See, frierende Füße in gefrierendem Schlamm. Ich watete, bis das eiskalte Wasser mir fast bis zu den Oberschenkeln reichte. Ich atmete meine Kraft.

Langsam erwärmte die Kraft mein Gesicht, den Hals, die Schultern und Brüste. Langsamer erwärmte sie meine Hüften und Beine und die im Matsch steckenden Füße. Schließlich spürte ich das eiskalte Wasser nicht mehr, sondern nur noch die lodernde Glut der Kraft.

Dann hob ich das kleine Boot hoch, hauchte noch einmal hinein und sagte: »Nimm mein Herz mit all seinem Kummer. Trage es hinfort. Ertränke es.« Das Laubboot erzittere in meinen Händen, und eine dunkle, graue Aura stieg rings um es auf, wie von einem lebendigen Wesen. Ich setzte das kleine Boot aufs Wasser und stieß es weg.

Ich stand glühend im See, solange ich das Boot auf der Strömung reiten sehen konnte. Rasch verschwand es zwischen kleinen kabbeligen Wellen; aber ich konnte seine graue Aura mit ihm davon wirbeln sehen. Ich stand dort, bis es vollkommen weg, verschwunden und verschluckt war.

Dann erlosch die Kraft, und ungeheure Kälte strömte in meinen Körper. Ich kroch aus dem See, nahm meinen Mantel und rubbelte mich warm, bevor ich in ihn schlüpfte. Erst dann hielt ich inne, um nach meinem Herzen zu lauschen.

Ich hörte nichts, kein Glucksen, kein Wimmern, kein Seufzen, denn ich hatte kein Herz mehr. Ich hatte eine leise schlagende Trommel in meiner Brust, die einzelne Augenblicke meines Lebens markierte; aber das Herz, das fühlte und sich erinnerte, trauerte und frohlockte, war nicht mehr da. Ich hatte es ersäuft.

Auf dem Heimweg summte ich ein Morgenlied.

Nach jenem Tag wurde mein Leben leicht. Merlins Rat folgend, lag ich allein und erntete große Macht. Wer kein Herz hat, leidet nicht.

Aber er freut sich auch nicht. Das Leben kann ihm fast zur Last werden. Doch Merlin kurierte das.

4

Flucht

»Kind, draußen im Königreich ist Artus' Frieden in Gefahr!« sagte Merlin freundlich. »Ich brauche einen Zaubergehilfen, der mich darin unterstützt, das Gemeinwohl zu sichern, und du gehörst zu den Besten der magischen Zunft, die ich kenne. Geh mit mir dorthin.«

Die Spindel in der Hand der Herrin hielt inne. (Die Herrin lernte die Künste des Spinnens und Webens von einer Menschenhexe, deren krankes Kind sie geheilt hatte.) Wir kauerten zusammen in ihrem Zimmer in der Villa, in das der Schnee nicht hereinrieselte. Im schwachen Schein der Lampe starrten wir Merlin an wie aufgeschreckte Eulennestlinge.

»Merlin, es würde mich nicht scheren, wenn dein Artus gekreuzigt würde wie sein Gott«, erwiderte ich. (Merlin hatte uns diese Geschichte vorgetragen.) »Warum sollte ich meinen Herd im Winter verlassen und für Artus in das Königreich der Menschen reisen?«

Merlin zog die Brauen hoch und ließ sie wieder sinken. Er sprach: »Aber es wird dich sehr wohl scheren, wenn sein Friede erst zerbrochen ist. Dann werden die Sachsen deinen Wald in eine Schafweide verwandeln.«

Die Herrin murmelte bange. Genau dies hatte sie schon lange befürchtet, und ich auch. Was, wenn die Angeln dort draußen entdeckten, daß unser Wald nicht durch Zauber behütet wurde, sondern von Kindern mit vergifteten Wurfpfeilen? Und sie würden es entdecken, wenn die Sachsen sie in unsere Arme trieben.

Ich starrte in die Flamme der Lampe und sah endlose Weiten, erschreckende weite Ausblicke unter dahinjagenden Schneewolken. »Wie würde ich dort hingelangen und heil zurückkehren? Ich will nicht selbst gekreuzigt werden.«

»Ha!« rief Merlin triumphierend. »Das werde ich dir zeigen!«

Noch am selben Abend standen Merlin und ich im rieselnden Schnee am Ostrand und streckten unsere Hände einer Herde Ponys im Winterfell entgegen.

Sie beobachteten uns vorsichtig. Eine braune Stute schüttelte ihre struppige Mähne und schob sich zwischen uns und ihr Fohlen. Der Hengst scharrte mit den Hufen im Schnee und schnaubte.

Ich dachte an Mellias und seinen ersten Tanz mit Pferden. Ich hatte keine Lust, die Kindergardisten, die uns gewiß beobachteten, auf die gleiche Weise wie er zu unterhalten. Mellias hatte mit gezähmten Sklavenpferden getanzt. Diese Ponys waren wachsam und frei, keines von ihnen trug ein Halfter, und es gab keine Möglichkeit, bequem aufzusitzen oder, so man dies denn schaffte, auch sitzen zu bleiben.

Ich signalisierte Merlin mit den Fingern: *Der Hengst ist wütend.*

Nicht wütend. Ängstlich. Wir werden ihn beruhigen. Und Merlin begann zu singen.

Zuerst summte er kaum hörbar. Die Ponys spitzten die Ohren. Er sang eine Idee lauter, dann klar vernehmbar, dann selbstgewiß. Schließlich signalisierte er mir: *Sing.*

Ich sang unaufrichtig. Ich hatte eigentlich nicht den Wunsch, diese Geschöpfe mit ihren klobigen Hufen anzulocken. Sehnsüchtig dachte ich an das trockene, warme Zimmer in der Herrinnenvilla, mit Lampenschein und Decken und gestohlenem Brot. Die Tröstungen des Kummers. Meine Stimme zitterte; ich wich zurück, noch während ich sang.

Merlin schrieb mir: *Stell dich hierher zu mir. Denk an eines der Pferde – die braune Stute. Sie ist wie du. Stell dir vor, sie kommt zu dir, Gleiches angezogen von Gleichem.*

Die Ponys reckten uns die Ohren und Nasen entgegen. Eine Schneeschicht bildete sich auf ihrem Rücken, während sie uns anschauten, und auf unseren Köpfen und Schultern, während wir sangen. Wir müssen ausgesehen haben wie die Schneemänner, die die Kinder in harten Wintern bauen.

Mit einemmal bewegten sich die Ponys auf uns zu, ganz behutsam, Schritt für Schritt.

Als sie sich in Bewegung setzten, war es dunkel, und sie waren braun und grau, scheckig und schwarz. Als sie sich schnaufend näherten, mit den Hufen stampfend und uns mit ihren Schweifen durchs Gesicht wedelnd, war es Nacht und sie waren alle schwarz.

Sie rochen fettig und warm. Eines stieß mich an und hauchte Wärme über meinen Rücken. Merlin flüsterte: »Pack sie bei der Mähne.« Und ich, kaum glaubend, was ich tat, streckte die Hand aus und faßte sie bei ihrer struppigen Mähne. Merlin wisperte: »Sitz auf!« Ich schlang die Arme um ihren kräftigen Hals und krabbelte auf ihren Rücken – dank einem kräftigen Schubs von Merlin.

Merlin flüsterte: »Sing!«

Singend ließ ich mich auf dem Rücken der Stute nieder. Ihre starke, erdige Aura, unsichtbar in der Dunkelheit, durchdrang mich mit einem Kribbeln. Plötzlich war ich warm und groß; derbes Futter gurgelte in meinem Bauch. Mein dickes Fell hielt Schnee und Kälte fern. Ich spürte kaum das kleine Gewicht auf meinem Rücken. Ich furzte, schüttelte meine Mähne, roch mein Fohlen und meine Gefährten um mich herum. Der Wind, der von hinten kam, brachte die Gerüche von Schweinen, Hunden, Menschen, Rauch und Kot mit. Diese vertrauten Gerüche kamen von hinten; die windlose Dunkelheit vor mir sagte mir nichts. Ich drehte mich um und bewegte mich in den Wind.

Ich, Niviene, klammerte mich an der Mähne der Stute fest und schwankte im Rhythmus ihrer Bewegungen. Eine zweite Stute kam an unsere Seite. Auf ihrem Rücken saß Merlin. »Sing, Niviene, und hülle den Geist der Stute in deinen Elfenfrieden«, sagte er.

Ha, das war der Trick! Ich hatte meinen Geist von dem der Stute umhüllen lassen. Jetzt erweiterte ich meine eigene Aura und warf sie über die Stute wie einen riesigen Mantel. Ihr unschuldiger Geist fügte sich sofort.

Singend ritten wir durch die Nacht. Ich lernte die Stute mit einer Berührung und einem Gedanken zu lenken, anzuhalten und in Bewegung zu setzen. Singend verließen wir die Herde und überquerten dunkle Felder, mal gegen den Wind, mal seitlich zum Wind, wir fünf unsere eigene Herde: Merlin und sein Pony, ich und mein Pony, und das Fohlen, das um uns herum trabte. Das trübe erste Licht des Wintermorgens fand uns weit entfernt von jedem Ort, den ich kannte. Auf einer Talwiese zwischen bewaldeten Hügeln sagte Merlin: »Still jetzt.« Und wir hörten auf zu singen.

Meine Kehle, meine Hüften und meine Beine schmerzten höllisch. Zu meiner Überraschung warfen uns die Ponys nicht ab. Sie hatten sich an uns gewöhnt. Aus dem Bann entlassen, scharrten sie im Schnee, auf der Suche nach Gras. Das Fohlen schmiegte sich an meine Stute und versuchte Milch zu ergattern. Als sie einen Flecken Gras fand und still stand, gelang es ihm.

Angstvoll ließ ich meinen Blick über diese riesige Weite schweifen, in der wir deutlich sichtbar waren. »Merlin«, krächzte ich, »wo sind wir?«

Merlin murmelte etwas und wand sich. »Weiß nicht«, gestand er. »Habe die Fährte verloren. Aber die Ponys werden uns zurückbringen.«

Im Licht des Morgens sah ich die Aura seiner Stute, ein tiefbrauner Glanz dicht um sie herum; und ich sah, daß sie die Herde vermißte und nichts lieber täte, als zum Rande des Elfenwaldes zurückzukehren.

»Man wird uns sehen, Merlin. Es gibt hier nicht einmal einen Busch, hinter dem man sich verstecken könnte!«

»Mach so.« Merlin duckte sich tief über den Hals seines Ponys. Auf diese Weise würde er aus jeder Entfernung unsichtbar sein. Mit schmerzenden Muskeln legte ich mich flach auf den Hals meiner Stute.

»Und jetzt«, sagte er, Pferdehaar ausspeiend, »denk an die Herde.«

Ich dachte an die kleine Herde, die wir zurückgelassen hatten. Ich dachte an den Hengst, dem wir inzwischen sehr fehlen mußten.

Meine Stute tat mehrere Schritte, weg von dem saugenden Fohlen. Sie blies die Nüstern auf, zuckte mit dem Schwanz und setzte sich in Bewegung. Tief geduckt über unseren Pferden hängend, ritten wir zurück durch den heller werdenden Morgen. Wir kamen durch schüttere Wälder, überquerten schneebedeckte Wiesen und passierten mehrere Dörfer, in denen Menschen Feuer schürten und mit Milcheimern durch den Schnee stapften. All dies sahen wir von einer seltsam hohen Warte aus, als wären wir Kindergardisten, die auf wandelnden Wachtturmbäumen hockten.

Gleich hinter dem letzten Dorf machten wir Rast an einer Heuraufe, die für das Vieh aufgestellt worden war. Ein wütender Mann zeigte uns einer Horde müßig herumlungernder Burschen, die johlend und Stöcke schwingend in unsere Richtung gerannt kamen. Meine Stute fuhr hoch, scheute und stob im gestreckten Galopp davon.

Jetzt lernte ich Reiten!

Mich flach gegen ihren Hals drückend, klammerte ich mich an ihr fest wie ein Frettchen. Erde und Schnee flogen unter uns dahin. Mit trommelnden Hufen jagten wir dem Ostrand entgegen. Ich hörte die kleinen Hufe des Fohlens hinter uns schlagen und weiter zurück den donnernden Galopp von Merlins Stute. Wind sang in unseren Ohren, die Sonne brach durch die Schneewolken. Hätte ich Luft gehabt, dann hätte ich vor lauter Glück lauthals gelacht.

Sobald wir die Gefahr hinter uns gelassen hatten, fiel meine Stute erst in einen Kanter, dann in einen Trab, dann in einen gemächlichen Schritt. Schließlich blieb sie stehen und schaute sich um, wo ihr Fohlen abgeblieben war. Da kam es auch schon angetrabt, mit wedelndem Schweif und einem milchigen Gedanken in seinem Kopf. Merlin folgte ihm.

»Merlin«, japste ich. »Da ist der Wald!« Er türmte sich vor uns auf, eine Finsternis aus dicht nebeneinanderstehenden, kahlen Bäumen und Büschen. Daheim! In meiner Erleichterung richtete ich mich auf, ungeachtet der Schmerzen und der Gefahr, daß mich jemand sehen könnte.

Merlin hielt den Atem an und sagte: »Jetzt weißt du, warum die Menschen Zügel haben. Und Sättel.«

»Wahrhaftig! Ich habe mich noch nie in meinem Leben so schnell fortbewegt.«

»Aber beim nächsten Mal wirst du noch schneller sein.«

»Werde ich das?«

»Du hast vergessen, warum du hier bist.«

»Das muß ich wohl. Komm, laß uns schnell zu den

Bäumen gehen.« Während das Fohlen nuckelte, rutschte ich von der Stute herunter und brach zusammen.

Merlin saß ab und zog mich auf die Beine. »Kannst du stehen, Niviene?«

»Ich … nein.«

Er nahm mich hoch und stapfte zu den Bäumen. Ich lag wie ein Säugling in seinen Armen und blickte über seine Schulter.

Verwirrt schauten uns die drei Ponys nach. Sie standen zusammen, pelzig-braun vor den weißen Feldern. Als wir sie hinter uns ließen, zerriß das Band zwischen uns, und ich verlor den Kontakt zu meiner Stute. Sie wurde wieder zu einem Tier, fremdartig, eingeschlossen in ihre Welt, so wie ich in meine eingeschlossen war. Wir hatten uns jetzt nichts mehr zu sagen. Sie wedelte mit dem Schweif und machte kehrt.

Merlin wankte mit seiner Last in den Schutz der Bäume und setzte mich ab.

Er errichtete uns gleich am Ostrand ein Lager. Wir konnten durch die Zweige der Fichten auf das Königreich schauen. Einen Tag und eine Nacht konnte ich mich kaum bewegen, und Merlin sorgte für mich, als wäre er ein menschlicher Vater.

Ich sandte einen stummen Ruf zu Aefa, und sie fand uns am Mittag. Sie hielt die richtigen Kräuter in ihrer Tasche parat. »Was, im Namen aller Götter, hast du nur gemacht?« fragte sie verwundert, während sie mir die Hüften massierte.

»Ich bin geritten. Die ganze Nacht. Ah, das tut gut!«

»Geritten?«

»Auf einem Pony.«

»Auf einem Pony!« quietschte Aefa.

Draußen vor dem Unterschlupf lachte Merlin. »Du kannst uns das nächste Mal begleiten, Aefa. Du und Mellias.«

»Ich? Ich bin noch jung, Merlin. Ich habe meinen Verstand noch beisammen.«

»Niviene und ich reisen ins Königreich. Dazu mußt du reiten.«

»Ha!« Bis zu diesem Augenblick hatte ich den Grund für das nächtliche Abenteuer glatt vergessen.

Wie ein Bär, der eine neue Höhle begutachtet, steckte Merlin den Kopf und die Schultern in den Unterschlupf. »Es wird gut für dich sein, Niviene. Überlege. Welcher Gedanke ist dir gestern nacht nicht einmal durch den Kopf gegangen?«

»Gestern nacht. Mach weiter so, Aefa! Gestern nacht habe ich an nichts anderes gedacht als an Pferde.«

Und dann begriff ich. Ich hatte die ganze Nacht nicht einmal an mein totes Herz gedacht. Merlin hob eine Braue und nickte. »Siehst du. Das Königreich ist jetzt der richtige Ort für dich. Und auch für dich, Aefa. Mellias würde sich in eurer Gesellschaft glücklich schätzen.«

Wir ritten in jenem Winter viele Nächte zusammen. Mellias war zu Hause, und er brachte Aefa das Reiten mit Zügeln und Zaumzeug bei, denn er konnte ein Pferd nicht mit Magie lenken. Manchmal ritten wir paarweise, manchmal zu viert wie ein heranstürmendes Heer. In jenen Nächten dröhnte Hufschlag über das gefrorene Land, und die Menschen drehten sich auf ihren Strohbetten um und murmelten: »Das gute Volk reitet heut nacht wieder.«

Zuerst ritten wir die halbwilden Ponys, die wir durch Singen lenken konnten. Später gingen wir dazu über, uns gut ausgebildete, gut gestriegelte Pferde aus Ställen von Bauernhöfen auszuleihen.

Eines Abends schlich ich mich in der Dämmerung in einen Stall und fand einen Bauern und seinen kleinen Sohn dabei vor, wie sie Ebereschenzweige und Kreuze aus Stöcken an den Dachbalken und am Halfter des grauen Wallachs aufhängten. Ich verschmolz mit der Wand. Der Knabe fragte: »Warum sollte das gute Volk unseren Dobbin stehlen?«

»Sie stehlen ständig Pferde aus Scheunen und Ställen. Jeden Morgen kommen Pferde mit Elfenlocken in der Mähne völlig ermattet nach Hause gehinkt. Aber unseren Dobbin kriegen sie nicht!«

»Warum nicht?«

»Wegen dieser Ebereschenzweige und Kreuze.«

»Warum?«

»Weil das gute Volk schreckliche Angst vor Ebereschen und Kreuzen hat. Frag mich noch einmal ›warum‹, und ich werd dich Mores lehren.«

(Am nächsten Morgen kam Dobbin erschöpft im Paßgang nach Hause, seine Mähne ein Nest aus Elfenlocken. An irgend etwas hatte ich mich schließlich festhalten müssen!)

5

Königreich

Die Ratseiche überragt alle Apfelbäume der Insel, und von ihrem höchsten Ast kann man ganz Avalon sehen und das glänzende Wasser, das die Insel umgibt, und auch die dunkel bewaldeten Ufergestade, die den See umgeben. Man kann unsere Welt sehen.

Doch wie ich Elana einmal in Erinnerung rief, gibt es noch eine andere Welt jenseits der unsrigen, eine, die unsere umgibt und die sich nach außen endlos erstreckt.

Zuerst sind es Dörfer, herrschaftliche Landgüter, Gehölze, die Felder umrahmen, und hier und da ein Finger dichten Waldes. (Und nur ganz wenige von diesen Wäldern werden wie unsere von braunen Kindern bewacht, die flink sind wie Eichhörnchen und vergiftete Pfeile aus Baumwipfeln schießen.) Aber man findet stets einen offenen Pfad durch Gehölze und zwischen Wäldern hindurch, der zu anderen Feldern, Gehöften und Dörfern führt; und hier und da einen mit Erdwällen und einem

Wassergraben gesicherten Sitz eines hohen Herrn oder ein von einem Kreuz gekröntes Kloster: strohgedeckte Hütten mit einer strohgedeckten Kapelle in ihrer Mitte.

In den Kapellen stehen christliche Götter und Göttinnen und ihre geflügelten Diener, bereit, von ihrem Podest zu steigen und einem aufzulauern – abgesehen davon, daß sie aus Holz geschnitzt sind. Wie das Dana-Mosaik in der Herrinnenvilla, gibt es erstaunliche Werke von Menschenhand.

Auf den Feldern schuften lederzähe Männer und Frauen. In meiner Kindheit kannte ich solche Leute. Ich beobachtete sie aus dem schützenden Schatten des Ostrandes heraus. Nachts schlich ich mich in ihre Höfe, Scheunen und Hütten und bestahl sie. Eines Nachts tanzte ich mit ihnen, Hand in Hand, und atmete ihren Atem und ihren Geruch ein.

Jetzt weiß ich, wer sie sind. Wie Felsen, wie Knochen der Göttin, halten sie ihre Welt aufrecht. Es sind die Leute, die große Bäume fällen, um herrschaftliche Häuser zu bauen, die Erdwälle um diese Häuser aufschichten, die für Mensch und Elf Korn säen und ernten. Dies sind die Leute, die Schwerter im Feuer zurechthämmern, die Schlachtrösser und Esel gleichermaßen zusammentreiben und ausbilden. Die Menschenwelt reitet auf ihren gebeugten Schultern. (Und wir Elfen reiten federleicht auf der Menschenwelt.) Seit fünfzehn Jahren ziehe ich nun durch das Königreich der Menschen, zu Fuß und zu Pferde, meist verkleidet als zwölfjähriger Knabe (immer mit Mellias' Kristall, der unter meinem Hemd baumelt). Ich habe zeitweilig in der Burg des Königs gelebt, hinter und unter seinen Erdwällen, verkleidet (weniger erfolgreich) als menschliche Dame. Aber dort draußen im Königreich ist mein Geist immer noch eine weiße Hirschkuh, bange und bar jeden Schutzes. Ich halte ständig inne, mitten im Schritt, um in alle Richtungen zu spähen. Meine Nüstern blähen sich auf, suchen ferne Gerüche; meine Ohren zucken, horchen hierhin und dorthin. Wahrlich, das menschliche Vermögen zu Haß und Wut, zu begründeter und ungerechtfertiger Gewalt, entsetzt mich noch immer.

Die Menschen stellen sich uns Elfen als gefährlich vor. Verglichen mit ihnen sind wir einfache, wilde Kreaturen, die beißen, wenn sie in die Enge getrieben werden. Menschen lieben einige wenige von ihrer Art – gewöhnlich einen oder zwei – mit außerordentlicher Leidenschaft. Ihr Haß ist gleichermaßen leidenschaftlich. Ich habe die Asche von anglischen Dörfern gesehen, die von Sachsen niedergebrannt worden waren, bloß weil sie keine Sachsen waren. Ich habe die Asche eines anglischen Dorfes gesehen, das von Artus' eigenen Rittern gebrandschatzt worden war, weil diese sich aus irgendeinem Grund gekränkt und beleidigt wähnten. Wenn ich mit Merlin ritt, klopfte mir das Herz immer bis zum Hals, wenn uns bewaffnete Reiter begegneten. Wahrscheinlich waren sie uns gegenüber gleichgültig, zuweilen sogar freundlich gesinnt. Aber genau wußte man das immer erst dann, wenn sie an einem vorbeigeritten waren.

Am Ende unseres ersten Tagesritts hielt Merlin vor unserer ersten Schänke an. Aefa und ich saßen auf unseren müden Ponys, selbst ebenso müde, angstvoll zusammengekauert in unseren Jungenkleidern und ›unsichtbaren‹ Mänteln. (Aber hier draußen war Unsichtbarkeit ein Ding der Unmöglichkeit. Diese Tatsache machte uns mehr Angst als die tatsächlichen Riesen, denen wir unterwegs begegnet waren.)

Merlin saß ab und schaute zur Schänke hinüber. Ich spürte, wie er sich vorstellte, in unserer Haut zu stecken, und sich fragte, wie furchtbar wir es wohl drinnen finden würden. Er seufzte, straffte die Schultern und hieß uns mittels Fingersprache, die Ponys an das dafür vorgesehene Geländer zu binden. Dann marschierte er kühn zur Tür.

Den ganzen Tag waren wir nicht so weit von Merlin weg gewesen! Wir wechselten einen Blick, und Aefas Finger fragten mich: *Sollen wir da reingehen?* Meine Finger antworteten: *Was bleibt uns anderes übrig?* Wir schlurften hinter Merlin her wie zwei erschöpfte Jagdhunde.

Da ich in der Herrinnenvilla gewohnt hatte, war ich mit Wänden, Fluren und Decken vertraut. Aefa gestand mir später, Merlin durch diese Tür zu folgen sei ihr so schwergefallen wie nichts je zuvor. Sie sei sich vorgekommen wie ein Fuchs, der in eine Falle tappe.

Wir waren Rauch und Küchendunst gewohnt – aber nicht so dichten! Noch nie, nicht einmal in der schmutzigsten Dorfhütte, war mir allein vom Atmen so schwindelig geworden wie hier.

Die Riesen indes – Ungeheuer, die an den Tischen saßen oder Pfeile warfen, ein jeder laut schreiend, um die anderen zu übertönen, einer nach Mist stinkend, ein anderer nach Gerberlohe, aber alle nach Bier und alle nach Schweiß und Schmutz –, sie ließen mich vor Furcht erstarren. Ich hatte schon viele ihrer Art bestohlen, als sie schlafend im Dunkeln lagen; aber mich sichtbar zwischen ihnen zu bewegen, mich tatsächlich an ihnen vorbeizudrängen, ihre steifen Ärmel in Merlins Schlepptau an meinem Körper zu spüren, erforderte meinen ganzen Mut.

Einmal erstarrte ich, begann zu zittern und blieb stehen. Aefa (die schreckliche Angst vor Wänden und Dächern hatte) stieß mir ihre kleine harte Faust in den Rücken und schob mich weiter. Merlin führte uns zu einem Ecktisch, der im Dunkeln lag, abseits vom Treiben im Schankraum. Dann machte er Anstalten, uns allein zu lassen. Aefa ächzte: »Merlin!«

Er hielt inne, sah zu uns herab und merkte, wie es um uns stand. *Ich gehe kurz da rüber,* signalisierte er. *Essen, Bier. Ihr bleibt still hier sitzen.* Dann verließ er uns.

Wir kauerten an dem Tisch wie zwei Häsinnen, die von Hunden umzingelt waren. Wir zuckten nicht mit einem Barthaar. Zwischen uns und Merlin dröhnten und polterten die Riesen und warfen ihre Pfeile. Sie waren gut im Pfeilewerfen. Das war das erste, was mir ins Auge fiel, als ich langsam wieder zu Atem kam. Sie würden durchaus ein oder zwei Spiele von zehn gegen die Kinder von der Garde gewinnen können, vielleicht sogar gegen Aefa und mich!

Uns schenkten sie keine Beachtung. Nach und nach wurde mir klar, daß wir ebensogut ›unsichtbare‹ Mäntel hätten tragen können: zwei halbwüchsige Kinder hatten für die Riesen keinen Unterhaltungs- oder Zerstreuungswert. Sie hatten ihre eigenen Kinder und waren froh, daß sie die zu Hause gelassen hatten.

Merlin kam zurück mit zwei Hühnchen, drei kleinen

Laiben Brot und Bier. So verschreckt wir auch waren, wir fielen heißhungrig über das Essen her. Und während wir aßen und tranken und unsere sich allmählich erwärmenden Körper die feuchten Kleider wärmten, beobachtete ich die Riesen und lauschte ihrem Lärmen.

Sie brüllten sich in einem derben Anglisch an, das einen Akzent hatte, den ich noch nie zuvor gehört hatte. Aber ich lerne Sprachen schnell. Noch während ich kaute und lauschte, begann ich schon im Groben zu verstehen, worum es ging.

Sie debattierten über die Frühjahrsaussaat und den Dauerregen. Man konnte nicht säen, solange der Regen nicht aufhörte. Würde er jemals aufhören, oder hatte Gott beschlossen, die Welt wieder zu ersäufen? (Wieder?) Ein anderer fürchtete, daß die Saat, die bereits ausgebracht worden war, verfaulen würde. Ein dritter polterte: »Da steckt die Göttin dahinter!«

»Ja, genau!« brummten und knurrten mehrere Stimmen beifällig. »Wegen der Königin. Der Königin und ihrem ...«

»Ihrem Liebhaber!«

»Dem besten Rittersmann, dem all die andern nicht das Wasser reichen können.«

»Und der König ... Was steht er dabei und guckt zu?«

»Es läßt ihn faulen wie der Regen die Saat.«

»Es läßt sein Königreich verfaulen!«

»Und was wird dann aus uns? Wenn das hohe Volk die Göttin erzürnt?«

»Die Sachsen, Mann, das wird aus uns. Denk daran, wenn dein Haus ein Häufchen Asche ist und deine Familie darunter begraben liegt – denk daran, die Königin zu verfluchen.«

Ein helles, unmelodisches Klimpern von Saiten durchschnitt den Lärm.

Aefa und ich wechselten besorgte Blicke. Ohne daß wir es bemerkt hatten, hatte Merlin uns allein mit den Riesen gelassen und auf einem Schemel am Feuer Platz genommen, wo er jetzt Zauberer auf seinem Knie stimmte; die mißtönenden, schrägen Klänge ließen die Riesen verstummen.

Einer murmelte: »Den Harfner habe ich schon einmal gesehen.«

Ein anderer antwortete: »Das ist der Zauberharfner. Still jetzt alle miteinander!«

Als Artus nun die Krone trug,
Nahm Merlin ihn mit zum Zaubersee.
Ein Arm sich dort aus dem Wasser hob,
Gehüllt in schimmernd weißen Samt,
Hielt ihm entgegen Scheid' und Schwert.

Tief und geheimnisvoll klang Zauberer, murmelnd wie die Wasser des Sees.

Und Merlin sprach: »Geh! Nimm das Schwert!«
Jung-Artus säumt' – wer hätt' das nicht?
Doch war er der Sohn des Uther Pendragon,
Und in seinen Adern floß Königsblut.
Er watet' in den See, er nahm das Schwert,
Und der weißgekleidete Arm versank.

Er schwang die Waffe,
Die sonnenhell schien, und
Kehrte zurück zu Merlin geschwind.

Und Merlin sprach: »Dies ist Caliburn, das
Zauberschwert,
Das niemals sein Ziel verfehlt.
Und dies, seine Scheide, ist gar wertvoller noch,
Denn wer immer die magische Hülle trägt,
Nie an seinen Wunden vergeht.«

Da staunte Artus. Und Merlin sprach:
»Die Herrin vom See schenkt dir das Schwert
Wider die Sachsen in unserem Land.
Wann immer du aber dein Volk enttäuschst,
Junger König,
Verlangt zurück sie dein Pfand.«

Merlins Lied brachte alles Gerede über den König und seine Ehre zum Verstummen, denn Caliburn hing immer noch in Artus' Halle, wie ein jeder wußte. Und die Sachsen waren noch nicht zurückgekehrt, Gott sei's gedankt und Maria.

Als nächstes stimmte Merlin eine Ballade über die schöne Elaine an...

Die aus Liebe starb zu Lancelot
Und stromabwärts trieb, tot,
In einer Blumenbarke...

Die Riesen rutschten auf ihren Stühlen hin und her und winkten nach mehr Bier, und Merlin leitete zu einer Ballade von der fröhlichen Müllerstochter über. Und während sie den Refrain grölten und auf die Tische hauten, verschwand der Harfner von seinem Schemel am Feuer.

Am nächsten Morgen, als wir durch Regen und Matsch ritten, fragte ich Merlin: »Dieser Lancelot, Artus' bester Ritter. Ist er wirklich?«

»Ob er wirklich ist?« Merlin grinste. »Ob er wirklich ist! Niviene, Lancelot ist dein Bruder Lugh!«

Ich wäre fast vom Pony gefallen.

»Du wußtest das nicht? Du hast so viele Lancelot-Geschichten gehört und wußtest das wirklich nicht?« Aefa lenkte ihr Pony neben meines und schrieb in der Fingersprache: *Was entgeht mir hier?* Merlin sagte zu ihr über mich hinweg: »Du erinnerst dich an einen gewissen Lugh, den Sohn der Herrin, der auszog, um im Königreich Abenteuer zu bestehen?«

»Und nie zurückkehrte. Ja. Er und Niviene waren Geschwister und wußten es. Ich beneidete sie.«

»Niviene wußte nicht, daß Lugh jetzt Sir Lancelot ist, Artus' bester Ritter.«

»Ach.« Taktvoll studierte Aefa den Matsch, durch den ihr Pony watete. »Das wußte ich auch nicht. Dann ist also das verrückte Mädchen in dem Lied – die schöne Elaine – aus Liebe zu *Lugh* gestorben?«

»Ihr nanntet sie Elana.«

Getreu meinen letzten an sie gerichteten Worten hatte ich Elana völlig vergessen. Selbst Elaines ›Blumenbarke‹ hatte mich nicht auf sie kommen lassen. Jetzt sah ich ihn wieder stromabwärts treiben, den blumengeschmückten, von Schwänen eskortierten Sarg. Mich selbst sah ich heim zur Apfelinsel staken, erfüllt von Trauer um meinen Bruder und meine Freundin und in meiner Arglosigkeit nicht ahnend, welche Macht da in mir erwachte und sich reckte!

An all dies erinnerte ich mich klar und deutlich, da ich zwischen Merlin und Aefa durch den Frühjahrsregen ritt, auf meiner ersten Reise ins Königreich.

Um Merlin dabei zu helfen, Artus' Frieden zu retten und mit ihm unseren Wald, hatte ich reiten gelernt. Ich hatte Anglisch und Latein gelernt, die Bräuche und Sitten der Menschen. Ich hoffte, Bran dort draußen im Königreich zu vergessen, und oft gelang mir das auch. Aber der Kummer lauerte im Hinterhalt auf mich. Oft bedurfte es nur eines Wortes, eines auf der Harfe angeschlagenen Akkords oder eines vertrauten Gesichts.

Merlin brachte uns zu Artus' Burg.

Die Burg war ein riesiges, kreisrundes Dorf. Kleine Hütten aus Weidengeflecht oder Fachwerk säumten planmäßig angelegte, kreisförmig verlaufende Straßen voller hastender Menschen. Ein massiver Erdwall, ein Berg, höher als die Hütten, höher sogar als die Königshalle im Zentrum, umfriedete das Ganze. Wie die Herrinnenvilla, war dieser Berg von Menschenhand angehäuft worden. Ich ließ dies als Tatsache gelten, ebenso erstaunt, wie mein kindliches Selbst über die Geschichte der Villa gewesen war.

Inzwischen waren wir schon durch viele Dörfer

gekommen. Wir vertrauten auf unsere Verkleidung und auf Merlins Führung. Doch um durch das bewachte Tor in diese große Burg zu gelangen, griffen wir auf Mut zurück, von dem wir nicht einmal wußten, daß wir ihn besaßen. Mut ist ein menschlicher Charakterzug.

Merlin führte uns als erstes zu den Ställen, wo wir unsere Ponys in menschlichen Händen zurückließen. Zu Fuß jetzt und gefangen innerhalb des Erdwalls, folgten wir Merlin zu seiner Weidenhütte, die neben dem Erdwall kauerte. Drinnen führte ein Tunnel ein gutes Stück nach unten in den Wall hinein.

Die Hütte war nahezu leer. Neben einer zentralen Feuerstelle waren mehrere Strohbetten aufeinander gestapelt. Doch entlang der Wand standen Truhen, die mit Schnitzereien von Szenen aus Merlins zahlreichen Liedern verziert waren. (So sah ich Tristam und Yseult dort abgebildet, Königin Boadiccea, Riesen, Drachen, Römer, christliche Heilige und kleine Gestalten, die Elfen darstellen sollten.)

Aus diesen Truhen holte Merlin schöne neue Kleider hervor, von der Art, wie er sie der Herrin schenkte. Aefa und ich hielten gemeinsam den Atem an und wichen zurück.

»Kommt, kleidet euch an«, forderte er uns auf und hielt uns bestickte Gewänder hin. »Ihr müßt es doch satt haben, kleine Jungen zu sein.«

Ich schluckte meine Überraschung herunter, die vermengt war mit überraschender Begierde. »Aber ... all die Menschen da draußen ...«

»Wenn wir durch die Welt draußen reisen«, sagte Merlin, »müßt ihr Jungen sein. Aber dies ist König Artus' Burg, das zivilisierte Zentrum des Königreichs. Euer Geschlecht hier zu verbergen würde Artus und seinen Frieden beleidigen.«

Noch am selben Tag brachte mich Merlin zur Königshalle, die sich im Zentrum der Burg erhob. Niedlich und adrett jetzt mit einem weißen Gewand angetan und mit Mistel bekränzt, hielt ich in der großen, mit kunstvollem Schnitzwerk verzierten Tür inne. Die Halle war das größte Bauwerk, das ich je gesehen hatte und je sehen werde. Kein Elf hätte sie einfach so betreten können, ohne zu stocken, wie Merlin es mir strikt befohlen hatte. Ich blieb stehen wie eine Fähe vor der Falle und ließ den Blick ängstlich durch die immense Weite des Raumes schweifen.

An der berühmten Tafelrunde in der Mitte des riesigen Saales saßen Artus' Ritter, zerrupften Brotlaibe und Bratenkeulen und warfen ihren wartenden Jagdhunden Knochen zu. Merlin hatte diesen Tisch rund wie die Sonne entworfen, damit niemand, der dort saß, behaupten konnte, er säße an einem höheren oder vornehmeren Platz als andere. Alle waren einander gleich. Elfen hätten an eine solche Frage keinen Gedanken verschwendet; selbstverständlich sind alle Kinder der Göttin einander gleich. Elfen hätten sich auch nicht zu zehnt an diesem Tisch versammelt, Brot und Fleisch heruntergeschlungen und so laut herumgeschrieen, daß es im ganzen Saal widerhallte.

Auf einem Podium über und hinter dem Tisch saß der König auf seinem Thron. An der Wand über ihm hing

Caliburn, das magische Schwert in seiner magischen Scheide. Neben ihm hing ein runder, bunt bemalter Schild.

Merlin schritt an der Tafelrunde vorbei zum König. Er spürte, daß ich nicht hinter ihm war, blieb stehen und wandte sich um. Ärger blitzte in seinen Augen auf. Er hatte mir eingeschärft, nicht zu trödeln, sondern direkt hinter ihm herzugehen, erhobenen Hauptes, den Blick allein auf den König gerichtet.

Ich stand immer noch zaudernd da und hielt mich am Türpfosten fest. Der ringsum geschlossene, luftlose Raum stank nach Schweiß und gebratenem Fleisch. Die Hunde rochen nach Blut; riesige knurrende Bestien, größer als die Wölfe, die sie jagten, glotzten sie von ihren Knochen zu mir herauf und knurrten tief aus mächtiger Brust.

Ich beschwor eine silberne Wolke herauf und warf sie um mich wie einen Schleier, wie einen Mantel; einer nach dem anderen verstummten die Hunde und wichen zurück. Endlich ließ ich den Türpfosten los. Ich raffte den Saum meines Gewandes ein wenig, damit er nicht den dreckigen, mit Essensresten übersäten Boden berührte, und bewegte mich langsam vorwärts.

Artus' Kämpen begafften mich über die Knochen hinweg, an denen sie nagten. Diejenigen, deren Rücken mir zugekehrt waren, drehten sich um, um mich sehen zu können, den Pokal in der Hand. Sie vermochten meine silberne Wolke nicht auszumachen. Was sie sahen, war ein kleines, braunes Mädchen in einem weißen Gewand und mit weißen Beeren im wallenden schwarzen Haar. Sie bemerkten, daß ihre Hunde, die eigentlich knurrend um das Mädchen hätten herumschnüffeln müssen, stumm und still dalagen. Auch sahen sie Merlin, des Königs hochgeehrten Magier, ungeduldig auf das Mädchen warten. Und wie die Hunde, so verstummten auch sie.

Doch als ich an ihnen vorbeiglitt durch die neue, schwere Stille, sorgsam den Saum meines Gewandes raffend, stieg von jedem einzelnen Riesenkörper ein Geruch auf, den ich sehr gut kannte. Gewöhnlich fasse ich den Geruch von Wollust nicht als Beleidigung auf. Aber gleichzeitig von zehn Riesen emporquellend, wie er es in jenem Augenblick tat, bestürzte er mich, ja, er machte mir sogar Angst. Tatsächlich schlug mir das Herz bis zum Hals.

Diese Männer waren selbst nach menschlichen Maßstäben riesig. Viele von ihnen trugen berühmte Namen, die von Barden besungen wurden. Ihre gemeinsame, geballte Aura war wie ein orangefarbenes Feuer, das den dunklen Saal ausfüllte – bis auf das Podium, auf dem der König thronte. Dieses Podium war von einem dreifachen strahlenden Nimbus umgeben.

Als ich mich dem Thron näherte, spürte ich Mellias' Kristall warm an meinem Halse, und der Beutel an meinem Gürtel wog plötzlich schwer. Eines der Andenken darin war zum Leben erwacht. Ich konnte nicht sagen, welches, aber es zog und zerrte an mir, so daß ich langsamer wurde. Merlin winkte ungeduldig.

Da blickte ich zum ersten Mal zu König Artus empor. Er wirkte machtvoll und gediegen; die beringten Hände ruhten breit auf den Knien, die seine rote Robe verdeckte. Er beobachtete, wie ich näher kam. Dicht um seinen Körper herum leuchtete seine Aura so rot wie seine Robe. Ein breites orangefarbenes Band umgab das Rot, und ein riesiger goldener Nebel hüllte das Orange ein, so breit wie Merlins weißer Nebel.

Ich schaute ins Innere der dreifachen Aura, in des Königs strenges Gesicht, in die harten, grauen Augen, und blieb wie angewurzelt stehen. Merlin, der die Stufen des Podiums erklomm, drehte sich um und winkte ungeduldig und mit finsterer Miene.

Ich hörte leise Trommeln. Eine Nachtigall sang. Etwas längst Vergessenes regte sich in meinem Körper, eine köstliche, prickelnde Wärme. Ich dachte: Heilige Götter! Ich habe wahrhaftig gut daran getan, dich nicht zu vergiften, als ich es hätte tun sollen!

Langsam schritt ich nach vorn und stieg die Stufen hinan, bis ich neben Merlin stand.

»Dies ist meine Gehilfin«, erklärte Merlin in elegantem Latein, »die Magierin Niviene, die mit mir hierher gekommen ist, um deinem Frieden zu dienen.« Ganz ruhig sagte Merlin dies, ohne jeden Seitenblick oder Nebenton; er wußte nicht, daß Artus und ich uns schon einmal begegnet waren. Es geschahen Dinge auf der Welt, im Wald, von denen Merlin nichts wußte. Dies war das erste Mal, daß ich dessen gewahr wurde.

Ein Lächeln kräuselte Artus' Augenwinkel. Er sagte: »Du bist willkommen, Magierin Niviene. Merlin hat dich schon früher vor mir gepriesen. Ich glaube, du bist fürwahr eine große Zauberin.« Und wie er das wußte! Hatte er mich nicht in derselben Nacht als weiße Hirschkuh und als junges Mädchen gesehen, mit denselben lächelnden Augen wie jetzt? Er fügte hinzu: »Ich freue mich auf häufige… und genußreiche… Beratungen mit dir.«

Ich neigte den Kopf zurück und sandte ihm einen klaren, eindeutigen Blick mit einer klaren, unzweideutigen Botschaft.

Da stand ich vor seinem Thron, umringt von seinen Riesen und Hunden, und wagte es, ihm diesen Blick zu senden! Er blinzelte. Und Kraft wallte in mir auf, die Kraft, die ich jeden Tag mit meinem Leben erkaufte; ich erstrahlte, und ich sah, wie Artus' dreifache Aura erzitterte und vor meiner zurückwich.

(Merlin sagte mir einmal: »Wenn du eines Magiers Magierin werden willst, dann lieg stets allein.« Merlin selbst lag stets allein. Die Herrin hatte ihn das gelehrt, als sie bereit dazu gewesen war. Sie selbst brachte dieses Opfer nicht, und deshalb übertraf Merlin, ihr Schüler, sie am Ende.

Mich unterrichtete sie nicht. Vielleicht wartete sie darauf, daß ich ein zweites Kind bekam. Aber dies würde niemals geschehen. Nie wieder würde ich der Göttin ein Opfer darbringen. Sie hatte gegeben, sie hatte genommen. Mir sollte sie nicht mehr geben und nehmen.

Ich brachte jetzt meiner eigenen Macht Opfer dar; ihre Macht für meine. All die Energie der Göttin, die in das Vergnügen und die Erschaffung neuen Lebens fließen wollte, floß jetzt in die Macht. Ich konnte die wilden Kreaturen des Waldes herbeisingen. Ein Segensspruch von mir genügte, daß ein Apfelbaum zwiefach Frucht trug. Ich konnte in Artus' Augen schauen und seine Gedanken lesen.)

Artus dachte: *Die weiße Hirschkuh flieht wieder vor mir.*

Ich blickte tiefer, unmittelbar in sein Herz.

Als erstes sah ich dort eine großartige und wunderbare Tugend, zu der wir Elfen nicht fähig sind. Artus liebte sein Volk wahrhaftig, sein gesamtes Volk, seine Götter und sein Land. Mit Freuden würde er für sie sein Leben hingeben.

Als nächstes sah ich, daß Artus' Seele wie die Welt war oder wie der Wald, wo das Leben aus den Trümmern des Todes erblüht. Er war sich seines erhabenen Platzes in der Menschenwelt vollkommen bewußt. Seine enorme dritte Aura drückte Selbstanbetung aus und Tugendhaftigkeit. Als ich sie jetzt auflodern sah, gegen meine eigene, trotzende Aura, gelobte ich mir, niemals seine Selbstanbetung herauszufordern. Eine solche Haltung würde ich womöglich mit dem Leben bezahlen. Unsere Positionen hatten sich entschieden umgekehrt. Während wir uns seinerzeit auf meinem Terrain begegnet waren, wo ich Macht innehatte, lag die Macht jetzt in Artus' Händen.

Demütig sagte ich: »Herr, die Magie, die wir für dich aufbieten werden, wird unsere gesamte Energie beanspruchen. Um dieser Magie willen müssen wir aller Tändelei und allem ... Vergnügen entsagen.«

Artus entspannte sich, lehnte sich zurück und lächelte. »Ich werde dies bedenken«, versicherte er mir. Aber er dachte: *Wenn sie bereit ist, wird die weiße Hirschkuh wiederkommen.*

Er hob den Finger, und ein Page kam an seine Seite geflitzt. »Bring Magierin Niviene zur Halle der Königin«, befahl Artus ihm leise. Der Page warf mir einen kurzen

Blick zu und erblaßte. Ich lächelte ihm mit geschlossenem Mund zu. Schließlich wollte ich nicht, daß er sich vor mir fürchtete. Ein bißchen Angst kann nützlich sein, zuviel davon kann einem den Weg verbauen. Ich wollte, daß die Menschen, denen ich begegnete, Respekt vor mir hatten, aber nicht, daß sie vor Ehrfurcht den Mund nicht mehr aufbekamen.

»Merlin«, sagte Artus, »bleib hier. Wir haben Neuigkeiten vom Heiligen Gral.« Er entließ mich mit einem höflichen Nicken, wobei seine grauen Augen lächelten. Das in Ehrfurcht erstarrte Kind geleitete mich aus dem Saal.

Draußen an der Sonne plauderten wir miteinander, während er mich auf verschlungenen Pfaden zur Halle der Königin führte. Als wir dort ankamen, war die Leichtigkeit wieder in seine Schritte zurückgekehrt und die gesunde Röte in sein Gesicht.

König Markus, von dem Merlin sang, zog sein Schwert.

In buntem, weichem Garn auf eine riesige dunkle Leinwand gestickt, beugte sich Markus über Tristam und Yseult, die auf dem Boden schliefen. Ein Strahl golden gewirkten Lichts hob den König und das schuldige Paar hervor, während um sie herum eine Höhle aus dunklem Garn gähnte, eingerahmt in goldenes Licht und Ranken aus blauem Garn.

Markus stand tief über die beiden gebeugt und betrachtete ihre schlafenden Gesichter. Er sah Tristams blankes Schwert zwischen den Liebenden liegen, sie voreinander beschützend. Silberne Fäden umrissen das Schwert, und eine silberne Aura umgab es.

Sein eigenes Schwert in der Hand, hielt Markus inne. Man konnte sehen, wie seine dunklen Augen grübelten, staunten. Einen Moment später, und er würde sich wieder aufrichten, sein Schwert in die Scheide zurückstecken und die Liebenden in Ruhe lassen, für den Augenblick.

Ich hatte mir schon früher über diese Szene den Kopf zerbrochen. Ließen die Liebenden wirklich das Schwert zwischen sich liegen? Versuchten sie den machtvollen Liebeszauber zu überwinden, der sie verdammte? Oder hatten sie den Hufschlag von Markus' Schlachtroß im Wald hallen hören? Hatten sie das Schwert hastig zwischen sich gelegt und spielten die Schlafenden, statt gegen Tristams Herrn zu kämpfen, den er mehr als das Leben hätte lieben sollen?

Ich riß meinen gefangenen Blick von dem Wandbehang los. Bilder waren mir aus der Herrinnenvilla vertraut, Menschenkunst verblüffte mich nicht mehr. Auch wenn ich ein Kunstwerk dieser Größenordnung noch nie zuvor gesehen hatte, vermochte ich meinen Blick abzuwenden und die Halle der Königin zu inspizieren, die offen vor mir lag.

Mehrere große Tische und Webstühle standen herum und Körbe mit Wolle und Flachs; eine Schar prächtig gekleideter Frauen schwatzte und plauderte über surrende Spindeln hinweg. Sie verstummten, als wir eintraten, und schauten mich neugierig an. Ihre Auren, die erkennbar waren im milden Innenlicht, zitterten wie Jagdhunde, die man von der Leine gelassen hatte und die eine Fährte aufgenommen hatten. Sie glaubten, ich wäre im Begriff, mich zu ihnen zu gesellen, um zu spinnen oder zu krempeln und ihnen das Neueste aus der großen weiten Welt zu erzählen.

Ich rauschte auf den Fersen des jungen Pagen an ihnen vorbei. Wieder wurde mein Beutel schwer und begann zu ziehen und zu zerren. Ein weiteres Andenken war zum Leben erwacht. Der Page führte mich zu den hinteren Fenstern, wo eine Frau allein in einem Sonnenstrahl saß und spann.

Die Königin sah mich an. Die Spindel stockte in ihrer Hand und fiel in ihren bestickten Schoß. Ich stand vor ihr, mit geschlossenem Munde lächelnd. Sie starrte mich an, die sinnlichen Lippen leicht geöffnet.

Ihr Körper war fester geworden. Ihr langer Zopf, der ihr über die Schulter fiel, glänzte immer noch bronzefarben. Grün und orange, ganz schwach nur auszumachen im Sonnenlicht, haftete ihre schmale Aura an ihrer Gestalt und nistete in den Falten ihrer weißen Tunika und ihres bestickten Übergewandes. Sie schaute mir geradewegs in die Augen und dachte: *Diese kleine Person. Ich habe sie schon einmal gesehen; vielleicht in einem Traum? Diese kleine dunkle Person ist gefährlich.*

Breitbeinig saß sie in der Sonne und starrte mich an, ihr Schoß eine Blumenwiese zwischen Bergen, ihre Spindel vergessen. Die geflochtenen Strähnen von ihrem Haar, die ich noch in meinem Beutel trug, zogen mich nach unten, so daß es mir zunehmend schwerer fiel, aufrecht zu stehen.

Ich sagte: »Mylady. Ich bin Niviene vom See, Merlins Gehilfin. Ihr kennt meinen Bruder, Sir Lugh – Lancelot.«

Lughs Hintergrund war mysteriös. Niemand hier

fragte ihn danach, und ich hoffte, daß auch niemand seiner Schwester Fragen stellen würde. Doch bei der Nennung des Namens Lancelot fuhr Gwenevere zusammen. Rote Flecken erglühten auf ihrem mit goldenen Sommersprossen übersäten Gesicht. Von ihrem Körper stieg eine große Duftwolke auf, als hätte man einen Garten voller Rosen und Geißblatt betreten. Den Frauen hinter mir stockte der Atem, und dann zirpten sie aufgeregt wie Spatzen. Gwenevere hob die Hand an ihren Hals. Mit belegter Stimme sagte sie: »Du bist willkommen ... Viviene ... vom See.«

»Niviene, Herrin.«

»Bleibst du lange bei uns?«

»So lange, wie ich gebraucht werde.«

Ich vermutete, daß ich während meines Aufenthalts nicht mehr viel von Gwenevere sehen würde, und mit dieser Vermutung lag ich richtig. Sie fürchtete mich und wich mir aus, obgleich sie sich niemals erinnern konnte, woher wir uns kannten. Aber das, was ich wissen mußte, erfuhr ich von ihr während jener kurzen Begegnung. Ich las es aus jedem Flackern ihrer bleichen Wimpern, aus jedem heftigen Atemzug; ich las ihre Gedanken.

In ihren Gedanken existierte nur ein Wesen, gab es nur eine Sorge: Lancelot. Nicht Lancelot/Lugh an sich, ein Wesen außerhalb von ihr, sondern Lancelot/Gwenevere, eine Beziehung. Was Artus und seinen Frieden anging, so bedeuteten sie ihr nicht mehr als ein schöner Sonnentag, ein angenehmer Hintergrund für wichtigere Dinge.

Mit Worten konnte ich nicht an sie heran. Ihr enger, nur auf einen Gedanken konzentrierter Geist war dafür nicht zugänglich. Ich konnte keine Gedanken direkt in ihren Geist pflanzen; sie prallten an der Oberfläche ihres ständigen Befaßtseins mit Lancelot/Gwenevere ab. Sie hatte so etwas wie einen Energieschild um ihren Geist. Die Energie, die dort drin gefangen war, hätte sie mächtig machen können. Aber Gwenevere ahnte das nicht. Mehr noch als meine Freundin aus Kindheitstagen, Elana, war Gwenevere blind und taub gegenüber dem Geist.

Ich beobachtete sie, lauschte ihrem kurzen, belanglosen Geplapper und dachte: Ein Jammer, daß sie kein Kind hat. Die Unfruchtbarkeit hat ihr Herz verkümmern lassen, wie ihren Zopf in meinem Beutel. Ein Jammer, daß sie nichts für Artus oder für sein Volk übrig hat, sondern ausschließlich und vollständig in ihrem schönen Körper lebt. Eine bejammernswerte Wahrheit.

Später kehrte ich in unsere Hütte unter dem großen runden Erdwall zurück, der Artus' Burg schützte. Der Wall hatte einen sichtbaren, bewachten Eingangstunnel. Es gab jedoch noch mehrere verborgene, unbewachte Tunnel, einige davon unvollendet. Eine Stunde Arbeit mit Axt, Hacke und Schaufel würde genügen, um einen dieser Tunnel zur Außenwelt durchbrechen zu lassen. Die Hütte, die uns Magiern zugewiesen war, war quer zu solch einem unfertigen Tunnel errichtet. Ihre Eingangstür lag zur Straße und zur Burg; eine Hintertür führte in den Tunnel. Ich ging durch die Vordertür hinein, gab Merlin und Aefa ein Zeichen und marschierte durch zur Hintertür und in den dunklen Tunnel. Jedes Wort, das in der Hütte gesprochen wurde, war auf der Straße zu hören, aber kein Laut entwich aus dieser Höhle unter dem Burgwall. Hier, dachten wir, war der geeignete Ort für Magie, Zauber und Hexerei.

Die listige Aefa brachte ein Talglicht mit, deshalb sah ich ihren fragenden Blick, als wir dicht beisammen standen.

Ich sagte zu Merlin: »Es ist so, wie du gesagt hast. Die Frau ist von Sinnen.«

Merlin nickte. Er zog sein Messer und ritzte um uns herum einen magischen Kreis in den Lehmboden. »Kommt, Freunde«, sprach er. »Ruft die Göttin mit mir an. Entweder hört dieser Lancelot / Gwenevere-Wahnsinn auf, oder Artus' Friede zerbricht. Es ist nur noch eine Frage der Zeit.«

Wir drei arbeiteten hart. Wir taten unser Bestes. Doch als wir sechs Monde später in den Wald zurückkehrten, war der Lancelot / Gwenevere-Wahnsinn noch immer in vollem Schwange.

6

Geschichte

Jahrelang reisten Merlin, Aefa und ich ins Königreich, wann immer wir gebraucht wurden. Manchmal verbrachten wir Monde dort, manchmal nur Tage. Mellias, Lughs Pferdeknecht, kehrte des öfteren mit uns zurück in den Wald. Lugh – Lancelot – tat das nie. Jedesmal, wenn ich nach Hause kam, in die Villa, schaute die Herrin an mir vorbei, weil sie nach Lugh Ausschau hielt. Aber das war ein Wunsch, kein Hoffen. Sie wußte, daß er niemals zurückkehren würde.

Allmählich hatte ich Spaß am Königreich. In dem Maße, wie meine Erfahrung die scharfe Schneide der Furcht stumpfer werden ließ, fand ich beinahe Gefallen am Abenteuer des Reisens. Wenn wir über das offene Land ritten, trat ich stets als Knabe verkleidet auf. Hin und wieder kam es vor, daß ein erfahrener Mensch von seinem Pferd auf mich herunterblickte – oder zu mir herauf, wenn er zu Fuß ging und ich auf meinem Pony ritt – und die Finger kreuzte. In solchen Augenblicken mußte ich innerlich lachen. Der böse Gott der Menschen, Satan, wirkte als mein Verbündeter, auch wenn wir uns niemals begegneten.

Innerhalb von Artus' Burg sonnte ich mich in dem tiefen Respekt, den seine drängelnde Menschenherde mir entgegenbrachte. Riesen traten zur Seite, um mich vorbeizulassen; edel gewandete Damen verstummten mit ihrem Geschnatter, wenn ich nahte – und dies, obgleich ich in Merlins Weidenhütte unter dem Burgwall von Brot, Bier und wildwachsendem Grünzeug lebte. Diese Leute, die weltliche Dinge vergötterten und deren wahrer Gott die Habgier war, fürchteten gleichwohl meine Macht.

Artus beugte sich mir, obwohl ich unter seiner Herrschaft lebte, umringt von seinen Kämpen, die mir auf ein Nicken von ihm hin den Kopf abhacken würden. Artus behandelte mich so höflich, wie er mich seinerzeit vor vielen Jahren im Wald behandelt hatte. Natürlich war ich Artus nicht zugetan. Aber ich hatte meinen Leib keineswegs zusammen mit meinem Herzen im Elfensee ertränkt. Wann immer ich in Artus' Nähe kam, erinnerte ich mich an die weiße Hirschkuh und die Nachtigall und nahm die Reaktion meines Leibes sehr wohl zur Kenntnis.

Schon auf einer unserer frühen Reisen nahm Merlin mich zum Kloster Arimathea mit. An jenem Frühlingsmorgen fühlte ich einen Frieden und eine innere Heiterkeit, die mich fast an zu Hause erinnerten. Ich entspannte mich ein wenig, als ich Vögel sah, die ihre Nester auf niedrigen Zweigen bauten, und Hasen, die nicht wegliefen, als wir uns näherten. Wir ritten durch blühende Apfelbäume, fruchtbare, wohlgehegte Bäume, wie ich sie noch nie gesehen hatte, auf das Kloster zu: einen Kreis aus strohgedeckten Hütten. Klare, reine Töne fielen wie Regen auf uns herab, als die Glocken der Kapelle den Mönchen unser Nahen ankündigten.

Nach menschlichen Maßstäben sind Mönche keine furchtsamen Leute. Warum sollten sie auch? Sie sind unbewaffnet und bedrohen niemanden. Sie bewahren nur wenige Kostbarkeiten in ihren Hütten auf, die andere Menschen begehren könnten. (Und Habgier ist gewöhnlich der Grund für menschliche Gewalt.) Die meisten Menschen respektieren ihre spirituelle Kraft. (Zumindest die Angeln, die ich kennengelernt habe. Sie sagen, die Sachsen seien da anders.)

Daher stürzten keine nervösen, bewaffneten Männer aus Scheunen, Hütten oder von den Feldern, um sich uns entgegenzustellen. Ruhige, gelassene Männer traten aus den Türen, legten Werkzeuge nieder, schirmten ihre Augen gegen die noch tief stehende Frühlingssonne ab und lächelten uns an (wenngleich mir nicht entging, daß ein paar von ihnen das Zeichen in die Luft malten, das mein menschlicher Liebhaber seinerzeit, mehr als fünf lange Jahre zuvor, zwischen uns beschrieben hatte).

Diese Männer bewegten sich bedächtig und sprachen leise, fast wie Elfen. Wenn sie in den Schatten traten, sah ich ihre Auren, linde, friedliche Farben, die murmelten wie ein Bach im Sommer. Einer oder zwei besaßen große weiße Auren wie die Merlins oder die der Herrin. Die meisten ihrer Auren sagten mir, daß diese Männer im Zölibat lebten. Einige von ihnen waren noch unbefleckt. Ich dachte, daß sie hier große Magie lernen mußten; ein Kloster mußte eine Schule der Magie sein, so wie die Kindergarde eine Schule der Waldkunde war – denn warum sonst sollte jemand unvermählt bleiben wollen, wenn nicht, um der Magie zu frönen?

Ich saß langsam ab und sah mich mit einem Gefühl des Unbehagens um, nicht etwa, weil ich mich vor den Mönchen selbst fürchtete, sondern vor der Aura ihrer machtvollen Magie; und schon bald fühlte ich, wie sie uns entgegenwehte, ein spürbarer spiritueller Wind. Merlin sah, wie ich über meine Schulter blickte. Er signalisierte mir mit den Fingern: *Es kommt von der Hütte in der Mitte.*

Die Kapelle. Ich wandte meinen Geist dorthin; es bestand kein Zweifel, von dort kam der Wind. Gleichmäßig blies er zu uns herüber, von dem strohgedeckten Dach, von der merkwürdigen hölzernen Figur, die sich über dem Rauchabzug erhob: zwei Stangen... über Kreuz, eine über der anderen. Sie erinnerte mich an die Herrin, wenn sie mit Geistern sprach, hoch aufgerichtet, Arme und Beine ausgestreckt, Osten und Westen dazu einladend, sich in ihrem Leib zu treffen.

Bei jenem ersten Besuch ging ich nicht in die Kapelle. Ich tat dies bei späteren Besuchen, und da sah ich dann auch die geschnitzten Götter und das ewige Licht; aber im Innern der Kapelle sammelte sich die Magie wie ein tiefer See mit mir auf dem Grund, und ich blieb nie lange dort.

Wir waren nach Arimathea gekommen, um Merlins alten Freund und Schulkameraden zu besuchen, den Abt Gildas.

Abt Gildas war ein hagerer kleiner Mann, dessen

buschiges rotes Haar von weißen Strähnen durchzogen war. Seine roten Augenbrauen zuckten, wölbten und dehnten sich bei jedem Gedanken, der durch seinen flinken Geist huschte. Mit übereinandergeschlagenen Beinen unter seiner gewölbten Hüttenwand sitzend, konnte ich Gildas stundenlang fröhlich dabei zuschauen, wie er Merlins Liedern, Geschichten und Gedichten lauschte und anschließend seine eigenen zum besten gab, fortwährend mit den Augen rollend oder die Stirn in Falten legend, grinsend oder grollend. Ich fand ihn unendlich unterhaltsam.

Er saß an einem Tisch und hatte Pergament, Gänsekiel und Tinte vor sich. Merlin hatte auf einem Schemel neben ihm Platz genommen, Zauberer auf den Knien, und selbst wenn ein Lied gerade nicht erwünscht oder auch unangebracht war, wanderten seine gleichlangen Finger ständig über die Saiten. Es gab keinen Augenblick der Stille in Gildas' Hütte, wenn wir dort waren, nur Unterhaltung, Lachen, wütendes Zischen, Lieder und Zauberers dahinplätschernde, klingende Kommentare.

Ich war das einzige stille Wesen dort; meine Rolle bestand darin, auf ein Zeichen von Gildas oder Merlin hin aufzuspringen und nach draußen in die Kochhütte zu laufen, um frisches Bier zu holen. Abgesehen von diesem Dienst schien ich zu verschwinden und rasch vergessen zu sein, was meiner Elfennatur sehr zupaß kam. Ich schaute und lauschte wie ein Kind aus der Garde auf einem Baum, glücklich, Informationen zu empfangen, ohne selbst welche preisgeben zu müssen.

Ich war bekannt als Merlins Diener Niv. Seltsam,

obwohl wir fünfzehn Jahre lang mehrmals im Jahr Arimathea besuchten, schien Gildas nie zu erwarten, daß Niv wuchs. Niv blieb der ewig kleine Junge, der sich als Bierholer nützlich machte. Ansonsten verschwendete er keinen Gedanken an ihn.

Manchmal, wenn Merlin eine Geschichte erzählte, beugte sich Gildas über sein Pergament, tunkte den Gänsekiel in die Tinte und hinterließ Zeichen auf dem Pergament. Über mehrere Besuche hinweg beobachtete ich dies mit stetig wachsender Neugier, bis ich eines Tages schließlich aufstand, mich hinter Gildas' stellte und über seine Schulter hinweg auf die Tintenzeichen schaute. Ich muß mich wirklich unsichtbar und außerhalb von Gildas' Wahrnehmung gewähnt haben.

»Niv, Gildas schreibt ein Buch«, sagte Merlin.

Ich schrieb mit den Fingern: *Was?*

Merlin fuhr fort: »Zu dem, der lesen kann, sprechen diese Tintenzeichen. Mönche, die heute noch nicht geboren sind, werden eines Tages in Gildas' Buch lesen, was sich vor ihrer Zeit im Königreich zugetragen hat.«

Ich signalisierte: *Warum?*

Gildas drehte sich halb auf seinem Schemel um und blickte zu mir auf. An seinen bebenden Nasenlöchern sah ich, daß er mich sowohl gerochen als auch gesehen hatte. Hurtig huschte ich zurück auf meinen angestammten Platz an der Wand. Gildas wandte sich wieder seinem Pergament zu. »Merlin, dieser Knabe sollte lesen lernen.«

»Du vergißt etwas, mein Freund. Ich beherrsche diese Kunst selbst nicht.«

»Du solltest ebenfalls lesen lernen!«

Merlin wandte ein, Lesen könne womöglich sein Gedächtnis zerstören; Gildas führte daraufhin verblüffende Gedächtniskunststücke vor, um diese Theorie zu widerlegen. Die beiden Männer disputierten und argumentierten, und Niv verschwand wieder in seiner unsichtbaren Ecke, froh, daß man ihn vergessen hatte.

Ein andermal trug Merlin Gildas das Lied von der Schlacht von Badon vor. Zauberer klimperte und trommelte. Merlins Stimme wisperte und schrie. Er merkte nicht – im Gegensatz zu mir –, wie Gildas' Brauen und Bart zuckten, wie seine Augen blitzten und seine knorrigen Hände arbeiteten.

Merlin war gerade am Höhepunkt der Geschichte angelangt, wo Artus neunhundert Sachsen mit seinem magischen Schwert Caliburn tötet, als Gildas aufsprang und schrie: »Sing mir nie wieder was von diesem Artus vor!«

Merlin schaute zu ihm auf. Zauberer gab einen letzten reißenden Ton von sich und verstummte jäh. Übertrieben sanft sagte Merlin: »Ich bemerke nicht zum ersten Mal in dieser Hütte einen gewissen Mangel an Begeisterung für den König. Aber du wirst nicht umhin kommen, von ihm in deinem Buch zu schreiben. Artus wird unsere Geschichte sein.«

»Nicht in meinem Buch!« brüllte Gildas. »Dieser verfluchte Name findet in meinem Buch keine Erwähnung!«

»Hm«, meinte Merlin. »Und das nach all den Geschichten, die ich dir erzählt habe! All der viele Atem, verschwendet...« Wie geistesabwesend ließ er die Finger über Zauberer gleiten, und süße Klänge übertönten Gildas' harschen Atem. »Es ist wegen deines Bruders, nehme ich an. Den Artus tötete.«

»Nein! Mein räuberischer Bruder verdiente sein Schicksal!«

»Nun, ich freue mich, dich so aufrichtig gesinnt zu sehen. Aber warum dann...«

»Du weißt, wie Artus für die Schlacht von Badon bezahlt hat! Und für all die anderen Schlachten.«

»Bezahlt? Ich habe noch nie darüber nachgedacht.«

Ich auch nicht. Selbst jetzt noch, nach all meinen Erfahrungen mit Menschen, bin ich immer noch überrascht von all der Habgier und der enormen Bedeutung, die Geld und Gold in den Angelegenheiten der Menschen spielen. Nur sehr wenige Menschen sind bereit, einen Schritt zu unternehmen, der sie nicht reicher macht. Ich weiß das, neige aber dazu, es zu vergessen, weil es mir so unnatürlich vorkommt. Im Falle eines Krieges nähme ich zum Beispiel an, daß die Menschen für ihr Leben, ihr Heim und ihre Freiheit kämpften, ohne dafür Geld zu verlangen. Ich nähme an, daß Schlachtrösser und Schwerter, Schilde und Leben freiwillig hergegeben würden. Aber mitnichten; die Menschen würden dann ohne Entlohnung kämpfen, wenn der Feind vor ihrer Tür stünde, aber nicht, wenn er im Nachbardorf wartete.

Abt Gildas klärte uns über Artus' Methoden der Finanzierung seines Heeres auf. »Er hat die Klöster ausgeraubt, Bruder!«

»Ach.« Merlin strich sich über den Bart. »Ihr Mönche legt doch ein Armutsgelübde ab, oder täusche ich mich da?«

»Sei nicht kindisch! Selbst Niv dort drüben weiß, daß auch Mönche essen müssen!«

»Und gutes Bier trinken müssen.« Merlin nickte.

»Und die Kerzen in der Kapelle am Brennen halten müssen! Und sich anständig kleiden müssen!«

»Dafür entläßt du also Artus aus der Geschichte?«

»Wie könnte ich mich sonst rächen?«

Merlin lächelte. »Du überraschst mich, Gildas, mit deinen Rachegelüsten!«

»Nun, ich bin auch nur ein Mensch.«

»Aber es wird dir schwerfallen, Artus gänzlich zu unterschlagen. Ohne ihn wird nur wenig Geschichte übrigbleiben.«

»Aber das wenige, das ich habe, wird eine moralische Geschichte sein!«

»Bedenke, Freund Gildas, Artus...«

»Nenn seinen Namen nicht mehr in meiner Gegenwart!«

»...der König schenkt, indem er die Sachsen zurückschlägt, deinem Kloster überhaupt erst die Möglichkeit zu florieren. Diesem Kloster – und all den anderen. Deine christliche Kirche gedeiht wie eine Weinrebe in seinem Schatten. Ohne das Schwert Caliburn vor der Nase hätten die Sachsen dich schon längst zum Wohle Odins an irgendeinem Baum aufgeknüpft!«

Gildas zuckte mit den Brauen und murmelte irgend etwas vor sich hin; schließlich wechselte er das Thema.

Als wir wegritten, fragte ich Merlin: »Warum bittest du Gildas nicht, dir das Schreiben beizubringen? Darin liegt Macht verborgen.«

Merlin brummte wie ein gereizter Bär. »Wir sind keine Brüder, Gildas und ich.«

»Er nennt dich aber so.«

»Wir sind alte Freunde, die seit der Kindheit gemeinsam dem Pfad der Weisheit gefolgt sind. Aber nun kommt eine Gabelung in jenem Pfad, an der wir uns trennen müssen. Niviene, hast du das Zeichen bemerkt, das einige der Brüder in die Luft malen, wenn sie uns sehen?«

»Das Zeichen gegen das Böse.«

»Ja, genau das! Es ist ein Zeichen wider den ›Vater der Lügen‹, den ›Fürst der Finsternis‹, den üblen Satan selbst!«

»Tatsächlich?«

»Die Brüder wissen, daß ich zur Hälfte Elf bin und mit anderen Elfen verkehre, welche Teufel sind.«

Wieder fühlte ich das schon vertraute Vergnügen an der Macht. »Ich wußte ja gar nicht, daß wir so gefährlich sind! Ich fühle mich zutiefst geschmeichelt, Merlin!«

»Wenn sie wüßten, daß du eine Elfe bist...« Merlin schauderte. »Und dann auch noch ein Weib...«

»Was würden sie dann tun?«

»Nun... ich glaube nicht, daß sie uns etwas täten.«

»Das glaubst du nicht wirklich.« Merlins Worte ernüchterten mich. Ich spürte plötzlich ein unbehagliches Kribbeln.

»Aber sie würden uns ganz bestimmt für immer aus ihrer Mitte verbannen.«

»Ach. Und das wäre alles?«

»Und sie würden Kräuter in Gildas' Hütte verbrennen, um die Luft zu reinigen. Vielleicht würden sie auch Gildas' Buch verbrennen, obwohl er ihr Abt ist.«

»Aber uns würden sie nicht verbrennen?«

»Ganz sicher bin ich mir da nicht.«

Also konnten sogar Gildas und seine Brüder, die mit sanfter Stimme sprachen und, fast wie Elfen, bedächtig einher schritten, wüten wie der Rest ihrer wilden Art.

Während eines anderen Besuchs klärte Gildas mich auf. »Ritterlichkeit«, sagte er, »ist die Lebensregel der Ritter. Mönche haben ihre Regel, die ihnen den Weg weist, Gott zu dienen. Ritter haben ihre Regel, die ihnen den Weg weist, ihrem Heerführer zu dienen. Oder ihrem Herzog. Oder ihrem König. Ein Ritter würde ebensowenig seinen König erzürnen, wie ein Mönch wider Gott sündigen würde.« Gildas' rote Augenbrauen zuckten. »Wie kommt es, daß du so wenig von der Welt weißt, Niv? Wo hast du dein ganzes Leben verbracht?«

Merlin bewahrte mich davor, antworten zu müssen. Er hielt seinen Humpen hoch, nach frischem Bier heischend, und kicherte. »Ich habe auf kluge Weise Ritterlichkeit mit Frömmigkeit verquickt«, sagte er fröhlich zu Gildas.

Als er sich zu Merlin wandte, hatte Gildas mich schon wieder vergessen. »Wie meinst du das?«

»Du hast doch vom Heiligen Gral gehört.«

Gildas hielt inne; er dachte über all die Dinge nach, von denen er gehört hatte. »Ha! Der Gral, den unser Herr beim letzten Abendmahl hernahm, in dem sein Blut aufgefangen ward. Über das Meer nach Britannien gebracht von seinem Jünger Joseph von Arimathea und der heiligen Maria Magdalena. Was hat das alles mit Ritterlichkeit zu tun?«

Merlin grinste. »Ich habe den König überzeugt, seine

Ritter auszusenden, auf daß sie diesen Heiligen Gral finden. Auf diese Weise kombiniere ich Ritterlichkeit mit Frömmigkeit und halte eine Horde blutrünstiger Kerle in Friedenszeiten auf Trab.«

»Ha! Hmmm.« Gildas zog die Brauen zusammen. »Wenn sie den Gral finden, wie sollen sie dann wissen, daß er's ist? Wie sieht er aus?«

»Wie du dir vorstellen kannst, ist der Heilige Gral aus purem Gold.«

»Höchst unwahrscheinlich!«

»Verziert mit Einlegearbeiten von Szenen aus dem Leben des Heilands...«

»Pah!«

»...und bewacht von Engeln, deren himmlischer Gesang den unwürdigen Suchenden in den Wahnsinn treibt. Ein paar Ritter sind schon mit Schaum vor dem Mund von der Suche zurückgekehrt.«

Gildas warf seinen weißen Kopf in den Nacken, schlug sich auf die Schenkel und lachte.

Warum lachte er? Wahnsinn war nichts Lustiges. Tatsächlich war mein Bruder Lugh der einzige Verrückte mit Schaum vor dem Mund, den ich je gesehen hatte, aber ich verspürte nicht den Wunsch, noch weiteren zu begegnen.

Dann und wann bekam Lugh Tobsuchtsanfälle, bei denen er tatsächlich Schaum vor dem Mund hatte; dann hackte er mit seinem riesigen Schwert auf alles ein und torkelte in wilder Raserei durch die Straßen. Arglose Passanten rannten einander über den Haufen, um ihm aus dem Weg zu gehen.

Als ich dies zum ersten Mal sah, lugte ich aus der Tür

unserer Hütte und überlegte, was ich tun sollte. Mellias, der hinter Lugh herflitzte, signalisierte erregt: *Bleib drinnen!* Also zog ich mich in den Schatten zurück und schaute zu, wie Mellias Lugh geschickt ein Bein stellte, so daß er der Länge nach hinfiel, wie er Lughs Schwert in hohem Bogen wegwarf und sich neben ihn kniete, ihn tätschelte und begütigend auf ihn einredete. Aus sicherer Entfernung beobachtete eine Menschenmenge, wie Mellias Lugh auf die Beine half und ihn sanftmütig abführte, einen seiner kurzen Arme halb um Lughs Hüfte gelegt.

Neben mir sagte Merlin damals: »Weißt du, das ist Lugh.« Ich starrte ihn an. Er fuhr sich durch den Bart. »Der Ritter, der von allen verehrt wird, ist Lancelot.«

»Ja.«

»Aber Lugh lebt in Lancelot fort, schlummernd. Vergessen.«

»Aha.« Ich begann zu begreifen.

»Hin und wieder erwacht Lugh verwirrt aus seinem Schlummer. Wütend, weil er sein Leben verschlafen muß.«

Dumpfer Gram drückte mein Kinn auf mein Brustbein herab.

Warum aber lachte Gildas jetzt? Vielleicht wußte er, daß Merlins Geschichte von den verrückten Gralsjägern gelogen war. Sie gaben Stoff für eine unglaubliche Geschichte ab, von der Art, wie Merlin sie gerne sang, aber sie entbehrte der Wahrheit.

Vielleicht war Gildas auch herzlos, so wie ich. Er hielt so wenig von so vielen Leuten!

Ein Lied von Merlin

Wer sind diese Männer? Sie reiten schnell
In dunkler Nacht und am Tage hell.
Durchstöbern jeden Winkel und Platz
Auf der Jagd nach einem verborgenen Schatz.
Und bringen die Pferde nur dann zum Stehn,
Wenn sie irgendwo ein Kind erspähn.

König Vortigern, der Sachsen Freund,
Rüstet seine Feste gegen den Feind.

Doch was haben seine Häscher damit zu tun?
Sie erlegen kein Wild, scheinen niemals zu ruhn,
Und bringen die Pferde nur dann zum Stehn,
Wenn sie irgendwo ein Kind erspähn.
Was suchen die Häscher für ihren Herrn?
Welche Botschaft bringen sie Vortigern?
König Vortigern, der Sachsen Freund,
Rüstet seine Feste gegen den Feind.
Dreimal stürzten die Mauern ein,
Dreimal brachen die Zinnen aus Urgestein,
Dreimal hörten sie den Druiden schrei'n:
»Sucht das Kind!
Fangt das Kind!

Bringt das Kind!
Tod dem Kind!
Mischt den Mörtel mit dem Blut eines Jungen,
Dessen Vater dem Feen- oder Höllenreich entsprungen.«

Deshalb reiten diese Männer so schnell
In dunkler Nacht, am Tage hell.
Und bringen die Pferde nur dann zum Stehn,
Wenn sie irgendwo ein Kind erspähn.

Die Kinderhäscher heim nun kehr'n,
Zurück zur Feste von Vortigern.
Wessen Kind hat der Anführer auserkoren?
Welche arme Mutter hat es geboren?

Ist sein Vater dem Feen- oder Höllenreich entsprungen?
Hat an seiner Wiege ein Hirtenmädchen gesungen?
In ein Kloster ist sie eingetreten,
Um für die Seele des Sohnes zu beten.
Sein Blut wird Vortigerns Mörtel binden,
Und von Vortigerns Macht werden Wehrtürme künden.

Die Häscher reiten vom Tag so hell
Hinein in die Schatten der Nacht so schnell.
Sie suchten das Kind,
Sie fingen das Kind,
Sie brachten das Kind.
Tod dem Kind!
Auf Geheiß eines blutgierigen Priesters wecken
Die Männer überall Angst und Schrecken.

7

Morgans Tür

Fünfzehn Jahre nach dieser Unterhaltung, als wir vor Morgan le Fayes Tür standen, fragte ich mich, was Gildas und seine Brüder wohl von *ihr* hielten – und welche Schritte sie gegen sie unternähmen, wenn sie nicht Artus' Halbschwester wäre. Ich fragte mich auch, ob sie wohl in Gildas' moralischer Geschichte vorkäme.

Im fernen Norden von Artus' Reich läßt man Dörfer und Burgen hinter sich. Man reitet durch offenes Land, das dürr und unfruchtbar ist bis auf ein paar Flecken, wo Heidekraut und Stechginster gedeihen; ein Land, wo selbst bei Sonnenschein der Wind in den Felsen seufzt. Raben und Falken durchstreifen den Himmel in ominösen Mustern. Kleine Herden Rotwild ziehen über ferne Hügel. Das nächste Dorf liegt einen Tagesritt nach Süden entfernt.

Regen prasselte an jenem Frühlingsmorgen nieder. Unsere müden Ponys weideten das Moor hinter uns ab.

Vor uns erhob sich Morgans Berg, ein kleiner, runder Hügel jener Art, von der die Druiden sagen, sie seien in grauer Vorzeit von Menschenhand errichtet worden. Menschen haben schon immer Erde bewegt. Erdarbeiten müssen für sie etwas ganz Natürliches sein, so wie für Ameisen.

Morgans Tür war schnell gefunden, eine alte, schäbige Holztür, modrig, fast zugerankt; die eiserne Klinke war durchgerostet. Sie sah so aus, als fiele sie schon unter einem leichten Stoß in sich zusammen. Hinter dieser Tür, unter dem Hügel, erwartete uns Morgan le Faye, Artus' Halbschwester. Die Hexenkönigin.

Hinter dieser Tür und unter dem Hügel erwartete uns auch Caliburn – das magische Schwert, das über Artus' Thron neben seinem Schild gehangen hatte, bis Morgan es ihm gestohlen hatte.

Wer, wenn nicht Morgan le Faye, würde auch nur im Traum wagen, Caliburn zu stehlen? Caliburn war magisch. Caliburn war ... heilig.

Als Artus gewahrte, daß Caliburn von der Wand über seinem Thron zusammen mit der vormals auf Besuch weilenden Morgan verschwunden war, beeilte er sich zuerst, den Diebstahl zu vertuschen. Ein anderes Schwert, rasch neben den Schild der Göttin gehängt, mochte als Caliburn durchgehen. Solange die Angeln Caliburn wohlaufgehoben über Artus' Thron hängend wähnten, war ihm die Krone sicher.

Als nächstes schickte er nach Merlin. Seine Boten schwärmten in alle acht Himmelsrichtungen aus, fragten nach Merlin in Schenken, Klöstern, Druidenschulen, herrschaftlichen Häusern und Ritterburgen. Aber kein Bote fand Merlin. Der Magier selbst erspähte Artus' Not in den Wassern des Elfensees; so kamen wir aus dem Elfenwald zu Artus. Von der Apfelinsel und der Herrinnenvilla ritten Merlin, Aefa und ich wieder einmal durch einen eisigen Frühlingsregen in das gefährliche Königreich.

Jetzt ging die Sonne auf, ein vager Schimmer durch Regendunst, und Merlin straffte seine schmalen Schultern. Es war die Zeit, der Hexe die Stirn zu bieten, während die Sonne herunterschaute. Nicht einmal Merlin hatte die marode Tür während der Nacht aufstoßen wollen.

Ich blickte meine Gefährten an.

Gewappnet mit Speer, Küraß und Helm, kauerte mein Bruder Lugh vor der Tür.

Nach zwanzig Jahren war Lugh im wesentlichen zum Menschen geworden. Schon fünfzehn Jahre zuvor, als ich ihn wiedergesehen hatte, hatte ich ihn nicht erkannt. Ich hatte einen riesigen Ritter wie jeden anderen auf mich zustapfen ... und innehalten sehen. Sie hielten oft inne, um dann vorsichtshalber einen weiten Bogen um mich zu schlagen. Aber dieser Ritter hob erstaunt die Hände. Verblüffung ließ sein Gesicht aufleuchten, und er errötete. »Niviene!« rief er. »Schwester!« Und dann lief er auf mich zu und schloß mich in seine eisernen Arme.

»Lugh!«

»Lancelot«, flüsterte er mir ins Ohr. »Denk dran: Lancelot.«

Er bestand darauf, daß ich ihn so nannte, obwohl ich es

bis zu diesem Tag immer wieder vergaß. Er fragte nie nach dem Befinden der Herrin, unserer Mutter; nie erwähnte er auch nur mit einem Wort unsere Kindheit, unser Heim, unsere Erinnerungen. Lancelot und Lugh waren zwei getrennte Wesen, und Merlin meinte, es könne nur immer jeweils einer von ihnen unter der Sonne wandeln...

Für dieses Mal war Lancelot an der Reihe. So war es auch damals gewesen; und fünfzehn Jahre später war Lughs einziger Protest die wilde Raserei, die Lancelot zuweilen überwältigte. Wenn Mellias sah, daß einer dieser Tobsuchtsanfälle sich ankündigte, führte er Lancelot aus der Burg an irgendeinen geheimen Ort, wo er sich manchmal über mehrere Monde an einem Stück versteckt hielt.

Mellias, bei den Menschen als Lancelots Knappe Mell bekannt, war nicht mehr taubstumm. Aber man »wußte«, daß bei ihm »irgend etwas nicht stimmte«. Das gab jedoch keinen Anlaß zu kritischen Bemerkungen. Bei sehr vielen Menschen stimmt irgend etwas nicht. Mellias war durch und durch Elf. Er kehrte oft heim in den Wald – wie ich selbst –, um zu fischen und zu tanzen und mir den Hof zu machen, lächelnd. (Ich hielt mich von Mellias und allen anderen um meiner Macht willen fern. Doch trug ich stets, ob unter dem Knabenhemd oder dem feinen Gewand einer Dame – den Kristall, den ich Mellias einst stibitzt hatte und der immer noch an seinem Riemen schwang.) Nach einer Weile pflegte er dann wieder ins Königreich zurückzukehren, um Lancelots treuer Mell zu sein, seinen Harnisch einzufetten und sein Schlachtroß zu striegeln. Mellias liebte das Abenteuer. Und offenbar liebte er Lancelot...

Jetzt lächelte mir Mellias über Lughs Kopf hinweg zu. Er und Lugh konnten keine Magie wirken. Sie waren nicht hier, um gegen die Hexe zu kämpfen, sondern um uns vor Strauchdieben, Sachsen und Pikten zu beschützen. Dennoch schien Mellias der einzige zu sein, der keine Angst vor Morgan hatte. Ganz klar hörte ich in meinem Kopf seinen Gedanken: *Wenn diese Morgan ein Weib ist, dann kann ich sie zähmen!*

Aefa reckte den Kopf und fixierte mit durchdringendem Blick Morgans Tür, als wäre es eine ganz gewöhnliche Tür, durch die sie hindurchschauen konnte. Aber diese Tür war mit einem magischen Siegel verschlossen, und keiner von uns vermochte zu erraten, was sich hinter ihr befand. Womöglich stand die Hexe Morgan selbst gegen sie gelehnt und lauschte unseren Atemzügen und dem Geräusch, das die Zähne unserer Ponys beim Weiden machten.

Raben flogen über unsere Köpfe hinweg und stießen Warnrufe aus, und Merlin blickte nach oben, um das Muster ihres Schwarms zu prüfen.

Die Jahre hatten Merlin gebeugt und sein Haar und seinen Bart silbern gefärbt. Runzeln durchzogen sein hageres Gesicht. In dem schäbigen Mantel aus grober Wolle hätte er irgendein beliebiger menschlicher Alter sein können, der nicht mehr weit davon entfernt war, seine müden Knochen der Göttin zu überantworten, wären da nicht dieses Feuer, dieses Funkeln in seinen grauen Augen gewesen, das er vor den Menschen verhüllte, und der silberne Glanz seiner Aura, den Menschen nicht wahrnehmen konnten.

Er war es, der im Feuer wahrgespäht hatte, daß in der Tat Morgan die Schwertdiebin war. Er war es, der uns mittels der Sterne und seines Stabes zu ihrem Hügel geführt hatte. Als wir in das letzte Dorf gekommen waren, das jetzt einen Tagesritt hinter uns lag, hatten uns die Bauern den Weg hierher wortlos gewiesen, mit gekreuzten Fingern. Sie fürchteten ihre Hexe, aber sie wußten von Merlin und fürchteten ihn noch mehr.

Und nun hockten wir nachdenklich vor Morgans Tür. Lugh wandte sich um, die weite, verregnete Landschaft zu begutachten. Aefa und ich beobachteten Merlin.

Sein Gesicht hellte sich auf; hurtig trippelte er zum Packpony und kam mit einem in Fell eingeschlagenen Gegenstand zurück: der Harfe Zauberer. Ich schrieb ihm mit den Händen: *Die Hexe Morgan hat schon oft Musik gehört.*

Merlin zuckte mit den Achseln. *Aber nicht die von Zauberer!*

Während er im Regen Zauberer stimmte, sandte er jedem von uns einen Blick, und jeder erinnerte sich an eine Situation, in der Zauberer seine Macht bewiesen hatte. Lugh und der Otter erinnerten sich vielleicht an eine Nacht in der Herrinnenvilla, zwanzig Jahre zurück. Aefa und ich hatten ganze lärmende Schenken vor seiner Magie in Ehrfurcht erstarren sehen. Anläßlich einer besonders gefährlichen Situation hatte Zauberer alle Zuhörer in einen tiefen Schlaf versetzt, den wir Elfen dazu genutzt hatten, unbehelligt zu entschwinden.

»Wo ist Otter?« Merlin hielt mit dem Stimmen inne

und ließ den Blick schweifen. Die marode Tür hinter den Weinranken stand offen. Mellias war fort.

Ich wirbelte zu Lugh herum. »Du hast ihn gehen lassen!«

Lugh zuckte mit den Achseln. »Die Tür war nur gegen Magie versiegelt. Sie öffnete sich auf die leichteste Berührung hin.«

»Er kam mit, um dir zu helfen, die Tür zu bewachen, nicht, um der Hexe allein gegenüberzutreten!«

»Wie hätte ich ihn denn aufhalten sollen?«

Elfen drängen anderen nicht ihren Willen auf. Aber bei Lugh...

»Ich weiß bei dir nie, ob ich es mit einem Menschen oder einem Elfen zu tun habe!«

Ein bitteres Lächeln zog die Winkel von Lughs grauen Augen in Fältchen. »Ich auch nicht.«

»Genug geredet!« zischte Merlin. »Laßt uns hineingehen!«

Ich berührte Mellias' Kristall. Er wärmte meine Finger, als ich hinter ihm durch Morgans spaltbreit offenstehende Tür schlüpfte.

Schon nach dem ersten Schritt befand ich mich in vollkommener Dunkelheit. Ich roch Aefa an meinem Ellenbogen, Merlin ein Stück weiter hinten und einen kühlen, pflanzlichen Geruch. Ich hörte Merlin zischen: »Haltet still!«

Etwas schlitterte über meinen Fuß. Aefa hauchte erschrocken: »Nattern!«

Als sich meine Elfenaugen angepaßt hatten, milderte sich die Finsternis zu einem trüben Halbdunkel, und ich sah Bewegung zu unseren Füßen. Nattern umringten uns; sie schlängelten sich, richteten sich auf, glitten kreuz und quer und übereinander. Ich konnte jetzt sogar ihre Zungen vor und zurück schnellen sehen, als sie unseren Geruch prüften. Aefa sagte laut: »Ihr Hübschen! Kinder der Göttin, gebt uns den Weg frei!«

Die Schlangen richteten sich auf, ihre Köpfe pendelten auf Kniehöhe. Von Experimenten in der Kindheit her wußte ich, daß sie uns nicht hören konnten, aber Aefas Stimme hatte die abgestandene Luft in Schwingungen versetzt.

Merlin erhob seine Stimme zu einem Lied. Die kleinen, gefährlichen Köpfe drehten sich in seine Richtung, die neugierigen Zungen schnellten heraus.

Aefa und ich sangen mit. Als unsere Stimmen die Luft zum Vibrieren brachten, senkten die Schlangen eine nach der anderen den Kopf, wandten sich ab und glitten davon.

Merlin hörte auf zu singen und fragte: »Sind sie weg?« In dem Moment fiel mir ein, daß seine Augen nur halb elfisch waren; er konnte kaum sehen im Dunkeln. »Sie sind dabei zu verschwinden«, berichtete ich ihm. Den wenigen noch verbliebenen sang ich vor: *»Ein Biß von uns wird euch vergiften.«*

»Jetzt sind sie weg«, sagte Aefa.

»Dann geht weiter, langsam und behutsam«, befahl Merlin. »Niviene vorneweg. Aefa, nimm meine Hand. Bei den Göttern, ich kann kaum die Hand vor Augen sehen!«

Wir bewegten uns vorwärts.

Spinngewebe strichen über unsere Gesichter. Der Gang

verengte sich, bis wir schließlich die Wände links und rechts mit den Händen berühren konnten und uns bükken mußten, um nicht mit dem Kopf an die unverputzte steinerne Decke zu stoßen, wobei Merlin sich doppelt krumm machte. Ich dachte: Dies kann nicht Morgans eigener Eingang sein. Sie muß eine andere, verborgene Tür haben.

Aefa flüsterte: »'s ist kalt hier unten!«

»Entweder ist es kalt, oder ich bin feige.«

Wir bewegten uns langsam vorwärts, hinein in schneidende Kälte, in einen Pfuhl geistigen Winters, wie ich mich erinnerte, ihn schon einmal gefühlt zu haben. Aber damals hatte ich ihn bewußt gesucht. »Aefa«, sagte ich, »ich glaube...«

Ein riesenhafter Krieger, angetan mit einem Kilt, trat aus der Wand vor uns heraus. Er zog erst den einen Fuß aus dem Mauerwerk, dann den anderen, und hob seinen Wurfspieß. Aefa hielt mit einem scharfen Ächzen den Atem an.

Der Krieger leuchtete mit seinem eigenen Licht wie ein Stern am Nachthimmel, so daß Merlin ihn ebenso deutlich sah wie wir. »Ein Geist, Aefa«, knurrte er. »Nur ein Geist.«

Aefa neben mir erstarrte. Geisterkonversation gehörte nicht zu ihren Talenten.

Der Krieger schleuderte seinen Wurfspieß glatt durch meinen Hals. Kalt wie ein Eiszapfen schnitt er durch mich hindurch und schmolz.

Ich senkte den Kopf wie ein Stier und stürmte auf den Riesen los. Mit dem Kopf und den Schultern durchstieß ich seine eisige Gestalt und drang auf der anderen Seite wieder aus ihr heraus. In meinen Ohren hallte sein enttäuschtes Brüllen wider.

Ich blieb stehen, um mich umzuschauen. Die Riesengestalt löste sich in einen leuchtenden Nebel auf, durch den Aefa Merlin bei der Hand geleitete.

»Die Druiden haben recht«, erklärte er, stolpernd. »Diese von Menschen errichteten Hügel sind Grabstätten der Alten. Sie opferten jenen Mann, damit er den Eingang bewache; und er harrt noch immer aus, obwohl er längst Geist ist. Niviene, geh voran!«

Während ich behutsam, mit tastenden Schritten den sanft abfallenden Gang hinunter lief, sandte ich meinen Geist zum Spionieren voraus.

Ich hatte die Hexe Morgan noch nie gesehen. Wie mochte sie sein? Ich wußte nur, daß sie Artus' Halbschwester war, dem Vernehmen nach gleichermaßen klug und böse. Warum hatte sie Caliburn aus Artus' Halle gestohlen? Und was änderte das? Hing Artus' Friede wirklich von dem magischen Schwert ab? Und wenn, hing dann die Sicherheit unseres Waldes wirklich von Artus' Frieden ab?

»Warum bist du stehengeblieben, Niviene?« flüsterte Merlin.

»Ich habe nachgedacht, Merlin; ich habe mich gefragt, warum wir eigentlich in diese Falle kriechen.«

»Ha!«

»Am Ende verwandelt uns Morgan allesamt in Schlangen.«

(Einmal hatte ich die Herrin gefragt: »Kann die Magie

einen Menschen in eine Fledermaus verwandeln?« Worauf sie geantwortet hatte: »Geist, einmal in fleischlicher Gestalt geformt, behält diese Gestalt. Aber ein kluger Magier kann einen Menschen glauben machen, er sei eine Fledermaus.«)

»Ha!« Merlin spie das Wort fast aus. »In eine Memme hat sie dich offenbar schon verwandelt!«

Und ich sah, daß er recht hatte. Mein vorauseilender Geist, der das Terrain erkundete, war Morgans Geist begegnet; und sie hatte mir ängstliche, skeptische Gedanken gesandt.

»Vorwärts! Beweg dich!« herrschte mich Merlin an. »Denk nicht so viel, sondern geh weiter!«

Ich gehorchte. Wenige Augenblicke danach schwamm ein trüber Lichtschein vor uns.

Wir hielten an und drängten uns dicht zusammen, wie drei weiße Rehe, die ich jüngst unter der Ratseiche gesehen hatte. Die Rehe hatten mit den Hufen gestampft, sich gegenseitig angerempelt und mich angestarrt, einander über die Schultern spähend, mit unruhig zuckenden Ohren und Sterzen. Genauso starrten und scharrten wir drei jetzt, jeder die Hand des anderen suchend.

Der schwache Lichtschein schimmerte, wurde schwächer, wurde stärker. Merlin murmelte: »Es ist ein Widerschein. Seht ihr? An der Wand.« Er hatte recht. Der Tunnel machte an der Stelle einen Knick. Das Licht kam aus dem Bereich hinter dem Knick.

Die drei weißen Rehe unter der Ratseiche waren in drei unterschiedliche Richtungen davongesprungen und im Schatten der Bäume verschwunden. Wir drei jedoch krochen vorwärts wie ein dreiköpfiges Ungeheuer und bogen um die Ecke.

Tristam spielte zu Yseults Füßen auf seiner Harfe. Sie lehnte sich auf ihrem Stuhl vor und lächelte. Hinter ihr tauchte mit erhobenem Dolch König Markus aus dem Dunkel auf.

Der Wandbehang glänzte; die Figuren schienen sich im Schein der bronzenen Lampe, die auf dem Boden stand, fast zu bewegen. Weitere Tapisserien bedeckten die kreisrunde Wand des kleinen Raumes, jede von einer eigenen Bronzelampe angeleuchtet. Eine zeigte den Heiligen Gral, eine goldene Schale, die von beflügelten Geistern empor getragen wurde. Eine zeigte Artus, wie er, knietief im Wasser des Sees stehend, Caliburn aus der Hand der Herrin empfing.

Keine Binsenmatten bedeckten den Fußboden, sondern vielmehr ein grünblauer, mit kunstvollen Motiven bestickter Teppich. In der Mitte stand ein massiver runder Tisch, und uns gegenüber, auf der anderen Seite des Tisches, das Gesicht zu uns gewandt, saß der junge Artus, über ein Schachbrett gebeugt.

Er sah fast so aus wie der Mann, der einst eine weiße Hirschkuh in einen verwunschenen Wald gehetzt hatte. Mein Herz hüpfte bei seinem Anblick wie ein ungeborenes Kind.

Dann sah ich, daß er jünger war, schmächtiger, und daß seine Aura, kaum auszumachen im Schein der Lampe, von einem widerwärtigen, schwarz geränderten Grau war.

Mellias lehnte mit dem Rücken zu uns über den Tisch.

›Artus‹ blickte zu uns auf und schaute uns boshaft an.

Mit zwei langen Schritten war ich bei Otter Mellias. »Mellias!« Er rührte sich nicht. Er war erstarrt, seine Hände lagen auf dem Tisch; er hätte ebensogut eine Holzfigur sein können. Seine Augen waren glasig.

›Artus‹ wandte sich wieder dem Schachspiel zu. Seine Finger, gleichlang wie meine, die nach einer schwarzen Königin auf dem Schachbrett griffen, deuteten auf magische Kraft hin; aber ich spürte eine viel größere Kraft ganz in der Nähe, eine Kraft, im Vergleich zu der ›Artus‹ ein bloßer Lockvogel war – wie eine hölzerne Ente, die nahe der Blende eines Jägers schwimmt.

Merlin und Aefa traten an meine Seite. Merlin knurrte: »Wir sind von weit her gekommen, um mit der Lady Morgan zu sprechen.«

Mit einem Grinsen, das an Merlin gerichtet war, berührte ›Artus‹ die schwarze Königin. In dem Augenblick bereute ich schmerzlich, daß ich nicht Schach gelernt hatte, als Merlin mir angeboten hatte, es mir beizubringen. Denn dann hätte ich die Botschaft auf dem Brett lesen können. Ich verstand jedoch genug von dem Spiel, um den weißen König und Abt zu erkennen und die schwarze Königin.

Merlin zeigte sich ungeduldig. Er war jetzt alt. Tagelang war er scharf geritten und hatte im Regen vor Morgans Tür kampiert. Er hatte genug von Spielen, Fingerzeigen, Winkelzügen, geistigen Duellen.

Wie ein Jagdhund, der dem Otter nachspürt und den Hasen vor seiner Nase ignoriert, rüstete er sich, geradewegs durch ›Artus‹ hindurch auf Morgan loszugehen, seine Jagdbeute. Schwarzer Zorn loderte in seiner Aura. Mit zusammengezogenen Brauen und bebendem Bart richtete er den knochigen Finger auf ›Artus‹.

Der fuhr mit der weißen Königin über das Schachbrett und schlug den weißen Abt.

Merlin holte Luft, um zu fluchen. Ich berührte ihn am Ellenbogen.

Große Schatten schossen entlang der Wand durch den Raum wie Fledermäuse. Eine Wahrnehmung durchdrang und erfüllte den Raum wie ein Geruch. Sie spannte die Haut und raubte den Atem.

Aefa rang nach Luft und drehte sich torkelnd im Kreis. Ich schwankte und stützte mich auf den Tisch neben Mellias.

›Artus‹ graue Augen lächelten mich an wie einst die Augen des Königs, als er mich zum ersten Mal durch seine Halle hatte kommen sehen, an seinen Riesen und Hunden vorbei. ›Artus‹ lehnte sich zurück und verschränkte die Arme – ein verblüffendes Abbild des Königs.

Dann begann er zu schwinden. Seine graue Aura flakkerte und verblaßte, als die wahrgenommene Macht nahte.

Aefa zog ihr Messer und sank ohnmächtig auf den Teppich.

Mir wurde übel.

Hastig bündelte ich meinen Geist und sandte ihn durch meinen Kopf nach oben unter die Decke, ein schwebender Nebel des Bewußtseins außerhalb meines Körpers. Merlin war bei mir dort oben. Ich hörte, wie er dachte: *Gerade noch rechtzeitig, Niviene.*

Befreit von körperlichen Wahrnehmungen, war ich empfänglich für jeden Lufthauch, jeden Atemzug unten im Raum. Ich dehnte mein Bewußtsein aus, bis es den kleinen Raum zur Gänze ausfüllte. Ein anderes Bewußtsein durchpulste meines: dunkel, hämisch, siegessicher. Ich fühlte, wie es freudlos lachte.

Der Wandbehang mit dem Heiligen Gral zitterte, straffte sich, hob sich. Licht quoll hinter ihm hervor, und in dem Licht stand eine große, graziöse Gestalt. Mit einer Hand hielt sie den Wandbehang zurück, in der anderen schwang sie einen Zauberstab.

Morgan le Faye trat in den Raum. Der Wandbehang fiel hinter ihr an seinen Platz zurück.

Sie trug einen goldenen Reif um den Hals, eine schwarze Tunika und ein weißes Übergewand; der Hals, die Ohren, das offene schwarze Haar, die Handgelenke, Stirn und Nasenflügel waren mit funkelnden Edelsteinen besetzt. Ihre Aura war ein riesiger silberner Nebel, dem Merlins ebenbürtig, der die Hälfte des Raumes ausfüllte. An seinen Rändern züngelten kleine Freudenfeuer. Schon jetzt betrachtete Morgan uns als ihre Gefangenen.

Sie nickte Merlin fröhlich zu und sprach ihn auf lateinisch an. Ich versuchte vergeblich, ihre Gedanken zu lesen. Ihr Geist war mir verschlossen, fester versiegelt noch als ihre Tür.

Merlin antwortete ihr auf anglisch:

»Morgan le Faye, was hast du gemacht?
Den Bruder um seinen Schatz betrogen!

Artus' Fried' hat dir Reichtum gebracht.
Bist du ihm dafür nicht gewogen?«

Lachend erwiderte Morgan:

»Er war mein Feind, noch eh' er geboren.
In jener Nacht ging mein Glück verloren.
Weshalb hast das Kind du frühmorgens entführt,
Noch ehe Uther es aufgespürt?«

Merlin sprach:

»Er hatt' von diesem Sproß nichts geahnt,
Der gezeugt ward, eh' Gorlois' Tod bekannt.«

Darauf Morgan:

»Was ging's dich an? So war alles gut!«

Merlin:

»Ich wußt', das Kind besaß Königsblut
Und würd' vertreiben die Sachsenbrut.
Es galt nur, ihn heimlich vorzubereiten
Auf Herrscherpflichten in späteren Zeiten.«

Morgan:

»Ah, der Königsmacher hat weise geplant!«

Merlin parierte:

»Was die Schwertdiebin offenbar geahnt.«

Morgan lachte.

»Niemals hätten besiegt mich die Sachsen.
Doch sah ich durch Artus mein Unheil wachsen.
Er kam aus dem Nichts, still und bescheiden,
Sein Schwert, was brachte es außer Leiden?
Er jagte die Sachsen davon sogleich,
Und nahm in Besitz mein ganzes Reich.
Wohl mußt' ich unter den Elfenberg fliehn,
Zu Toten und Geistern der Alten ziehn,
Während er in meinem Bankettsaal schmaust
Und du im Schutz seines Erdwalls haust.«

Merlin ließ seinen Stab ein wenig sinken. In fast klagendem Ton sagte er:

»Wenn du nicht willst, daß die Sachsenhorden
Unschuldige quälen und metzeln und morden,
Dann gib Caliburn wieder in Artus' Hand,
Auf daß er beschütze dein' Volkes Land!«

Darauf Morgan:

»Unschuldige? Hat es je die gegeben?«

Merlin antwortete:

> *»All jene, die im Einklang mit der Göttin leben,*
> *Ihre Felder bestell'n, nach Frieden streben...«*

Morgan:

> *»Ich kenne nicht Unschuld auf dieser Welt,*
> *Es sei denn, das Gras wird dazu gezählt,*
> *Das sterben muß, um andre zu nähren!*
> *Wenn Unschuldige unter den Menschen wären,*
> *Dann würd' ich dich als ersten nennen,*
> *Da Torheit und Unschuld als Schwestern sich kennen.*
> *Du kamst für deinen Ritter wert,*
> *Zu retten das kostbare Schwert.«*

Morgans Hohnlächeln hätte mir das Blut in den Adern gefrieren lassen, wenn ich in meinem eigenen Körper gesessen hätte.

> *»Genug jetzt der Worte! Merlin, sei Maus!*
> *Fiepe und renne geschwind durch mein Haus!«*

Während sie diese Worte sprach, schwang Morgan ihren leuchtenden Zauberstab im Kreis. Funken sprühten über Merlin und glommen für einen kurzen Augenblick in seinem weißen Haar, auf seinem Bart und dem Mantel auf. Dann schritt sie nach vorn, um ihn mit dem Zauberstab zu berühren, aber Merlin und ich errichteten gemeinsam einen Kraftschild vor ihm. Noch nie hatte ich mich so bedroht gefühlt. Zum ersten Mal in meinem Leben sah ich Merlin als möglicherweise besiegbar. Wenn Morgan den Schild durchbräche und ihn mit ihrem Stab berührte, dann würde er womöglich tatsächlich als fiepende Maus durch ihr Haus flitzen. Noch nie hatte ich einer so ungeheuren Kraft gegenübergestanden wie ihrer.

Morgan blieb stehen, verwirrt ob der Stärke unseres Schildes. Sie konnte nicht wissen, daß wir all unsere vereinten Kräfte aufboten, um ihn aufrechtzuerhalten. Ich fühlte mich, als hielte ich mit beiden Händen einen schweren Schild empor; mein Körper drunten im Raum brach in Schweiß aus.

Erst da nahm sie mich zum ersten Mal wahr.

»Aha!« murmelte sie, die Stirn kraus ziehend. »Und wer ist dieser Knabe, dieses Kind, das du mitgebracht hast, um dich zu verteidigen? Er wird einen guten Diener abgeben, wenn ich ihn erst gezähmt habe.«

Merlin brachte eine Antwort zustande, wenn auch mit zitternder Stimme. »Tu doch nicht so, als wüßtest du nicht, wer das ist, Morgan.«

Ich fühlte, wie seine Kraft erlahmte. Lange würde er sich nicht mehr halten können.

Morgan schnurrte wie ein Kätzchen. »Ich nehme an, das ist deine Gemahlin, Niviene, die berühmt ist am Hofe meines Bruders. Und deshalb bist du jetzt auch mein Gefangener; denn diese deine Mätresse hat all deine Kraft aus dir herausgesogen.«

Ich erwiderte höflich: »Du irrst dich, Hexe Morgan. Am Hofe deines Bruders kennt man mich als die Jungfer Niviene. Wußtest du das nicht?«

Sie wußte es nicht. Ihre grauen Augen, die denen ihres Bruders so verblüffend ähnlich waren, weiteten sich für einen Moment. Ich lächelte sie an, mit offenem Mund.

Sie wich tatsächlich einen Schritt zurück. Wir fühlten, wie die Luft leichter wurde und Morgans Kraft sich zurückzog – gerade so, wie eine Schlange sich zurückzieht, um dann um so besser zustoßen zu können. Sie sagte: »Du bist eine Elfe.«

Merlin und ich nutzten den kurzen Augenblick ihres Rückzuges, um blitzesschnell wieder in unsere Körper zu schlüpfen. Jetzt schwitzten und zitterten wir zwar, und uns war speiübel, aber es fiel uns so leichter, den Schild hochzuhalten.

Ich versuchte, Morgans Aufmerksamkeit auf mich zu lenken. »Ich bin eine Elfe wie du, Morgan.«

»Nein, nein. Ich bin ein Mensch. Mein Vater war der Herzog Gorlois, Lady Ygraines Gemahl.«

»Bist du da ganz sicher?« Ich grinste breit. »Wer kann sich seines Vaters schon gewiß sein? Merlin, so hörten wir, behexte Ygraine, auf daß sie glaubte, Uther sei ihr Gemahl. Könnte nicht ein Elfenmagier das gleiche getan haben und selbst mit ihr geschlafen haben? Die Lady kann nicht sehr klug gewesen sein.«

Jetzt war mir ihre Aufmerksamkeit gewiß! Sie beugte sich vor, ihr Zauberstab sank herunter. Mit Entzücken sah ich die Wut in ihrem Gesicht.

»Das ist eine Lüge!« kreischte sie. »Merlins Lüge!«

Aus dem Augenwinkel nahm ich wahr, daß der junge Mann am Tisch sich regte. »Mutter«, murmelte er, »Mutter, so beruhige...«

Sie richtete ihren Zauberstab auf ihn, und er verstummte.

Die Hexe Morgan hatte sich hinreißen lassen. Zorn regierte sie. Wir fühlten, wie ihre Kraft verebbte, als der Zorn ihre Energie verzehrte. Doch just als ich zum ersten Mal wieder voll durchatmen konnte, fühlte ich, wie sich der Druck ihrer Kraft jäh verdoppelte. Ich sank auf die Knie, bestürzt, gerade noch in der Lage, den Schild aufrechtzuerhalten. Woher kam diese plötzliche Kraft? Nicht von der Hexe. Es war fast so, als ob... als ob...

Merlin hatte losgelassen.

Ich hörte vertraute Laute neben mir – Musik? –, kurz bevor ich in Ohnmacht fiel. Bald darauf kam ich wieder zu mir. Musik erfüllte den Raum, die Töne fielen wie heißersehnte Regentropfen auf ein ausgedörrtes Feld und ließen keinen Raum für Gedanken, Gefühle oder Handlungen außerhalb ihrer selbst. Morgans Zauberstab neigte sich zum Boden. Ihr Sohn saß da wie in Trance, sein weicher Mund stand offen.

Merlin sang von einer Burg, die unter Belagerung stand, eine andere Mär als die, die er gewöhnlich der Welt draußen vortrug. Die roten und schwarzen Fahnen knatterten im Wind, während Uther starr auf Gorlois' Burg blickte. Wenig scherte er sich um die Beute, die dort drinnen winkte. Seine Männer träumten von Gold, Emaille und Tuch; Uther träumte nur von Gorlois' Weib.

Drinnen schritt die Herrin händeringend auf und ab. Sie fürchtete um ihre Sicherheit und um die ihrer Mädchen. Hinter Wandbehängen kauernd, sahen diese die Mutter auf und ab gehen und nachsinnen.

Zwei Kinder, die verrückt waren vor Angst. Als sie den Kampfeslärm, die Schreie, den Hörnerschall und das Donnern der Hufe hörte, spürte Morgan die Angst ihrer Mutter so stark, als wäre es ihre eigene. Sie sah, wie Ygraine wie von Sinnen hin und her lief, die Hände ineinander verschlungen wie zwei sich paarende Schlangen. Morgan knetete und drückte die Hand ihrer Schwester gleichermaßen.

Merlin sang von all dem, als stünde er selbst hinter dem Wandbehang verborgen. Die Hexe Morgan lehnte sich gegen die Wand, die grauen Augen weit aufgerissen und von Tränen erfüllt, während sie sich erinnerte.

Die kleine Morgan wollte, daß der Lärm und das Getöse aufhörten. Sie wollte die Arme ihrer Mutter um sich spüren. Sie wollte ihre Puppe, die weit weg lag. Auf der Binsenmatte lag sie, nahe Ygraines Fuß. Ygraine wandte sich um, drehte ihren Töchtern den Rücken zu; die kleine Morgan huschte hinter dem Wandbehang hervor und rannte los, die Puppe zu erhaschen.

Ein Riese brach durch die Tür des Gemachs. Morgan starrte entsetzt an ihm hoch. Sein Rock wimmelte von roten und schwarzen Drachen, jeder einzelne größer als Morgan selbst. In einer gepanzerten Hand hielt er ein blankes Schwert, die bluttriefende Spitze direkt vor den Augen des Kindes. Die andere Hand schnellte hervor und packte den Zopf. Ygraine schnellte herum, sah es, schrie.

Als sie den Schrei der Mutter wieder hörte, schrie auch Morgan. Wachsbleich ließ sie den Zauberstab fallen. Ihr Sohn erhob sich von seinem Platz.

Bevor er sich rühren konnte, rannte ich zu Morgan,

packte ihren lose wallenden schwarzen Schopf mit der einen Hand und zückte mein Messer mit der anderen.

Dies ließ den Sohn im Schritt erstarren. Morgans graue Augen erwachten wieder zum Leben, sprühten Feuer. Halb hypnotisiert rang sie darum, die Oberhand wiederzuerlangen. Aber mein Griff war fest, und die Schlacht war zu Ende.

Fast als wollte er noch Salz in die Wunde reiben, ließ Merlin nicht einen Takt aus. Zu den zunehmend schräger werdenden Klängen seiner Harfe, deren Saiten feucht geworden waren in der dumpfigen Tiefe des Tunnels, sang er davon, wie Uther sich Ygraine näherte.

Uther ließ Morgan le Faye los. Mit einem häßlichen, metallischen Kreischen schob er sein Schwert zurück in die Scheide und wandte sich Ygraine zu. Die wich zurück, bis sie gegen einen Tisch stieß. Er drückte sie gegen den Tisch und riß ihr Kleid auf. Sie schrie. Morgan wollte zu ihrer Schwester zurückrennen, aber der Wandbehang, hinter dem diese sich versteckte, war zu weit weg. Ihre kleinen Beine waren vor Angst wie gelähmt und versagten ihr den Dienst. Mit zitternden Knien sank sie zu Boden und schluchzte.

Und so sank jetzt auch Lady Morgan auf ihren reichbestickten Teppich, und ich sank mit ihr, das Messer an ihre Kehle haltend.

Merlin strich einen letzten Akkord auf Zauberer und hängte ihn dann wieder über seine Schulter. Sein Werk war getan.

Hätte ich ein Herz gehabt, wäre ich ebenso niedergeschmettert gewesen von dieser grausigen Geschichte wie

Morgan. Später fragte ich mich, warum die Göttin zuläßt, daß die menschliche Rasse ihre Erde besudelt. Ihrer Barbarei, dachte ich, kam nur noch die der Spinne und der Gottesanbeterin gleich.

In dem Augenblick war meine Sorge fern; Morgan indes, zwischen ihren Erinnerungen und ihrer Niederlage gefangen, war verloren. Sie lehnte an der Wand, mit glasigem Blick, keine Bedrohung mehr für uns oder für Artus' Frieden. Ich stand auf, trat zurück und steckte mein Messer in den Gürtel.

Merlin nickte ›Artus‹ zu. In stummem Gehorsam verließ der junge Mann den Raum durch den Gral-Wandteppich.

Als nächstes wandte sich Merlin Aefa zu und half ihr auf die Beine. Sie stützte sich benommen auf den Tisch, während Merlin Mellias mit drei Handstrichen aus seiner Trance weckte. Mellias zückte sein Messer, schaute sich um, sah die besiegte Morgan und steckte es wieder ein.

Zurück durch den Gral-Wandbehang kam der junge ›Artus‹; in seinen kleinen, mit gleichlangen Fingern versehenen Händen hielt er ein Schwert und legte es auf den Tisch vor Merlin. Der Magier zog das Schwert aus der dunklen Scheide. Die Klinge gleißte wie ein Blitz. Ogham-Schriftzeichen, die in die Schneide eingraviert waren, sandten ihre lodernde Botschaft durch den Raum. Merlin nickte.

»Oh«, hauchte er andächtig. »Caliburn selbst.« Und er verbeugte sich vor dem Schwert und sagte zu uns: »Schaut gut hin, Kinder. Ihr werdet Caliburn vielleicht nie wieder so glänzen sehen.«

Aber ich sah den jungen Mann an, Morgans Sohn. Er war wunderschön, ein junger Artus ohne dessen treibende Energie. (Artus hätte Merlin bei seiner sehnigen Gurgel gepackt, bevor er auch nur einen Ton herausgebracht hätte.) Als ich sein dunkles Gesicht und seine abgewandten Augen betrachtete, glaubte ich, irgendwo in einem fernen Wald eine Nachtigall schlagen zu hören.

Ich drang in seinen Geist ein. Nachdem ich ohne Widerstand hineingeschlüpft war, trieb ich in dichtem Nebel mit einem seltsamen Gefühl von Eingesperrtsein unter der Erde. Ich suchte nach einer Tür. Ich fand eine, schwebte in dem dichten Nebel auf sie zu, aber ich bekam sie nicht auf. Sie war aus ... Eisen und fest verriegelt. Ich konnte sie weder öffnen noch durch sie hindurch gleiten; sie war noch dichter versiegelt als die Tür zu Morgans Berg. Was immer sich hinter dieser Tür versteckte, es würde für immer verborgen bleiben. Und dort, dachte ich, verbarg sich der wirkliche Mensch, seine Ursprünge, seine Quellen, seine Vergangenheit, seine Wahrheit, für immer meinem Zugriff entzogen – und seinem eignen.

Ich wandte mich ab. Ein Licht flackerte, der Nebel teilte sich, und ich sah Caliburn in der Hand meiner Mutter über den Wassern leuchten. Und Artus – unser echter, grauhaariger Artus – nahm Caliburn aus der Hand der Herrin entgegen, drehte sich um und überreichte es ... Morgans Sohn. Artus' Neffen. Dessen Name, erfuhr ich jetzt, Mordred war.

Und da stand die Hexe Morgan am Rand des Lichts, ein dunkler Schatten, wären da nicht ihre schimmernden, funkelnden Geschmeide gewesen: der Halsreif, die Armbänder, die Ohrgehänge, die Ringe und der golddurchwirkte Saum ihres Gewandes.

Morgan hatte ihren Sohn diese Vision von Artus, Caliburn und ihm selbst gelehrt. Dies war ihr Muttergeschenk an ihn.

Ich kam froh und dankbar in die äußere Realität zurück und hörte Merlin sagen: »Morgan, dein Sohn wird mit uns kommen als Artus' Geisel.«

Mordreds dunkle Wimpern zuckten vor Überraschung. Er wich langsam zurück, um den Tisch herum. Aber Morgan antwortete leidenschaftslos: »So sei es. Mordred sollte seinen Onkel kennenlernen.«

Und Mordred stand still wie eine Drahtpuppe, die von Hand zu Hand wandert. Ich wollte nicht noch einmal in diesen dunklen Geist eindringen und seine Gedanken erkunden. So schüttelte ich seine geistigen Spuren von mir ab wie getrockneten Lehm. Aber ich wußte, daß ich kein Verlangen danach hatte, den ganzen Weg zurück zu Artus' Burg mit diesem schönen, verderbten jungen Mann zu reiten. Ihn zu beschützen – und uns vor ihm – würde unendliche Wachsamkeit erfordern.

Morgan und Mordred wechselten einen langen, tiefen Blick. Ohne die Augen von ihm abzuwenden, fuhr sie fort: »Der Hohe König ist Mordreds Onkel, mußt du wissen.«

Ich kam mir vor wie ein Tierbändiger, den ich einmal an Artus' Hof gesehen hatte, dastehend zwischen Bär und Wolf, allein mit einer kurzen Peitsche bewaffnet.

8

Mittsommernacht

Mittsommernacht. Mondblüte.

Wie in vielen anderen Nächten ging ich auf dem Erdwall oberhalb der Burg spazieren. Da Menschen unberechenbarer als Bären sind, zog ich es vor, sie aus der Ferne zu beobachten. Der Wall gestattete es mir, ungehindert zu wandeln und freie Luft zu atmen, wie ich es in unserer Hütte nicht konnte. Und hier oben vermochte ich ungestört nachzudenken. Unter einem dunklen Mond begegnete ich Geistern. Krieger aus grauen Vorzeiten schwebten an mir vorüber, denn Artus' Burg war auf den Ruinen einer älteren errichtet. In Felle gekleidete Frauen wiegten hagere Säuglinge in den Armen. Unheimliche Tiere stapften schwerfällig dahin: mächtige Keiler mit langen, schwingenden Nasen; riesige dolchzahnbewehrte Katzen. Ich war nicht sicher, ob dies Sagengeschöpfe waren, Märchengestalten, von Barden und Geschichtenerzählern drunten in der Burg ersonnen, oder echte Geister.

Diese Nacht aber war voller Magie. Nach einem berauschenden Festtag brummte und brodelte die Burg immer noch von prallem Leben. Feuer brannten an Straßenecken. Riesen lachten, spielten und kämpften, Kinder rannten und lärmten. Der Lärm ließ meine Gedanken in wilden, schwindelerregenden Kreisen wirbeln.

Heute nacht erblühte der Mond. Klarer fast noch als das murmelnde Gedröhn der Burg vernahm ich fernes Flötenspiel, fernen Trommelschlag. Mein Schritt wurde beschwingt, wurde zum Tanz.

Ein Stück voraus hörte ich leises Lachen. Erschrocken blieb ich stehen. Ich rührte keinen Muskel, sondern studierte den Wall vor mir. Ein Mann stand dort, in einen ›unsichtbaren‹ Umhang gehüllt, das Haupt unter einer Kapuze verborgen.

Breitbeinig auf der schmalen Krone des Walles stehend, die Arme unter seinem Umhang verschränkt, versperrte er mir den Weg. »Beim Blut Gottes«, rief er fröhlich, »die Zauberin Niviene spioniert im Mondenschein meine Burg aus!«

Ich murmelte: »Mylord.«

Er warf seine Kapuze zurück, so daß meine Elfenaugen sein Gesicht erforschen konnten. »Komm mit mir«, befahl er lächelnd. Und er trat ein Stück zur Seite, so daß ich neben ihm Platz fand.

Seite an Seite spazierten wir über die schmale Wallkrone. Artus roch leicht nach Leder, Schweiß und zart keimender Lust. Als ich ihn von der Seite anschaute, sah ich Stolz in seinem Gesicht, während er an mir vorbei auf die Halle des Königs hinunterblickte.

»Du hast letzten Frühling gute Arbeit für mich geleistet, als du Caliburn heimgebracht hast«, sagte er.

»Ich fürchte, wir haben dir gleichzeitig auch einen Bärendienst erwiesen«, erwiderte ich.

»Du meinst Mordred«, sagte Artus sofort. »Mit Mordred werde ich fertig.«

»Mylord, er hat große Pläne.«

Artus lachte leise in sich hinein.

Ich versuchte es eine Spur direkter. »Mordred zieht jetzt herum und hetzt deine Ritter auf...«

»Gegen mich?«

»Noch nicht. Aber er weckt Interesse an dem, was bisher mehr oder weniger geheim war.«

»Nicht geheim, Niviene. Unbeachtet.«

Wir schlenderten an der Halle der Königin vorbei. Falls Lugh sich jetzt im Mondenschein in die Halle der Königin schlich, könnten wir ihn womöglich sehen. Vielleicht war Artus deshalb heute nacht hier.

Als wir die Halle hinter uns gelassen hatten, fragte er: »Mordred hat große Pläne?«

»Ich weiß, daß er sie hat.«

»Du hast sie in seinem Geist gelesen!« sagte Artus nekkisch.

Ich nickte. »Ja, das habe ich.«

»Und siehst du auch die großen Pläne in meinem Geist?« Er blieb stehen, nahm mein Kinn in die rechte Hand und hob mein Gesicht, so daß wir uns direkt in die Augen sahen. »Zeig mir, was du kannst, Zauberin! Lies meine Gedanken!«

Im Mondlicht hätte ein Mensch nur Dunkelheit in

seinen Augen gesehen. Ich aber sah Humor, Stolz und... Zuneigung. (Zu mir?) Mit Leichtigkeit tauchte ich in seine Gedanken und sein Herz ein und las darin, wie er gebeten hatte. Ich sagte: »Du hast die Sachsen ferngehalten und dein Königreich bewahrt. Jetzt hast du vor, es zu vergrößern.«

»Und dann?«

»Du hast vor, ein anderes Volk zu überfallen... welches, vermag ich nicht klar zu erkennen...«

»Die Römer!« Erregung schwang in seiner Stimme.

Die Römer waren das Volk, das die Herrinnenvilla erbaut hatte, und andere Villen und Städte. Das Latein, das wir sprachen, war ihre Sprache. Dies war alles, was ich über die Römer wußte. Aber in Artus' Vorstellung verkörperten sie größte Macht und höchsten Glanz. Die Niederwerfung der Römer und die Eroberung ihrer ewigen Stadt Rom würde ihn zum König der Welt machen.

»Und dann... willst du ein neues Zeitalter entstehen lassen... die Welt verändern...«

»Mir schwebt ein goldenes Zeitalter vor, wie es die Welt noch nicht gesehen hat.«

»... Schwerter zu Pflugscharen...«

»Keine Kriege mehr.«

»Jungfern... mit Juwelen behangen...«

»In meinem Königreich wird eine Jungfer mit einer goldenen Krone auf dem Haupt einen goldenen Gral zum Hadrianswall tragen können, und kein Mann wird sie berühren!«

Ich sagte mit fester Stimme: »Das wird niemals sein.« Denn ich kannte die menschliche Natur zu gut.

Artus lachte. »Was ich sage, wird sein, wird geschehen. Es hieß, die Sachsen würden für immer hierbleiben. Aber ich selbst tötete neunhundert von ihnen an einem Tag!«

»Mit der Hilfe der Göttin, vergiß das nicht.« Obwohl ich das nie begriffen hatte.

»Was?« Artus ließ mein Kinn los. »Welche Göttin soll mir geholfen haben?«

»Die, die auf deinem Schild abgebildet ist.«

»Bei Gottes Wunden, Niviene! Auf meinem Schild ist keine Göttin abgebildet!« Offensichtlich hatte ich ihn beleidigt. »Das Gemälde auf meinem Schild stellt Maria dar, die heilige Mutter Gottes!«

»Tatsächlich.« Wie ich gesagt hatte, eine Göttin. Ich war froh zu erfahren, daß sie nicht *die* Göttin war, denn ich hatte mich schon lange gewundert, wieso sie einen ihrer Söhne den anderen vorzog. Aber eine christliche Göttin würde natürlich einen Christen einem Heiden vorziehen, das leuchtete ein. Angetrieben von dem echten Wunsch zu verstehen, fragte ich: »Das Kind dieser Göttin wird aufwachsen und gekreuzigt werden?«

»Ja.«

Ich fragte mich laut: »Wieso konnte seine heilige Mutter das nicht verhindern?«

Unter dem erblühenden Mond sah ich, wie Artus' Augenausdruck sich veränderte. Ich fühlte, wie seine Aura prickelte, brannte, sich ausdehnte. Dem Riesen, der über mir aufragte, sprossen mächtige Schwingen, gleich jenen, die die Geister hatten, mit deren Bildnissen die christlichen Kapellen geschmückt waren; und ich dachte: Bei den Göttern, er ist in den Geist emporgestiegen!

Ich stieg selbst in den Geist empor und gesellte mich zu ihm.

Wir klommen den Himmel empor, hinauf zum erblühenden Mond. Tief unter uns standen sich zwei statuengleiche Figuren auf einem hohen Erdwall von Angesicht zu Angesicht gegenüber. Unter ihnen erstreckte sich auf einer Seite die Erde, Göttinnen-lieblich, in silberne Nacht gekleidet; auf der anderen Seite wandelten menschliche Leiber, machten Liebe, kämpften, aßen oder schliefen. Menschliche Geister schwirrten wie schimmernde Bienen über Klee, manche in den Blüten, andere etwas darüber. Einige wenige standen mit uns am Himmel wie ferne Sterne. Der mir am nächsten Stehende, dachte ich, mochte vielleicht Merlin sein.

Neben mir leuchtete Artus wie ein Stern. Sein Licht stellte meines in den Schatten und umschloß es. In der Betrachtung seiner rätselhaften Religion hatte er sich vollkommen verloren, und ich sah keine Spur mehr von Stolz, von Hoffart oder Ehrsucht in dem Stern, der er geworden war. Ich sah nur die Liebe, die ich zuvor schon einmal flüchtig gesehen und mit der er verschwenderisch sein Land und sein Volk überhäuft hatte und jetzt seine Götter.

Sein Stern verglühte schnell, und er sank zurück in seinen Leib. Ich folgte ihm nach unten.

Er schien nicht zu wissen, daß er woanders gewesen war. Er beantwortete meine Frage – warum seine heilige Mutter das nicht habe verhindern können –, als wäre sie mir eben erst über die Lippen gekommen. Und vielleicht war sie das ja. Im Geist vergeht die Zeit anders.

Artus murmelte: »Und dein eignes Herz wird ein Schwert durchbohren.«

»Was?«

»Ein Prophet hat ihr das geweissagt. Ein Seher, wie Merlin. Sie wußte von Beginn an, daß sie leiden würde. Sie hat sich für die Welt geopfert.«

Ich sah, daß er an die Opfer dachte, die er selbst gebracht hatte und noch bringen würde – für seine Welt. Er fügte hinzu: »Am Ende durchbohrt jedes Herz ein Schwert.«

»Meines nicht!« klärte ich ihn hurtig auf. »Kein Schwert wird mein Herz je wieder durchbohren, denn ich habe kein Herz.«

Artus blickte an mir herunter und lachte. Wie ein starker Wind wehte sein Lachen die Spuren weihevoller Erhabenheit fort, die ihm angehaftet hatten. Er zog meine Hand unter seinen Arm und spazierte mit mir weiter, forsch ausschreitend. »Ich werde zahllose Schwerter mein Herz durchbohren lassen«, sagte er, »wenn ich nur König der Welt werde, und Barden werden tausend Jahre an tausend Feuern von mir singen! Die Geschichte wird mich für immer im Gedächtnis behalten!«

»Geschichte?«

»Solche Geschichte, wie Mönche sie in düsteren Zellen auf Pergament niederschreiben, fern vom Schlachtenlärm. Aber ich nehme an, du weißt nichts von Mönchen.«

»Ich bin nicht unwissend. Ich habe Mönche kennengelernt.«

»Und wie haben sie dich begrüßt, Mylady? Ich wette,

sie hielten dich für eine vom Satan höchstpersönlich gesandte Versuchung.«

»Das hätten sie vielleicht, Mylord, wäre ich nicht vermummt gewesen als schmutziger, ungezogener kleiner Junge.«

Artus' Lachen schreckte eine kleine Herde Ponys auf, die direkt unter uns grasten. Mit einem Schnauben trabte der Hengst aus dem Schatten des Walles und schaute sich grimmig um.

Einmal in meinem Leben fasziniert, belustigt und unbedacht, sagte ich: »Wenn du willst, daß die Geschichte dich in Erinnerung behält, dann hör auf, Klöster auszurauben.«

Artus blieb jählings stehen. Er zog mich unsanft zu sich herum, so daß wir uns geradewegs in die Augen schauten, und ich blickte in einen Sturm des Zornes und der Entrüstung. Wenn ich ein Mensch gewesen wäre, so wäre ich ihm zu Füßen gesunken, niedergeschmettert von purem Entsetzen. Da ich jedoch eine Elfe war, reckte ich mich höher als je zuvor, als er mich mit Fäusten, die plötzlich eisern geworden waren, bei den Schultern packte.

Verführt und betört von Artus' hoher, reicher Gesinnung, gewärmt von seiner so unbekümmert wirkenden Gesellschaft, hatte ich vergessen, wie sehr er Mensch war. Für einen Menschen, der eine Krone trug, Lateinisch sprach und die Früchte seines eigenen Landes verzehrte, ohne zu arbeiten, mußten meine Worte äußerst kränkend geklungen haben.

»Auszurauben?« schrie er mir zornbebend ins Gesicht.

»Ich soll aufhören, Klöster auszurauben? Wann, bei Gottes Gebeinen und Blut, habe ich Klöster ausgeraubt?«

Seine Fäuste hielten mich hoch. Unter uns wieherte der Hengst lauter als Artus' Schrei und stürmte mit seinen Stuten davon.

Artus schüttelte mich, wie eine Frau Wäsche ausschüttelt. »Was meinst du damit? Wann soll ich Klöster ausgeraubt haben? Bei Gottes Wunden, antworte mir!«

Ich konnte es nicht. Erschrocken zwar und um mein Leben bangend, konnte ich gleichwohl nicht mit einem Menschen sprechen, der mich so behandelte. Meine Natur und meine Ausbildung verbaten dies.

Artus' Riesenhände fanden meine Gurgel. Sein Gesicht war totenblaß geworden, sein Blick wild, weit aufgerissen seine Augen. Ich rüstete mich, für immer in den Geist emporzusteigen.

Seine Hände lösten sich von meinem Hals. Er starrte auf mich herunter, heftig atmend. Geschwind wich ich aus seiner Reichweite. Er murmelte: »Vergib mir, Zauberin. Ich vergaß, wer du bist.«

Ich schaffte es zu nicken. Auch ich hatte vergessen, wer er war.

»Ich hörte das Wort ›ausrauben‹«, fuhr er fort. »Vielleicht hast du bloß einen Scherz gemacht?«

Ich richtete mich auf, legte meinen Kopf zurück und schaute ihm in die Augen. Noch rang ich nach Atem, doch dann räusperte ich mich und krächzte: »Da du höflich fragst, will ich deine Frage beantworten. Du hast den Reichtum von Klöstern benutzt, um für die Schlacht von Badon zu bezahlen. Deshalb wird ein Mönch, den ich kenne und der Geschichtsschreiber ist, dich in seinem Werk unerwähnt lassen.«

Arthur atmete heftig. »Ich verstehe«, keuchte er. »Wäre es ihm lieber gewesen, ich hätte ihn den Sachsen in die Hände fallen lassen? Das war die einzige Wahl.«

Ich sagte nichts. Er kam auf mich zu, ich wich zurück. Er fragte: »Ich nehme an, du wirst den Namen dieses Narren von einem Mönch nicht preisgeben?«

»Das nimmst du richtig an.«

Wieder tat er einen Schritt auf mich zu, wieder wich ich zurück. »Niviene«, flüsterte er und blieb stehen. Er räusperte sich und sagte mit klarer Stimme: »Niviene. Ich wollte dich nicht grob anfassen.«

»Das glaube ich dir.« Ich glaubte es ihm wirklich.

»Aber anfassen wollte ich dich schon. Ich will dich schon seit ... Jahren anfassen. Willst du es auch, Niviene?«

»Nein.«

»Hat dir unsere erste Begegnung gefallen?«

»Ja ... sehr.«

»Dann ...« Wieder kam er langsam auf mich zu. Wieder wich ich vor ihm zurück.

»Bei unserer zweiten Begegnung habe ich dir gesagt, daß ich der Magie ergeben bin.«

»Das habe ich respektiert.«

»Ja, das hast du.«

»Keine christliche Nonne hat mehr Respekt von mir empfangen.«

Verblüffenderweise antwortete ich ihm sogar noch, während ich vor ihm zurückwich. Wie konnte ich nur? Dieser Mann hatte mich soeben gewürgt!

»Niviene, meine Hirschkuh…«

»Nein…«

»Geh mit mir. Nach zwanzig Jahren… geh mit mir!«

Ich zögerte, und sein Arm legte sich schwer und warm um mich. Ich ließ zu, daß er mich vom Wall und die Außenböschung hinunter auf die große Sommerwiese führte. Ich ließ zu, daß er mich hinunter auf die Brust der Erde drückte, im Mondschatten unter Gras und Blumen.

Dort verlor ich meine Macht.

Gierig saugte die Herrin meine Macht auf, die ich ihr gestohlen hatte.

Noch während die Wonne (fast vergessen außer in Träumen) mich überwältigte, fühlte ich, wie meine Kraft in der Erde versickerte, wohin sie gehörte, wie Wasser in durstiges Land.

Eine Weile konnte ich überhaupt nicht denken. Der erste Gedanke, der schließlich durch meine köstliche Verwirrung drang, war: *Wenn ich machtlos bin, wie soll ich dann Mordred aufhalten? Jetzt muß der gute Merlin allein gegen ihn kämpfen.*

9

Erntefest

Der Morgen des Erntefests – heiter, warm.

Den Korb auf dem Arm, schritt ich keck um die Halle der Königin herum und trat in Gwens Garten. Frauen mit Körben wanderten dort umher, sammelten Kräuter und schwatzten miteinander. Eine zupfte im Schatten auf einer Laute. Als ich in den Garten kam, verstummte die Laute. Und gleichermaßen verstummten die Frauen.

Ich blieb stehen und hielt nach Gwen Ausschau. Die Sonne schien auf grüne und blaue Gewänder und mit Bändern umwundene Zöpfe. Große runde Augen und offenstehende Münder gafften mich an. In meinem weißen Kleid muß ich in der gleißenden Sonne wie eine römische Marmorstatue geleuchtet haben.

Ich spürte meinen Machtverlust. So mußte Gwen sich damals im Elfenwald gefühlt haben, verirrt in einem Land, dessen Sprache sie nicht verstand, mit umnebeltem Geist.

Seit ich mit Artus auf der Wiese gelegen hatte, waren die Auren trüb und blaß geworden. Ich hatte gelernt, Auren selbst bei gleißendem Sonnenlicht zu sehen, doch jetzt konnte ich kaum noch den grauen Dunst von lebenden Körpern ausmachen, der diese Frauen umwaberte. Pflanzen zeigten mir überhaupt keine Aura mehr. Alles, was ich sah, war matt und glanzlos, wie auf eine Wand aus Luft gemalt. Auch wahrspähen konnte ich nicht mehr, weder im Wasser noch im Feuer. Ich war nicht etwa in Gwens Garten gekommen, weil ich sie in unserem Kaminfeuer hier erspäht hatte, sondern weil ich zufällig eine Unterhaltung auf der Straße mit angehört hatte. Auch vermochte ich nicht länger nach Belieben in jemandes Geist einzudringen. Jemandes Gedanken zu lesen erforderte jetzt Konzentration, gebündelte Kraft. Auch das Vermögen, verborgene Gefühle oder Absichten zu riechen, war mir abhanden gekommen. Nur tiefe Gefühle – wilde Begierde, lodernde Wut – erreichten noch meine Nase.

Seit meiner Kindheit hatte ich mich nicht mehr so verwundbar gefühlt! Ich wandelte umher in einem Nebel der Unwissenheit, jeden Schritt erratend, wie es die Menschen tun mußten. Sie lebten ihr ganzes Leben lang so, von der Geburt bis zum Tode! Meine Hochachtung vor ihnen war entschieden gestiegen. Ich hatte sogar ein gewisses Mitgefühl entwickelt.

Da entdeckte ich Gwen. Sie kniete in einem Lavendelbeet, das Messer in der Hand, uns allen den Rücken zukehrend, in seliger Abgeschiedenheit. Ich glitt an ihre Seite, kniete mich hin und stellte meinen Korb zwischen uns. Manchmal fragte ich mich, ob es die Liebe war, die Gwen jung hielt, oder ob sie einen Zaubertrank besaß. Ihr bronzefarbenes Haar war mit einem seidenen Band aus dem Gesicht gerafft. Das blasse, mit Sommersprossen übersäte Gesicht und die grauen Augen waren offen und sanft wie die eines Kindes. Aufgeschreckt durch mein plötzliches Auftauchen, schaute sie zu mir herüber. Und so warm lächelte dieser letzte Tag des Sommers, daß Gwen zurücklächelte, ihre Angst vor mir beinahe vergessend. Doch brauchte ich keine besondere Gabe, um ihre Gedanken zu erraten: *Die schon wieder! Diese kleine, gefährliche Person!* Sie konnte sich nicht vorstellen, wie weit entfernt ich mich davon fühlte, gefährlich zu sein. Mir war, als zöge ich nackt, ungeschützt und mit verbundenen Augen in die Schlacht.

Wir würden nicht lange allein bleiben. Frauenstimmen erhoben sich wieder hinter uns, und die Laute ertönte aufs neue. Ich beugte mich in den Lavendel, als wollte ich welchen schneiden, und flüsterte: »Hüte dich vor dem König.«

Ruhig schnitt Gwen den Lavendel. Leise sang sie:

»König Markus fand schlummernd Tristam und seine Dame wert,
Und zwischen beiden als Wächter des Rittersmanns Schwert.«

Ich erwiderte:

»Er liebte sie beid' und entfernte sich sacht,
Ließ sie ungestört ruhen die ganze Nacht.«

Und ich fügte hinzu: »Aber kein Schwert hält Wacht zwischen dir und Lugh.«

Gwen schaute mich fragend an.

»Zwischen dir und Lancelot. Mylady, die Angeln geben euch beiden die Schuld an ihren schlechten Ernten.«

»Heidnische Narretei!« Gwen warf ihr glänzendes Haar zurück.

»Und nun kommt die Geisel Mordred und raunt Artus' Rittern Dinge über euch zu! Gwen, Mordreds hinterhältiges Gerede könnte die Tafelrunde spalten! Auf der einen Seite sind Lughs Freunde, auf der anderen seine Feinde. Und Artus' Friede ist vergessen. Aber du und Lugh – Lancelot –, ihr könntet euch jetzt noch opfern und die Tafelrunde heilen.«

Gwens sommersprossenübersäte Hände hatten zwischen den Lavendelzweigen innegehalten. »Wie hast du mich gerade genannt?«

Bei allen Göttern, sie hatte nichts von dem gehört, was ich gesagt hatte! Ihr eichelgroßes Hirn war zu sehr erfüllt von ihrer eigenen Großartigkeit. »Verzeih mir, ich wollte dich nicht...«

»Viviene. Wie hast du mich genannt?«

Ich biß mir auf die Zunge. Als der Schmerz nachließ, zuckte ich mit den Achseln und gab zu: »Ich habe dich Gwen genannt, wie wir dich einst alle nannten.«

»Wer? Wo? Wann?« Neugierig beugte sie sich zu mir herüber.

Ich hatte einen schweren Lapsus begangen. Es gab kein Zurück, aber vielleicht eine Verteidigung. »Als wir alle noch jung waren, im Elfenwald, wohin Mellias dich entführte. Du erinnerst dich.« Ich hockte mich auf die Fersen und grinste sie mit offenem Mund an, meine gefeilten Eckzähne zur Schau stellend.

Vielleicht würde Gwen jetzt schreien und kreischen und mich aus dem Garten jagen lassen wie ein Wiesel, das sie gebissen hatte. Und wie ein Wiesel würde ich zum nächsten Wald flitzen müssen. Oder sie würde versuchen – unklugerweise –, mich mit ihrem Lavendelerntemesser zu erstechen. Oder sie würde das Kreuzzeichen zwischen uns machen und nach einem Priester rufen.

Gwen sackte in sich zusammen. Ich vermutete, daß sie in ihrem Gedächtnis herumtappte, nach Traumfäden haschend.

»Gottes Blut!« stieß sie atemlos hervor. »Ich wußte, daß ich dich schon einmal gesehen hatte... Du hattest dich hinter einem Busch versteckt und mich zu Tode erschreckt.«

»Es war umgekehrt; du hast mir einen Schreck eingejagt! Ich hielt dich für die Göttin.«

»Mellias brachte mich dorthin... Er ist Lancelots Stallknecht Mell, nicht wahr?«

»Richtig. Siehst du, jetzt erinnerst du dich.«

»Und Merlin spielte seine Harfe für uns. Dann liebte ich Lancelot – dann und seither immer.«

Ich drehte mich um, um die Frauen anzuknurren, die sich uns näherten. Sie wichen zurück, als Gwen stammelte: »Gottes Blut! Gottes Gebeine! Gottes heilige Mutter! Ich hätte mir nie träumen lassen, daß ihr alle Elfen seid!« Sie bekreuzigte sich.

Ich sagte mit fester, ernster Stimme in ihre Verwirrung

hinein: »Mylady. Merlin und ich haben bis jetzt Mordreds Macht und Einfluß in Schach gehalten und die Reaktionen der Ritter in Grenzen gehalten. Aber nun ...« Nun was? Jetzt habe ich deinem Gemahl beigewohnt; steht Merlin deshalb jetzt allein? »... Nun bin ich machtlos. Aber du und Lancelot, gemeinsam könntet ihr die Tafelrunde wieder einen und Artus' Frieden retten.«

Gwen schaute mich an. Sie war so blaß, daß ihre Sommersprossen hervorstachen wie blaue Flecke. »Viviene, wir alle wissen, daß du eine Jungfrau bist. Du weißt nicht, was du da verlangst.« Und als sie an das dachte, was ich verlangte, verströmte sie den Duft von Rosen und Geißblatt.

Ich warnte sie. »Artus wird dich für seine Krone opfern.«

Sie schlug die Augen nieder und nickte.

Dies war ihre Entscheidung. Die Elfen drängen niemals anderen ihren Willen auf.

Ich erhob mich und klopfte Erde von meinem Kleid. »Mylady«, sagte ich. »Ich heiße Niviene. Nicht Viviene.«

Sie nickte. »Und ich heiße Eure Majestät.«

»Ich werde es mir merken.« Dann machte ich auf dem Absatz kehrt und ließ sie und meinen leeren Korb im Lavendel stehen.

Von Gwens Garten aus machte ich mich sogleich auf die Suche nach Lugh.

Lugh kümmerte sich wenig um uns Magier in der Weidenhütte unter dem Burgwall. Nach unserem ersten freudigen Wiedersehen fünfzehn Jahre zuvor hatte er mich ignoriert, so gut er konnte; er wünschte des Hofes wegen nicht mit uns in Verbindung gebracht zu werden. Aber er schickte uns Botschaften durch Mellias, der manchmal bei uns wohnte und manchmal im Stall.

Dorthin begab ich mich jetzt. Sogleich wurde ich überwältigt von dem süßen, aromatischen Duft von frisch gemähtem Heu. (Er erweckte in mir lebhafte Kindheitserinnerungen: wie ich mich mit Elana und Lugh in Dorfscheunen stahl; an Nächte im Heu und Fluchten im Morgengrauen; wie wir gestohlene Schätze im Heu versteckten und dann oft nicht mehr wußten, wo. Die Bauern müssen sich später vor Verwunderung die Augen gerieben haben, wenn sie zum Vorschein kamen, sobald der Vorrat an Winterheu zusammenschrumpfte. »Ah! Da ist ja meine Breitaxt! Bei Gottes Zehen, wie ist die nur hier hingekommen?«)

Am letzten Tag des Sommers waren weder Pferde noch Esel noch Ponys in der Scheune. Sie weideten auf den Wiesen hinter dem Burgwall. Katzen schlichen herum oder schliefen, Mäuse raschelten und Grillen zirpten im Heu. Mellias' Flöte sang ebenfalls, hinten in der Ecke hinter den Heuhaufen. Er spielte *Gelbe Blätter*.

Ich folgte der Musik. Die Flöte verstummte, und ich rief leise: »Lugh?«

Ich fand Lugh und Mellias im Schneidersitz auf dem Stroh hockend, ein grobes Schachbrett und einen Schlauch Bier zwischen sich. Lugh muß der einzige Ritter in Artus' Tafelrunde oder an irgendeinem anderen Hof gewesen sein, der seine Zeit beim Schachspiel mit seinem zottigen Stallknecht oder Knappen vertrödelte. Wenn sie so dicht zusammenhockten, gaben sie das Bild eines wahrhaft bemerkenswerten Paares ab: der hünenhafte Ritter, sauber und adrett gekleidet und ordentlich gekämmt, um der Dame seines Herzens zu gefallen; und der kleine, schlampige Pferdeknecht, in dessen Lächeln so gar nichts von unterwürfiger Liebedienerei zu sehen war. Wie sein geheimnisvoller Hintergrund, wie seine gelegentlichen Anfälle von Raserei, die jegliche Vernunft in ihm hinwegfegten, wurde diese ungleiche Freundschaft gemeinhin als ein weiteres Indiz für Sir Lancelots Überspanntheit hingenommen und akzeptiert. Wer wollte schon einen Sir Lancelot kritisieren und womöglich seinen Zorn auf sich laden?

Otter Mellias' Gesicht leuchtete auf, als er mich sah. Er lächelte mich an. Lugh hingegen zog einen Flunsch.

»Lugh, ich muß mit dir reden«, kam ich gleich zur Sache und setzte mich unaufgefordert ins Stroh. Es piekste durch mein hauchdünnes Kleid, und ich war sofort voller Grassamen.

Mellias stellte das Schachbrett beiseite und machte Anstalten, sich zu erheben. Lugh hielt ihn mit einer Geste zurück. Mich knurrte er an: »Mach es kurz.« Er wollte nicht mit Magiern in Verbindung gebracht werden.

Wir unterhielten uns im Flüsterton, denn Lugh hatte fast alle Zeichen der Fingersprache vergessen.

»Bruder«, begann ich, »die Ernte ist schlecht diesen Herbst.«

Lugh zuckte mit den Schultern.

»Die Bauern geben dir die Schuld. Dir und Gwen.«

»Pferdemist!«

»Wenn die Knappheit hier in der Burg spürbar wird,

werden deine Ritterbrüder ebenfalls dir die Schuld zuweisen. Dafür wird die Geisel Mordred schon sorgen.«

Lugh spie aus. »Es war deine Idee, ihn hierher zu uns zu bringen. Ich hätte ihm den Kopf abgeschlagen. Jetzt schleicht er herum und erinnert die Leute an das, was sie längst vergessen haben. Ich weiß, was die falsche Natter will. Weißt du es auch, Zauberin?«

Mellias signalisierte mir: *Erzürne ihn nicht!* Ich schrieb zurück: *Dies muß gesagt werden.* Aber ich wich vor Lugh zurück. Seine Riesenhände ballten sich zu Fäusten. Ich flüsterte: »Mordred will Caliburn und die Krone, Lugh. Was sonst?«

»Die Krone, bei Gottes Eiern! Mordred will meine Rose!«

»Deine Rose?«

Mellias signalisierte: *Die Königin.*

»Das wußtest du nicht, schlaue Zauberin?«

Zögernd räumte ich ein: »Ich habe nicht in diese Richtung geschaut.« Aber als ich jetzt in sie schaute, fielen mir Mordreds dunkle, verstohlene Seitenblicke ein, und wie seine Zähne zwischen den weichen, sinnlichen Lippen glänzten oder wie Gwenevere einen weiten Bogen um ihn zu machen pflegte, wenn sie ihm begegnete, um ihn nur ja nicht zu streifen.

»Wenn er sie nicht kriegen kann, wird er sie vernichten«, murmelte Lugh. Seine Fäuste öffneten sich wieder und suchten nach einem Hals zum Umdrehen. Ich wich noch ein Stückchen weiter zurück.

Mellias schrieb mir: *Er steht am Rande eines Wutanfalls. Dränge ihn nicht.*

Aber ich mußte ihn drängen. Ich flüsterte: »Lugh. Diese Sache. Diese Regel, nach der du lebst. Ritterlichkeit.«

Lugh zuckte zusammen, als hätte ich ihn mit einem Messer gepiekst.

»Du erinnerst dich doch ... Schon als kleiner Junge liebtest du das Rittertum. Du hieltest es für die höchste, edelste Lebensweise ... Nun, wenn ich das Ganze richtig verstehe, bedeutet Ritterlichkeit, daß du Artus mehr liebst als dein Leben.«

Lugh stöhnte. Schweiß trat auf seine Stirn, Speichel benetzte seinen Bart. Lugh hockte da und wippte und stöhnte und seufzte. Schließlich stieß er fast tonlos hervor: »Artus kann auf sich selbst aufpassen. Wisse das.« Wieder ein tiefer Seufzer. »Ich liebe Artus in der Tat mehr als mein Leben. Aber ich liebe meine Rose mehr als Artus. Und ... ich weiß nicht, was ich tun soll! Ich weiß es nicht, ich weiß es nicht ...«

Ich beugte mich zu ihm und starrte in seine schmerzerfüllten Augen. Wie ein ungeborenes, im Mutterleib schlummerndes Kind, das erwacht und sich streckt, erwachte meine schlummernde Kraft plötzlich in mir. Ich fühlte, wie sie sich regte, sich streckte und meinen Rükken hinauflief, zwischen meinen Schultern hindurch, über meinen Nacken und durch meine Schädeldecke. Und dann war ich in Lughs Geist.

Gwenevere saß an ihrem Webstuhl, die Knie gespreizt; ihre sommerbesproßten Hände ruhten müßig in ihrem bestickten Schoß. Ein ganzer Garten aus gestickten Blättern und Blumen zierte ihr Übergewand. Ich, Lancelot, schwebte in ihren Schoß, und die Blätter und Blumen erwachten zum Leben und zu betörendem Duft. Ich roch Geißblatt und Rosen. Eine Lerche sang. Aus einer Harfe murmelte betörende Musik.

Ich stand in der Sonne, Gwens Arme fest um meine Hüften geschlungen, ihre warme Wange weich an meinem Hals. Ich spürte ihr zartes Herzklopfen durch Übergewand, Tunika und Brust. Während ich sie fest an mich drückte, drückte ich die Sommerwelt fest an mich, die frische Erde und all ihre Früchte, die würzigen Kräuter und wohlriechenden Blumen. Glück durchflutete meine Welt wie Sonnenlicht.

Doch jetzt hörte ich über den Klang der Harfe hinweg Hufe auf Stein trommeln. Sättel knirschten, ein Horn erschallte. Ritter sprengten an der Gartenmauer vorbei, rotweiße Drachenbanner wehten. An ihrer Spitze ritt Artus.

Ich blickte auf.

Artus drehte sich im Sattel um und sah mich an – mich, Lancelot –, und ich fühlte seinen Blick wie einen Schwertstoß. Ein kummervoller Schrei entrang sich meiner Brust.

Dort ritt mein Leben vorüber. Der menschliche Ruhm, den ich gesucht hatte, die Ritterlichkeit selbst, ritt dort vorüber. Mein König schaute mich an und ritt weiter. Wie gern hätte ich alles, was ich besaß, dafür hingegeben, um mit ihm zu reiten! Ich hätte alles auf der Welt geopfert... bis auf meine Rose.

Die Ritter stoben vorbei. Hufschlag und Sattelknirschen verhallten in der Ferne. Lerchengesang und Harfenklang kehrten zurück. Doch nun kam ein einzelner Nachzügler, in schwarzer Rüstung, auf einem hageren schwarzen Kriegsroß. Eine Rabenfeder wippte an seinem schwarzen Helm. Unter dem Arm trug er einen goldenen Gral. Als er auf der Höhe von Gwen und mir angelangt war, zügelte er sein Roß und hob mir den Gral entgegen, als stellte er eine Frage.

Ich drückte Gwen noch fester an mich.

Der schwarze Ritter stieß die Fersen in die Flanken seines dünnen Rosses und ritt weiter. Die Hufe des Pferdes riefen kein Echo hervor.

Ich, Niviene, hatte Lughs Verzweiflung gefühlt. Dies war menschliche Verzweiflung, über menschliche Dinge, die meines Bruders Geist nie hätten beschweren sollen. Ich durchforschte nun diesen Geist nach einem Zipfel Elfenwald, nach irgendeiner verlorenen Erinnerung, irgendeinem vergessenen Gesicht, die ich ergreifen und wie ein Schwert schwingen konnte, um Lugh in sein wahres Selbst zurückzuholen.

Doch ich fand keinen Elfenwald. Keinen Wald, keine Herrin, keine Elana, keine Schwester. Seiner eigenen Sicht nach war Lugh wirklich Lancelot, durch und durch Mensch, ein echter Ritter, der durch echte Ritterlichkeit an einen echten König gebunden war.

Lugh nahm Artus anders wahr als ich. Wo ich einen Hünen mit einer dreifachen Aura sah, mit starken Fäusten, hehrer Gesinnung und großer Anziehungskraft, da sah Lugh seinen König, dem er die Treue geschworen hatte, den Mittelpunkt seines Lebens.

Es faszinierte mich, Gwen mit Lughs Augen zu sehen.

Hier erschien sie mir noch weit lieblicher, noch weit schöner, als ich selbst sie empfunden hatte; für mich war Gwen eine schöne Menschenfrau wie manch andere: mit kleinem Geist, kleiner Seele, in Selbstsucht gehüllt wie in einen Mantel. Für Lugh war sie die Göttin selbst, Spenderin von Leben und Glück, Puls und Nabel der Welt.

Die Welt aus Lughs Perspektive betrachtet, erschien mir so, wie ich mir vorstelle, daß sie den meisten Menschen erscheint. Den meisten Menschen...

Kann man einen Schwan vom Schwimmen abhalten?

Ein Menschenkind zu stehlen ist fast so leicht, wie einen Laib Brot zu stehlen.

War mein Bruder Lugh ein Wechselbalg?

Und argwöhnte ich dies nicht schon seit Jahren? Traurig und schockiert zog ich mich aus seinem Geist zurück und fand mich wieder in meinem eigenen Körper, in pieksendem Stroh sitzend.

Ich hatte nur einen Atemzug in Lughs Geist verweilt, aber er hatte mein Eindringen und meinen Rückzug gespürt. Er blinzelte und fuhr sich mit der Hand über das Gesicht.

Ich sah an Mellias' halb zusammengekniffenen Augen, daß er wußte, was ich getan hatte.

So, nun kannte ich also Lughs Gedanken. Was blieb mir da noch zu sagen? »Gib acht auf Mordred.«

»Keine Bange!«

»Und auf Aefa.«

»Aefa? Deinen Schatten?«

»Sie schläft mit Mordred.«

»Wie jede Sklavin in der Burg.«

Um Artus' Frieden willen machte ich einen letzten müden Versuch. »Lugh. Ich habe schlimme Vorzeichen gesehen.«

Ich berichtete von Träumen und Raben, Eulen, Falken und Stürmen, einige davon echte Vorzeichen, die Merlin bemerkt hatte, die meisten frei an Ort und Stelle erfunden. Lughs großes Gesicht verdüsterte sich und erblaßte und verdüsterte sich wieder, während ich mein Garn spann; der Otter rollte sich ganz eng zusammen und wippte hin und her, entweder bekümmert oder um mich zu verspotten – welches von beiden, scherte mich nicht.

Ich schloß: »Artus' Verderben steht vor seiner Tür, Lugh. Lancelot. Sei nicht du derjenige, der diese Tür öffnet.«

Mit diesen Worten erhob ich mich, schüttelte die Grassamen aus meinem Gewand und ließ die beiden in dem halbdunklen Stall zurück. Ich trat wieder in den Sonnenschein.

10

Mordreds Nacht

Unter dem Blätterdach der Ratseiche stehe ich im Dämmerlicht. Jenseits ihres Schattens sickert immer noch die Herbstsonne durch die Apfelbäume Avalons. Ich stehe vor der schwarz klaffenden Höhle, die einst ein Blitz aus dem hölzernen Leib der Ratseiche riß, und schaue hinaus in das goldene Licht und lausche Mellias' Flötenspiel irgendwo in der Ferne. Ich erkenne die Weise wieder, ein trauriges kleines Lied, das Gelbe Blätter heißt. Ich bin zu Hause.

Draußen in dem goldenen Licht suchen fünf weiße Rehe nach Fallobst. Eines nach dem anderen heben sie den Kopf – vier glatt, einer mit einem Geweih bewehrt – und schauen mich an und zucken gleichgültig mit den Ohren. Ich bin unsichtbar. Ich bin geruchlos.

Ein Luftzug fährt durch die Blätter der Ratseiche über meinem Kopf. »Herbst«, glaube ich sie raunen zu hören. Ich horche angestrengt, aber die Blätter sprechen erst wieder, als sie von der nächsten Brise angerührt werden.

»Ruhe«, sagen sie, beinahe deutlich vernehmbar. »Ruhe, Herbst ...«

Bald werden die Blätter der Ratseiche fallen. Der Gott wird sterben, um die Scheuern der Menschen zu füllen …

»Fallt«, seufzen die Blätter. »Ihr fallt … wir fallen …«

Eine Gestalt wankt aus dem Schatten. Goldenes Licht blitzt grün auf zerlumptem Gewand, silbern auf langem, wirr hängendem Haar.

Die Herrin taumelt zwischen die weißen Rehe. Keine Ohren zukken, kein Kopf fährt hoch. Die Herrin ist unsichtbar und geruchlos, wie ich. Ihr einst braunes Gesicht ist weiß geworden; unter ihren Lumpen ist sie spindeldürr.

Ich empfinde Mitleid mit ihr. Ich gehe zu ihr, strecke ihr die Arme entgegen, um sie zu stützen.

Die Herrin wankt in meine Arme, durch meine Brust und den Rücken hindurch, auf die Ratseiche zu. Ich wirble herum. »Nimway!« wispere ich. »Mutter!«

Sie humpelt und schwankt aus dem Sonnenlicht in den Schatten der Ratseiche.

»Mama!«

Mit ihrer Knochenhand rafft sie ihr zerfetztes Gewand.

»Fallt …«, murmeln die Blätter.

Sie beugt ihren weißen Kopf und klettert in die schwarze Höhle im Stamm der Ratseiche, in den Stamm hinein.

In der Ferne trällert Mellias' Flöte Gelbe Blätter.

Vor meinen entsetzten Augen beginnt sich die schwarze Wunde selbst zu heilen. Sie schließt sich langsam. Rinde kriecht über die Öffnung.

Ich renne zur Ratseiche, trommle mit den Fäusten gegen die frische Rinde. Ich reiße mit den Fingernägeln daran. Die Höhle ist verschlossen.

Da fahre ich zusammen, am ganzen Leibe zitternd. Ich bin wach.

Immer noch gefangen in meiner Traum-Angst, lag ich da wie erstarrt. Mellias' Kristall brannte an meinem Hals. Ich schlug die Augen auf und sah Merlin wie einen Schatten über unserem kleinen Feuer kauern. Seine langen weißen Finger spannen Zauber, die an der Wand unserer Hütte empor flackerten. Mellias lag schlafend auf seiner Pritsche. Aefa, die abwesend war, hatte ihre Decke nicht angerührt.

Irgend etwas stimmte nicht. Ich fühlte mich, als wäre ich im Wald aufgewacht, und spürte, wie sich leise Tatzen an mich heranpirschten.

Es war, als hätte eine Eule einen Namen gerufen.

Hinter der Wand unserer Hütte herrschte Grabesstille. Artus und viele seiner Ritter waren fort. Aber ein Wachtposten hätte auf der Straße patrouillieren müssen. Ein Säugling hätte in einer nahen Hütte schreien können. Irgendwo draußen hätten streunende Katzen jaulen können.

Merlin sah meine offenen Augen und winkte mich zu sich.

Ich stand mühsam auf, schlug ein Tuch um meine Schultern und setzte mich mit übereinandergeschlagenen Beinen ans Feuer, obwohl ich nicht wahrspähen konnte für Merlin. Ich fragte mich, ob er das ahnte.

Merlin fragte mit den Fingern: *Aefa?*

Ich antwortete: *Mordred.*

Merlin verzog das Gesicht. *Traue Aefa nicht.*

Nicht im Augenblick.

Aefa ist mannstoll, Mordred ist hübsch.

Ich weiß.

Wir wissen, was Mordred will.

Ich dachte an meine Reise in seinen dunklen Geist und nickte. Merlin schrieb: *Er wird nicht ewig warten.*

Artus wird ihm Caliburn nicht geben!

Nein? Vergiß nicht, Mordred ist sein Neffe. Beinahe sein Freund. Mordred hieß Artus die Burg heute nacht verlassen. Artus ist fortgeritten. Merlin beugte sich zu mir herüber. *Niviene, Artus' Friede nähert sich seinem Ende.*

Ja.

Merlin hatte dies im Vogelflug, in Luftströmungen, in den Sternen, in Feuer und Wasser gelesen. Ich wußte es, wie jeder Mensch es wissen könnte – durch Schauen, Lauschen, Schnuppern.

Merlin schrieb: *Mordred schlängelt und windet sich wie eine Schlange. Schürt hier, stochert da, stichelt dort. Zischt von Gwenevere.*

Ich warnte sie, machte ihr klar, daß sie mit dem Feuer spielt.

Wird Artus sie opfern?

Ja, das wird er.

Du kennst Artus.

Ich starrte in die flackernde Glut. Merlin sog scharf die Luft ein und sagte: »Ha!«

Der stechende Schmerz in meinem Kopf war Merlin, der sich zurückzog. Während ich ins Feuer starrte, war er in meinen Geist eingedrungen. Er starrte mich an, bleich vor Entsetzen. *Artus' Friede ist dem Untergang geweiht, weil du deine magische Kraft verloren hast,* schrieb er.

Ich senkte den Kopf.

Merlin hielt mir die Hände unter die Nase. *Du liebst Artus.*

Ich wandte mich ab, gekränkt. *Ich kann nicht lieben.*

Wie oft hast du ihm beigelegen?

Einmal. Zweimal.

Merlin versicherte mir: *Deine Kraft wird wiederkehren. Keiner ist immer mächtig.*

Nicht einmal du?

Er schnaubte leise. *Du kennst Artus jetzt. Wird er sein Weib opfern, seine Freunde?*

Unbedingt.

Kein Zweifel?

Nicht den leisesten.

Als ich dich hierherbrachte. Am ersten Tag. Artus kannte dich.

Ja.

Ihr wart euch schon einmal begegnet.

Ja.

Erzähl.

Ich übertrug eines von Merlins eigenen Liedern in die Fingersprache. Einsamer Jäger ... verwunschener Wald ... weiße Hirschkuh ... Jungfer. Und ich fügte hinzu: Mondblüte.

Merlin lehnte sich zurück, um all das zu verdauen, das Gesicht im Schatten. *Bei den Göttern!* schrieb er schließlich. *Gut, daß du ihn hast leben lassen!* Er dachte weiter nach. Ich sah, wie er unweigerlich die Verbindung herstellte. *Dein Kind!*

Ich nickte.

Heilige Göttin! Mutter Erde! Wenn ich das gewußt hätte ...

Merlin beugte sich vor ins Licht. Ich sah den Kummer in seinem Gesicht und teilte ihn.

Ich wußte, was er jetzt dachte, da mir das gleiche durch den Kopf ging. Mein kleiner Bran hätte Artus' Erbe sein können. Merlin hätte ihn heimlich in irgendein Kloster

– vielleicht zu Gildas – bringen und ihn erziehen und unterrichten lassen können. Merlin hätte Bran aus dem Hut zaubern können, wie er einst Artus aus dem Hut gezaubert hatte. Merlin hätte der Druide von drei hohen Königen werden können – Uther, Artus und Bran!

Ich schauderte. Mein kleiner Bran hätte als Mensch aufwachsen können. Er hätte in die Schlacht ziehen und neunhundert Männer töten können. Er hätte zu Gericht sitzen und Mitmenschen zum Tode durch Ersäufen oder Erhängen verurteilen können. Er hätte heute am Leben sein können.

Oder auch nicht. Die Menschenwelt birgt ihre Risiken und Gefahren, und es gibt so etwas wie das Schicksal. Aber ich war heilfroh, daß ich nicht geahnt hatte, wer sich hinter Brans Vater verborgen hatte.

Die Geräusche von Mellias' Erwachen schreckten die Stille dieser unheimlichen Nacht auf. Er wälzte sich von seiner Pritsche, rieb sich die Augen, erhob sich geschmeidig, streifte seine Tunika über und setzte sich zu uns ans Feuer. »Unsere Aefa ist immer noch fort«, sagte er leise.

»Du weißt, daß sie im Augenblick nicht ›unsere‹ Aefa ist«, erwiderte ich.

Zu meinem Entsetzen wurden seine Augen feucht. Er murmelte: »Diese Nacht ist schlimm.«

»Du spürst das, Mellias?«

»Sogar ein Mensch würde das spüren.«

Merlin flüsterte erregt: »Niviene! Schau ins Feuer!«

»Ich kann nicht wahrspähen, Merlin.«

»Dann tu so, als könntest du's! Schau hinein, Mädchen, schau hinein!«

Draußen zerriß Lärm den erstickenden Vorhang der Stille. Etwas stampfte dumpf an unserer Tür vorbei – Pferdehufe, mit Lappen umwickelt.

»Spähe, Niviene, spähe!« flüsterte Merlin.

»Hört denn keiner von euch Magiern Pferde?« murmelte Mellias.

Über das Feuer gebeugt, schrie Merlin: »Schau hierher!«

Als ich mich über das Feuer beugte, fühlte ich Merlins Hand am unteren Ende meines Rückgrats. Von der Stelle aus, wo seine Finger mich berührten, strömte ungeahnte Kraft in mein Rückgrat; und just in dem Moment, da ich ein stilles Dankesgebet hauchte, sahen meine Augen in aller Schärfe die Szene im Feuer.

Nackt und engumschlungen lagen Lugh und Gwen quer in einem riesigen Bett inmitten zerwühlter Leinenlaken und bestickter Kissen. Eine kleine Öllampe brannte auf einem Tisch. Eine rote Decke war vom Bett auf den Boden gerutscht. Nach vollendetem Liebesakt liebkosten Lugh und Gwen sich zärtlich und unterhielten sich leise miteinander. Lugh breitete ihr Haar im Lampenschein aus und wand es um seinen Arm. Eine ihrer bleichen Hände streichelte seine Brust. Ihre vereinte Aura, die zuvor den ganzen Raum mit einem flammenden Rot ausgefüllt hatte, schrumpfte und verblaßte jetzt zu einem sanften Orange.

An der Stelle, wo einst mein Herz geschlagen hatte, spürte ich einen stechenden Schmerz. Warum mußte ich eine ›Jungfer‹-Zauberin sein? In jenem Augenblick dachte ich, daß ich mit Freuden eine menschliche Königin wäre, wenn ich so in meinem Körper leben und mein Herz hegen könnte!

Lugh fuhr plötzlich auf und stützte sich auf den Ellenbogen. Gwen zog ihn wieder zu sich herab, aber er richtete sich erneut auf, reckte den Kopf in die Höhe und lauschte.

Gwen straffte sich, hob den Kopf und hörte, was er auch hörte. Sie wälzte sich herum und langte nach der Decke auf dem Boden.

Lugh sprang aus dem Bett und blickte mit irrem Blick um sich. Die Tür – die schwere, mit einem eisernen Riegel gesicherte Eichentür – erzitterte unter wuchtigen Schlägen von draußen. Lugh rannte wie von Sinnen im Zimmer umher und spähte in alle Ecken, verzweifelt nach einem Schwert Ausschau haltend. Die Tür barst. Splitter flogen.

Lugh rannte hinter die Tür. Gwen, die jetzt neben dem Bett stand, raffte die rote Decke um ihren Körper.

Der eiserne Riegel hielt, aber die Eichentür zerbrach senkrecht in zwei Hälften. Nackt und mit leeren Händen stand Lugh hinter der halboffenen Tür.

Ein kleiner dunkler Mann stürmte mit erhobenem Schwert durch die zerborstene Tür und hielt inne, den Rücken Lugh zugewandt. Mordred. Als ich über seine Schulter spähte, erblickte ich weitere Gesichter. Für die Frist eines Atemzuges stand Mordred still da, mit erhobenem Schwert, und hielt Ausschau nach Lugh.

Ich hatte unsere Geisel, Morgans Sohn, für eine giftige Schlange gehalten, die aus dem Hinterhalt zustoßen und dann rasch in Deckung gleiten würde. Sein Mut überraschte mich. Ich hätte ihn hinter den Männern in der Tür erwartet, sie aus dem Hintergrund anstachelnd, aber nicht vorneweg stürmend. Doch da stand er nun wie eine zum Angriff bereite Schlange, und sein Blick huschte durch das kleine, reichverzierte Gemach.

Lugh schlug zu. Zu einer riesigen Faust zusammengeballt, krachten seine beiden Hände mit ungeheurer Wucht auf Mordreds Nacken herab. Er sackte zu Boden. Lugh tauchte blitzschnell nach unten, riß das Schwert aus Mordreds tauber Hand und warf sich den Angreifern entgegen.

Die in vorderster Front wichen zurück. Kein Mensch würde freiwillig gegen Lancelot kämpfen, wenn dieser bewaffnet war. Er stieß dem vordersten Ritter die Klinge durch die Leiste und stürzte sich auf den nächsten. Verwirrt stemmten sich die Ritter gegen die von hinten Nachdrängenden, stießen sich in ihrer panischen Hast gegenseitig um und wollten die Flucht ergreifen.

Mordred kam torkelnd auf die Beine und zeigte auf Lugh. Sein Mund öffnete sich zu einem Schrei. Die Ritter brandeten nun wieder vorwärts wie eine Woge und griffen Lugh gemeinsam an.

Lugh wich quer durch das Zimmer zurück, stoßend, hauend, parierend, hier den einen Angreifer zu Boden streckend, dort den nächsten. Er versuchte eine verborgene Tür auf der Rückseite des Zimmers zu erreichen, die, so vermutete ich, in Gwens Kräutergarten führte.

Eine kleine, vermummte Gestalt schlich durch das Getümmel von der Halle zur Tür herein. Aefa.

Sie bückte sich, hob ein gefallenes Schwert auf und

drückte es Mordred in die Hand. Den Mund weit aufgerissen zu einem gellenden Triumphschrei, stürmte er hinter den Rittern her, die Lugh bedrängten.

Die ganze Zeit über hatte Gwen dagestanden wie eine Statue, in ihr wallendes Haar und die rote Decke gehüllt. Jetzt raffte sie die Decke, rannte zu der Kräutergartentür und schob den Riegel zurück. Aefa huschte von der Tür weg und drückte sich gegen eine Wand. Lugh stieß die Gartentür mit der Schulter auf und floh rückwärts nach draußen, geschickt einen Angriff parierend. Mit einem wütenden Wirbel singenden Stahls drängten sich die Ritter zwischen ihn und Gwen. Lugh verschwand in der Dunkelheit des Gartens. Mordred und zwei andere packten Gwen beim Haar, dem Arm und der Decke.

Die zerborstene Eingangstür erglühte rot. Artus stand in der offenen Hälfte, bewaffnet, Caliburn in der gepanzerten Faust. Seine Aura dehnte sich rot im Raum aus.

Unser Spähfeuer flackerte, loderte ein letztes Mal auf und erlosch.

Ein Lied von Merlin

In diesen Kessel schwarz und alt,
Umkränzt mit Bildern von roher Gewalt,
Von Hirsch und Stier, geschund'nen Kriegern,
Druiden, Göttern, trunk'nen Siegern,
Floß einst in Strömen Opferblut,
Starrten Seher in die rote Flut.
Da steht der Druide, den Dolch in der Hand.
Jetzt säumen sie alle den Kesselrand.
König Vortigern wartet im Schutz der Nacht,
Er hat seine Ritter mitgebracht.
Auch die Sachsenkönigin findet sich ein
In zuckendem, düsterem Feuerschein.
Eine einsame Trommel wie Herzschlag dröhnt
Und klagend der Harfen Spiel ertönt.
Die Häscher treten aus dem Schatten,
In dem sie verborgen sich hatten.
Sie führen herbei den gefang'nen Jungen,
Dessen Vater dem Feen- oder Höllenreich entsprungen.
Das Kind, das sie suchten, fingen und brachten,
Das Kind, das der Druide will schlachten,
Um sein Blut in den Mörtel der Feste zu gießen,
Das Blut, das in den Kessel soll fließen.
Merlin schaut dem König frei ins Gesicht,

Verliert sein freundliches Lächeln nicht.
Die Königin tritt vor Vortigern.
»Seht doch, das Kind strahlt wie ein Stern!«
Schützend neigt über den Knaben sie sich:
»Ich flehe dich an, mein Kleiner, sprich!
Weshalb stürzt die Feste des Königs ein?
Dein Blut kann dafür der Grund nicht sein.«
Jung-Merlin kommt aus einem fernen Land,
Und Vortigerns Burg ist ihm unbekannt.
Er weiß nicht, daß dreimal das Mauerwerk fiel
Wie durch Gotteshand oder Teufelsspiel.
Ruhig sagt er: »O Herr, ich sehe zwei Drachen,
Die Eure Feste unsicher machen.
Sie hausen in der Tiefe, einer rot, einer weiß,
Sie schlagen um sich und drehn sich im Kreis.
Und wenn sie sich bäumen und zornig schütteln,
Beginnen die Mauern der Burg zu rütteln ...«

11

Gwenevere

Die Ratseiche überragt all die uralten Apfelbäume Avalons. Ach, noch einmal in ihrem Schatten sich auszuruhen und noch einmal dem Raunen ihrer weisen Blätter zu lauschen!

Hier in Gildas' Kloster, Arimathea, waren die Apfelbäume jung, streng beschnitten und schwer von reicher, üppiger Frucht: schönen Mägdelein gleich, die mit roten und gelben Gemmen prangten – anders als die abgehärmten alten Weiber Avalons mit ihren schrumpeligen braunen Reichtümern.

Ich hockte mit Gildas in scheckigem Schatten und sortierte Äpfel. Leitern lehnten allenthalben im Obstgarten, Körbe warteten, junge Mönche und Dorfjungen kletterten empor und pflückten. (Ich wurde natürlich für einen von letzteren gehalten.) Ältere Klosterbrüder schoben Karren von Korb zu Korb und hinaus zu den Apfelschuppen. Männer riefen und schrien und sangen hier und da;

Karren quietschten und rumpelten. Gildas und ich sprachen leise miteinander, fast im Flüsterton, dicht nebeneinander über unserem Apfelhaufen kauernd.

»Wein«, murmelte Gildas und warf den Apfel in den Korb zu seiner Rechten. »Dörren.« Der so klassifizierte Apfel landete im linken Korb. »Nun, Niv, ich frage dich, was hast du erwartet, das der König tun würde?«

Eine vernünftige Frage. Warum war ich erschrocken? Was würde jeder Menschenkönig tun, der seine Macht bedroht sah?

Fünfzehn Jahre hatte ich zugesehen, wie Artus Gwen mit einer Art Zuneigung tolerierte und wie er mit Lugh scherzte und lachte wie mit einem Bruder. Wenn der Glanz seines dreifachen Nimbus mich an seinen ungeheuren Stolz gemahnte, sagte ich mir stets: Komm diesem Mann niemals in die Quere! Ich wußte, daß er mir gefährlich werden konnte; aber Lugh war der Mann, der ihm am nächsten stand, und Gwen... er hatte Gwen beigewohnt, und als sie sich als unfruchtbar erwiesen hatte, hatte er sie nicht verstoßen. Es mußten gewisse zärtliche Gefühle von seiner Seite im Spiel gewesen sein.

Gildas murmelte: »Du weißt, daß er seinen Feinden nicht einfach vergeben kann wie ein Christ. Kein irdischer König ist so mächtig, daß er das kann.«

Eine Karre kam quietschend herangepoltert, um eine frische Fuhre Äpfel zwischen uns zu kippen, und ratterte wieder davon.

Meine Hände sanken plötzlich herunter. Das Herz, das ich nicht hatte, verstopfte mir irgendwie die Kehle und zog mich nach unten, und gleichzeitig passierte etwas mit meinen Augen. Sonne und Schatten verliefen ineinander, und obwohl meine Finger Äpfel fühlten, konnte ich sie nicht sehen.

»Weine«, riet mir Gildas. »Wein dich einfach aus. Wein, Essen, Dörren. Du hast bemerkenswerten Mut bewiesen für eine Frau. Morgen mußt du wieder tapfer sein, aber jetzt kannst du dir ruhig einen stillen Moment genehmigen, in dem du dich einmal richtig ausweinst.«

Tränen ließen das Licht verschwimmen. Meine Tränen. Seltsame, beängstigende Würgegeräusche brachen sich um den Kloß in meinem Hals herum Bahn nach oben. Ich konnte weder die Tränen noch das Würgen zurückhalten. Es war kein Würgen, es war Schluchzen.

Nachdem ich einmal angefangen hatte, vermochte ich nicht mehr aufzuhören. Ich raffte meine Tunika zu einem Bündel zusammen und preßte sie mir vors Gesicht, um das Schluchzen zu unterdrücken, und duckte mich hinter Gildas. Er schob seinen Körper zwischen mich und den größten Teil des Karrenverkehrs, aber der Obstgarten erstreckte sich rings um uns herum. Ich konnte nur hoffen, daß kein Mönch von seinem Baum herunterschaute und bemerkte, daß der junge Niv weinte, statt zu arbeiten.

Ich ließ den bitteren Tränen freien Lauf und Wut, Zorn und Furcht mit ihnen aus mir herausfließen. Nachdem der erste große Strom ein wenig abgeebbt war, weinte ich weiter mit Unterbrechungen, während derer ich fortfuhr, die Äpfel zu sortieren. Als ich endlich sprechen konnte – sehen konnte ich freilich immer noch nicht sehr gut –, fragte ich Gildas: »Seit wann weißt du es?«

»Daß du ein Weib bist? Das weiß ich seit dem Tag, an dem du mir beim Schreiben zuschautest und direkt hinter mir standest. An dem Tag roch ich ein Weib. Und als ich mich umdrehte, sah ich ein Weib.«

»Und... warum hast du nie etwas gesagt?«

»Sagst du immer alles, was du weißt?« Gildas zog einen Fetzen Tuch aus seinem Ärmel und reichte ihn mir. »Wisch dir das Gesicht ab.«

Das trockene, weiche Tuch erquickte mein Gesicht. »Was ist das?« fragte ich und rieb auch meine Hände damit trocken.

»Das ist ein Taschentuch, Magierin. Wir sind zivilisierte Menschen; wir benutzen ein Taschentuch, wenn wir uns schneuzen oder weinen.«

Er hatte ›Magierin‹ gesagt. »Du weißt also auch...«

»Jeder Hirtenjunge weiß, daß du die Magierin Niviene bist, Merlins Gehilfin. Wir Menschen sind nicht dumm.«

Jetzt konnte ich sehen, wie Gildas lächelte, wie er sich vor Zufriedenheit am liebsten selbst in den Arm genommen und gedrückt hätte. Aber er hielt nicht einen Moment mit dem Sortieren der Äpfel inne, sondern wakkelte schelmisch mit den Augenbrauen und zwinkerte mir zu.

»Merlin sagte, wenn du es wüßtest... oder deine Mitbrüder es wüßten... würden sie deine Bücher verbrennen.«

»Ich weiß, daß du nicht schlecht bist, Niv. Fünfzehn Jahre kommst du nun schon mit Merlin regelmäßig hierher, und weder Mönch noch Kuh noch Korn haben jemals Schaden gelitten. Aber bevor ich zuließe, daß meine

Bücher verbrannt werden, solltest du eines wissen, Magierin: Eher würde ich das Kloster Arimathea niederbrennen!«

Ich musterte Gildas' fröhliches, sympathisches Gesicht. Als ich noch die Macht dazu gehabt hatte, hatte ich nie seine Gedanken gelesen; jetzt waren sie mir verschlossen. Aber bei genauem, sorgfältigem Hinschauen erkannte ich, wie sehr Gildas seine Bücher liebte. Als er ›Bücher‹ sagte, leuchteten seine Augen, und ein Lächeln kräuselte seine Mundwinkel. Er hielt mir die Hand hin, um das Taschentuch zurückzunehmen.

»Ich würde es gern waschen«, sagte ich.

Gildas grinste. »Ich mache keine Magie, Niv. Deine Tränen sind in meinen Händen sicher.« Er streckte die Hand aus und nahm mir das Taschentuch ab. »Ich hätte nie gedacht, einmal diese Tränen zu sehen.«

»Und ich hätte nie gedacht, sie einmal zu vergießen!«

»Schön, daß wir jetzt offen zueinander sein können.«

»Du solltest wissen«, sagte ich, während ich mich wieder über die Äpfel beugte, »daß alles mit dir angefangen hat. Alles ist so gekommen, wie es gekommen ist, weil ich Artus von deinem Buch erzählt habe.«

»Was?«

»Artus war wütend, weil du ihn in deinem Buch nicht erwähnen wolltest.«

Gildas machte ein Geräusch, das irgendwo zwischen einem Knurren und einem Schluckauf angesiedelt war.

»Er weiß nicht, daß du der Verfasser bist, Gildas. Das würde ich ihm niemals verraten. Aber er weiß, daß das Buch existiert und daß er darin nicht genannt wird.«

Dann erzählte ich Gildas, wie Zorn in Lust umgeschlagen war, wie ich Artus im Mondenschein auf der Wiese beigelegen und schließlich meine Macht verloren hatte. »Mordred hätte Lugh und Gwen niemals in die Falle tappen lassen können, wenn ich meine Macht noch besessen hätte. Ich hatte ja nicht einmal eine Ahnung, was passieren würde. Und so mußte Merlin alles allein machen.«

Eine Karre quietschte ganz in unserer Nähe, und Gildas beugte sich sogleich wieder über den Apfelhaufen. »Essen, Wein.« Aber er murmelte in stillem Frohlocken: »Der König weiß es! Jetzt ist meine Rache vollkommen!«

Ich fragte im Flüsterton: »Gildas, ist deine Rache das einzige, was für dich zählt?«

Zorn wallte in mir hoch und erstickte mich wie eben noch die Tränen. Artus jagte Lugh wie einen Wolf, die Zerstörung von Artus' Frieden schien unmittelbar bevorzustehen. Und der herzlose Gildas weidete sich an seiner Rache! Wer unter dem Himmel scherte sich um das, was Gildas ›Geschichte‹ nannte? Wer wußte überhaupt, was das war?

Ich beantwortete mir meine Frage selbst. Artus wußte es, und er scherte sich sehr wohl darum.

Gildas kicherte leise in sich hinein. »Weil du mir meine Rache geschenkt hast, Niv, werde ich jetzt für dich tun, was ich kann.«

Und ich hatte nie daran gezweifelt, daß er das würde...

Als wir Tage zuvor durch die mondlose Nacht sprengten, auf der Suche nach Lugh, sagte ich zu Mellias: »Es gibt da einen, der uns helfen wird. Abt Gildas von Arimathea.«

Ich hörte den Unglauben in Mellias' Stimme. »Ein Mönch! Ein Kloster! Die werden uns unsere gefeilten Zähne ziehen!«

»Gildas ist Merlins Freund. Ich vertraue ihm.«

»Ha! Na schön, wenn du denn unbedingt zu Schaden kommen willst, Niviene, dann werde ich mit dir kommen.« Mellias trieb sein Pony zu schnellerer Gangart an.

Seine Worte drangen in mein Gemüt, und sie wären auch in mein Herz gedrungen, wenn ich eines besessen hätte. Als ich meiner Stimme wieder trauen konnte, rief ich hinter ihm her: »Bist du sicher, daß Lugh hier entlanggekommen ist?«

»Wenn ich nackt wäre, würde ich schnurstracks zu unserer Höhle laufen, wie ein Wolf zu seinem Bau«, rief er über die Schulter.

Ich wußte, daß Lugh und Mellias ein Versteck irgendwo in den niedrigen Hügeln vor uns hatten. Sie hatten viele Monde dort mit Fischen und Jagen verbracht, während die Welt Lugh auf der Suche nach dem Heiligen Gral gewähnt hatte oder wenn Lugh mal wieder einen seiner Wutanfälle gehabt hatte. Dann pflegten sie in einer Höhle zu schlafen, fingen und aßen Fisch und sonnten sich an einem Bach. Das war einer der Gründe, warum Mellias bei Lugh blieb. »Ich könnte es im Königreich niemals mehrere Monde am Stück aushalten«, sagte er einmal, »wenn wir nicht hin und wieder ins wirkliche Leben zurückkehrten.«

Nun waren wir auf dem Weg zu dieser verborgenen Höhle. Ein Schauder packte mich, als ich mir vorstellte, wie Lugh nackt und barfuß über diese dunkle Ebene gerannt war. Er mußte sich flach auf den Boden geworfen haben, als hinter ihm die Hufe trommelten, und auf diese Weise ungesehen entkommen sein.

Wir erreichten die dunklen, kauernden Hügel und platschten durch einen Bach. Mellias brauchte mir nicht zu erzählen, wie Lugh diesen Bach durchquert hatte, wie er diese Eiche erklommen und sich durch die Buchen geschwungen hatte. Ich wußte, was ich getan hätte, und wo.

Eines jedoch, das Mellias mir hätte sagen können (hätte ich mich getraut, ihn danach zu fragen), war, warum er mich auf dieser Suche begleitete, mir als Führer diente. Ich suchte Lugh, weil ich mich erinnerte, seine Schwester zu sein, auch wenn er mich vergessen hatte. Warum aber brachte Mellias sich in solche Gefahr?

Ich wagte nicht, ihn zu fragen; aber sein Kristall schwang warm zwischen meinen Brüsten und erinnerte mich an die fast menschliche Wärme von Mellias' Herz.

Auf einer dunklen Lichtung saßen wir ab und banden die erschöpften Ponys an. Mellias führte mich durch gelegentliches sanftes Berühren einen Pfad entlang, der selbst für uns in der mondlosen Dunkelheit kaum zu erkennen war, dann wieder durch einen Bach und schließlich eine Felswand hinauf. Wir krochen in die Höhle.

Dort kauerten wir in absoluter Finsternis. »Lugh«, rief Mellias leise. Und Lugh, weiter hinten in der Höhle, wisperte: »Mell!«

Mellias fragte: »Hast du Reisig?«

»In der Feuergrube.«

»Gut, daß ich Feuer mitgebracht habe!« sagte Mellias.

Er führte meine Hand nach vorn, bis sie einen Haufen Stöcke fühlte, und sagte leise: »Du kannst immer noch Feuer machen.«

Immer noch? Wußte Mellias von meiner Nacht mit dem König? Aber dies war nicht der Augenblick für Fragen.

Ich rieb meine Handflächen gegeneinander. Nach wenigen Augenblicken züngelte eine kleine Flamme an ihnen empor. Ich schaute mich in der niedrigen Höhle um, die mit ein paar Fellen und Töpfen ausgestattet war. Ein ausgewachsener Mensch konnte hier drinnen nicht stehen. Lugh konnte hier drinnen nicht stehen. Klapperdürr, blut- und dreckverschmiert lag er zusammengerollt an der hinteren Wand der Höhle. Er hatte sich im Schlamm gewälzt, um sich zu tarnen. Deshalb war er unbemerkt geblieben, flach auf dem Bauch liegend, an die Brust der Göttin geschmiegt, während seine Häscher an ihm vorübersprengten.

Seine Augen schlossen sich vor dem Licht, dann öffneten sie sich weit. »Niviene!«

»Ich habe sie hergebracht!« beeilte sich Mellias zu sagen.

Lugh streckte sich, richtete sich so weit auf, wie die Höhle dies zuließ, und kam in geduckter Haltung zu mir. Wortlos schloß er mich in die nackten, zitternden Arme. Mellias umarmte uns beide, und zu dritt drückten, tätschelten, liebkosten wir uns. In dieser Umarmung war ich fast froh über die Gefahr und das Unglück, die uns drei wieder zusammengeführt hatten.

Später zog Lugh die mitgebrachten Kleider an und

schlang gierig das Brot herunter, das Mellias für ihn eingepackt hatte. Zwischen Kauen und Schlucken fragte er: »Gwen?« Ich schaute zu Mellias. Mellias schaute weg. Lugh schluckte. »Was ist mit Gwen geschehen?«

Ich wollte sprechen. Mellias hob den Finger und beschrieb das Grundzeichen, *Feuer*. Lugh erinnerte sich an das Zeichen. Der Brotkanten fiel aus seiner jäh erschlaffenden Hand in unser Feuer.

Mellias schrieb: *Wenn du sie nicht rettest.*

Zwar hatte Artus keine Suche nach Lughs Knappen oder nach seiner Schwester befohlen, aber Mellias und ich gingen kein Risiko ein. Wir hausten in dem feuchten, dunklen Tunnel hinter Merlins Hütte und gruben uns einen Ausgang zu den Wiesen. Merlin bewegte sich natürlich frei in der Burg. Er war über jeden Verdacht erhaben. Hatte er den Verrat der Königin nicht schon lange vorausgesagt?

Aefa suchte uns dort auf. Vor unserer Kohlenpfanne kauernd, zitternd in der feuchten Kälte, sahen wir eine Lampe durch den Tunnel nahen. Eine Frau, reich gewandet, hielt diese Lampe vor sich. Als sie über uns stand, wirkte sie groß, bis ich mich langsam erhob und ihr in die Augen blickte. »Wenigstens hast du uns nicht verraten«, sagte ich.

»Du weißt, daß ich das niemals tun würde!«

»Du hast Lugh verraten.«

»Lugh bedeutete mir nichts.«

Aha. Das stimmte. Mit nachgerade menschlicher Torheit hatte ich angenommen, daß Aefa, wenn sie mich liebte, auch meinen Bruder lieben würde.

»Er wird Gwenevere retten«, sagte sie. Und sie sah uns beide scharf an. Wir erwiderten ihren Blick voller Verblüffung. »Es wird leicht für ihn sein«, erklärte sie. »Aus Gründen des Respekts werden die Ritter, die den Scheiterhaufen bewachen, unbewaffnet sein.«

Mellias sprang auf. »Niviene, erzähl das Lugh bloß nicht!«

»Wieso nicht?« Ich durchstöberte mein bruchstückhaftes Wissen um das Rittertum und glaubte den Grund zu kennen. Aber sicher konnte ich in diesen Dingen nie sein. Das Wesen und die Regeln des Rittertums waren für mich noch immer so fremd wie einst Merlins Geschichten auf lateinisch in der Villa: Ich konnte die Sprache nicht richtig.

Mellias sprudelte hervor: »Weil Lugh, wenn er wüßte, daß die Ritter unbewaffnet sind, niemals sein Schwert erheben könnte! Er müßte selbst ungewappnet dort hineinreiten!«

Aefa sagte: »Der Scheiterhaufen wird gerade errichtet, vor der Halle der Königin.« Auch das hatte Merlin uns erzählt.

Mellias nickte. »Wir müssen durch drei Straßen reiten, um dorthin zu gelangen.«

»Reitet auf direktem Weg dorthin«, schlug Aefa vor. »Zwischen den Hütten hindurch.«

Das klang vernünftig. Man schlendert auf der Jagd keinen Waldweg entlang, sondern schlägt sich durchs Unterholz.

Aefa fuhr fort: »Umwickelt die Hufe. Führt die Ponys am Zaum. Die ganze Burg wird am Scheiterhaufen versammelt sein, und falls irgend jemand euch doch bemerken sollte … nun, nur wenige würden Sir Lancelot verraten. Haltet am Rande der Menge an und schneidet die Tücher von den Hufen der Ponys.« Sie stockte kurz. »Ich werde sie für euch abschneiden.«

»Aefa, bist du Hund oder Hase?« fragte ich.

»Ich weiß es selbst nicht, Niviene. Mordred … hatte mich … in Verzückung versetzt. Aber ihr könnt mir in dieser Sache vertrauen.« Ich glaubte ihr. In ihren Augen standen echte, ehrliche Tränen.

Merlin kam den Tunnel heruntergehastet. »Aefa, Mordred ruft nach dir! Schnell weg, beeil dich!« Er faßte sie bei der Hand und trippelte zurück durch den Tunnel.

In der dunklen Stille fragte ich den Otter: »Könnte Aefa menschliches Blut in den Adern haben?«

»Nicht, wenn man nach ihrer Größe geht.«

»Aber sie hat geweint.«

»Man braucht kein menschliches Blut in den Adern zu haben, um zu weinen.«

Merlin kam zurückgetrippelt, über seine Lampe gebeugt wie ein Greis. Er ließ jetzt immer deutlicher sein Alter erkennen. Ich dachte an die Herrin, wie ich sie in meinem Traum gesehen hatte, weißhaarig und klapprig, und mich schauderte. Die Alten, die vor mir dem Tod entgegengingen, waren jetzt schon so gebeugt, daß ich über ihre Köpfe hinwegzublicken vermochte.

Wir konnten mit Lugh bei diesem Rettungsversuch sterben. Ich konnte sterben.

»Merlin! Können wir nicht einfach unsere Zelte hier abbrechen und verschwinden?« fragte ich.

»Natürlich könntet ihr das.« Merlin strich sich über den Bart. »Wärest du bereit, Lugh seinem Schicksal zu überlassen?«

Ich überlegte. Froh, mit einem Gefühl riesiger Erleichterung, sah ich Mellias, Merlin und mich in einer dunklen Nacht davonreiten und verschwinden. Eine Elfe, die ihren Verstand beisammen hatte, würde angesichts der Chancen, die wir hatten, nicht lange nachdenken, sondern sich sofort aus dem Staub machen.

Nicht so ein liebender Mensch. Ich sah Lancelot allein durch die Menge auf den Scheiterhaufen zusprengen. Ich sah, wie er heruntergezerrt und überwältigt wurde, zu Boden gedrückt unter dem schieren Gewicht von zehn Recken. Gefangen. Mein Bruder, der einst für mich eine Natter tötete, der mit mir auf der Apfelinsel spielte, der mich durch die Kindergarde geleitete ... gefangen.

»Nein«, resümierte ich laut. »Ich kann Lugh nicht im Stich lassen. Frag mich nicht, warum.«

»Frag mich nicht, warum, aber ich kann Lugh auch nicht im Stich lassen«, meinte Mellias.

»Was mich anbelangt«, sagte Merlin, »ich bin halb Mensch. Deshalb könnte ich niemals irgendeinen von euch im Stich lassen.«

Ich betrachtete die beiden Gesichter im Schein der Lampe: ein weißbärtiger, runzliger alter Mann; ein grinsender, brauner Elf. Ich streckte jedem von beiden eine Hand hin. Merlin stellte seine Lampe ab und nahm die eine, Mellias die andere; lange Zeit standen wir schweigend da und hielten uns an den Händen.

Wir führten die mit Augenbinden versehenen Pferde, deren Hufe mit Tüchern umwickelt waren, von Hütte zu Hütte quer durch die Burg. Wir gingen einzeln; jeweils eine Hütte lag zwischen uns. Über die Strohdächer hinweg und zwischen den Hütten hindurch rollte die Stimme der Menge, die sich um den Scheiterhaufen drängte. »Frische Haferküchlein!« pries ein Höker sein Backwerk an, und ein anderer rief: »Bier zu verkaufen!«

Ich schüttelte meinen mit einer Kapuze verhüllten Kopf und murmelte einen Fluch auf die Menschheit. Sie konnten von Glück reden, daß ich meine Macht verloren hatte!

Lugh führte das scheckige graue Schlachtroß, das Mellias gestohlen hatte. Grau, sagte Mellias, würde besser mit dem Hintergrund verschmelzen als das Schwarz von Lughs eigenem Pferd, und das riesige Roß würde mit Leichtigkeit zwei Reiter tragen. Sein Übermaß an Kraft bezahlte es mit einer leichten Einbuße an Schnelligkeit, aber wir bauten darauf, daß das Überraschungsmoment uns einen gewissen Vorsprung vor den Verfolgern verschaffen würde. Wir hatten den Eingang zu unserem Tunnel erweitern müssen, damit das mächtige Roß hindurch paßte; dabei hatten wir mit jedem Spatenstich riskiert, entdeckt zu werden.

Mellias und ich führten Ponys, die Merlin von der Wiese herbeigesungen hatte. Wohlausgeruht im Tunnel, spitzten sie die Ohren und tänzelten seitwärts. Weder durch Gepäck noch durch Sättel beschwert, würden sie, einmal losgelassen, rennen wie Hirsche.

Wir waren allesamt verhüllt und vermummt. Außer

unseren Messern trugen Mellias und ich Dolche, Lugh eine Axt und ein Schwert – nicht sein eigenes, bewährtes Schwert, das ihm Ruhm und Ehre eingebracht hatte, sondern ein gestohlenes. Merlin hatte es in der Hand gewogen, seine Wange daran gedrückt und es für frei von jeder bösen Aura befunden.

Merlin war nicht bei uns. Er war mit seiner ›Waffe‹, der Harfe Zauberer, woandershin gegangen. Ich vermißte das beruhigende Gefühl von Halt und Sicherheit, das er ausstrahlte. Lughs Denken und Trachten war vollkommen auf Gwen und den Scheiterhaufen gerichtet. Mellias' erster Gedanke galt Lugh. Und ich, die ich mein kleines braunes Pony der Menge entgegen führte, fühlte mich einsam und verlassen.

Als es die Menge hörte, schüttelte mein Pony den Kopf und scheute. Ich pustete auf seine Nüstern, flüsterte in sein Ohr und zog es weiter, wie ein Menschenkind es wohl getan hätte.

Wir erreichten den Rand der Menge. Über die wimmelnden Köpfe hinweg – bloß, verhüllt oder verschleiert, keiner behelmt – sah ich die Spitze des Brandpfahls ragen, umringt von erhobenen Lanzen: den Lanzen, an denen wir vorbei mußten, zweimal. Hinter dem Scheiterhaufen drängelte sich rempelnd und schiebend das gemeine Volk. Aber die Ritter vor dem Scheiterhaufen standen schweigend, wehrlos, mit gesenkten Häuptern, wie Aefa es uns vorausgesagt hatte. Keiner von uns hatte Lugh hierüber unterrichtet.

Ich versuchte, mich in Gwens Lage zu versetzen.

Gut, daß ich nicht die Macht besaß, es wirklich zu wissen! Die Phantasie, die gemeine menschliche Magie, hat eine eigene, beträchtliche Macht. Hastig riß ich mich wieder von diesem Bild los. Schon die kurze Vorstellung hatte mich bitter benötigte Kraft gekostet.

Ich zog mein Messer und bückte mich, um den Ponys die Lappen von den Hufen zu schneiden. In mein von der Kapuze beengtes Gesichtsfeld schob sich ein anderes Messer, eine andere kleine braune Hand. Aefa schnitt die Lappen los, richtete sich auf, ohne mich anzuschauen, und tauchte in der Menge unter.

Ich schnitt meinem Pony die Augenbinde los. Es blinzelte und scheute vor der jähen Helligkeit. Seine kleinen Hufe tänzelten nervös. »Warte noch«, sagte ich ihm leise ins Ohr. »Einen kleinen Augenblick noch, dann kannst du dir die Seele aus dem Leib rennen.«

Ich spähte nach rechts. Ein großer Schattenhüne hielt ein Schlachtroß am kurzen Zügel.

Ein Horn blies. Die Menge wogte, seufzte und verstummte, um dem Herold zu lauschen, der Gwens Vergehen zu verkünden sich anschickte.

Bis zu diesem Moment hatte ich mich wie in einem Traum bewegt. Ich hatte einfach nicht glauben können, daß Artus dies wirklich anordnen würde oder daß seine Ritter tatenlos dabeistehen und zuschauen würden – oder daß Menschen aller Stände dabeistehen und gaffen würden, ja sogar ihre Kinder auf die Schultern nahmen, damit sie das Spektakel besser verfolgen konnten.

Jetzt kam das Feuer, echtes, lebendiges Feuer, und ich konnte nicht umhin zu glauben, was ich sah.

Die Fackeln berührten den Scheiterhaufen und verschwanden aus meinen Sichtfeld. Rauch stieg über den Köpfen der gaffenden Menge auf. Ein lustvoll schauderndes »Aaah!« ging durch die Menge der Gaffer, Hälse reckten sich in die Höhe.

Ich packte die Mähne meiner kleinen Stute und schwang mich auf ihren Rücken.

Die schattenhafte Riesengestalt zu meiner Rechten bekreuzigte sich mit dem christlichen Zeichen und stieg auf das Schattenpferd.

Ich stieß die Fersen in die Flanken meiner Stute.

Sie trabte in die Menge, Gaffer, Sklaven und Höker beiseite kegelnd. Sie wollte die Leute nicht niedertrampeln, aber ich trieb sie ungestüm vorwärts. Der Qualmgeruch, die knisternde Spannung und nun auch das Geräusch prasselnder Flammen jagten ihr Angst ein. Jetzt kamen Knappen und Wachsoldaten unter die Hufe, fluchend und mit den Armen rudernd, und dann waren wir in der vordersten Reihe, mitten unter den barhäuptigen Rittern.

Ernste, angespannte Gesichter wandten sich uns zu. Einige von ihnen kannte ich: Gawain, Geheris, Bedevere. Ich zückte meinen Dolch, und die unbewaffneten Hünen zogen sich sogleich zurück und wichen zur Seite, wohlgeordnet, einen breiten Pfad zum Scheiterhaufen freigebend. Keiner erhob die Stimme oder die Hand. Lugh würde sich später zu seinem unerträglichen Kummer hieran erinnern.

Zwischen mir und dem Scheiterhaufen brannten Reisigbündel. Noch loderten die Flammen niedrig, aber sie würden jeden Augenblick überspringen und lichterloh aufschlagen. Gwen lehnte an dem hölzernen Pfahl. Rauch hüllte bereits ihr weißes Hemd ein; Flammen leckten an ihren Füßen.

Lugh zügelte das Schlachtroß neben mir. Mit der Axt in der Hand sprang er direkt auf den Scheiterhaufen. Das Schlachtroß stieg mit den Vorderhufen in die Höhe und wollte ausbrechen, aber ich erwischte es beim Zaumzeug und hielt es fest.

So, wie ich einst zwei Boote in der Mitte des Flusses zusammengehalten hatte, jedes mit einer Hand, hielt ich jetzt zwei in Panik scheuende Pferde. Das Schlachtroß schnaubte und tänzelte seitwärts, die kleine Stute kreischte. Beide wichen zurück in die Menge. Hinter mir hörte ich Ächzen, Murren, Befehle, Fußgetrappel. Wegen meiner Maske konnte ich nicht erkennen, was seitlich von mir geschah; ich sah nur Lugh, direkt vor mir, der den Brandpfahl niederhaute.

Feuer loderte zwischen uns. Der Pfahl kippte um. Lugh sprang durch die Flammen, Gwen wie einen weißen Sack über die Schulter gelegt. (War die Törin in Ohnmacht gefallen?)

Lugh warf sie auf den Rücken des Schlachtrosses und schwang sich hinter ihr auf das Reittier. Sie kam so weit zu sich, daß sie sich in der Mähne des Rosses festkrallte und ihre nackten Fersen im Verein mit Lughs bestiefelten in die Flanken stieß. Lugh übernahm den Zügel von mir, drehte das Schlachtroß herum und ließ ihm die Zügel schießen.

Ein wild schwingendes Stück Brandpfahl, das immer noch an Gwens eiserner Fessel hing, versetzte meiner Stute einen heftigen Schlag auf den Hintern. Sie stieg und kreischte auf, und ich packte ihre Mähne, um mich festzuhalten.

Eine kleine braune Hand schnappte nach meinem Zügel und zog uns hinter Lugh her. Mellias und ich galoppierten hinter dem apfelgrauen Steiß her, der rasch hinter einer Wolke aus Qualm und Staub verschwand. Das Stück Brandpfahl schwang hin und her und trieb das Schlachtroß zu höchster Geschwindigkeit an.

Aefa hatte wahr gesprochen: Die gesamte Burg – Gemeine, Soldaten, Ritter, Edle – war am Scheiterhaufen versammelt. Als wir durch die engen Straßen in Richtung Südtor sprengten, begegneten wir nicht einer Menschenseele. Hinter uns toste die Stimme der Menge und verhallte in der Ferne. Geradeaus nach vorn blickend wie durch einen Tunnel, Mellias' Hand fest um meinen Zügel gelegt, galoppierte ich in Lughs Staubwolke dahin, als wäre ich selbst entführt worden.

Das Südtor tauchte in der Ferne vor uns auf, eine schmale Bresche im Burgwall. Das Eisentor stand weit auf, und dahinter erstreckten sich, durch die Staubwolken hindurch nur bruchstückhaft für mich auszumachen, die Wiesen, die uns Freiheit und Sicherheit verhießen.

Mit offenem Mund und gebannter Miene, wie Kinder, die eine spannende Mär erzählt bekommen, hockten drei stämmige Torwächter links neben dem Tor. Ein weißbärtiger Barde saß vor ihnen auf einem Stein; seine gleichlangen Finger zupften die Saiten einer Harfe. Neben ihm ließ ein kleines schwarzes Pony seinen zottigen Kopf hängen.

Wir sprengten auf sie zu. Der Weißbart spielte weiter,

ohne auch nur einen Blick in unsere Richtung zu werfen. Der Apfelschimmel donnerte durch das Tor.

Auf sprangen die Wächter, ihre Schwerter glitten klirrend aus den Scheiden.

Auf sprang auch Merlin, die Harfe in der Hand, und schwang sich rittlings auf das schwarze Pony. Aus einem verzagten Stand flog das Pony in einen gestreckten Galopp und sauste direkt vor Mellias und mir durch das Tor. Ein Speer pfiff an Mellias' Nase vorbei und bohrte sich Merlin in die Seite. Merlin fiel vornüber auf den Hals des Ponys.

Dann waren wir durch und draußen und schnürten über die Wiesen.

Ich riß mir Kapuze und Maske vom Kopf. Licht überflutete mich jäh, Wiesen und Matten flogen vorbei. Eine Schafherde rannte mit bangem Geblöke vor uns weg. Weidende Ochsen hoben ihre geschwungenen Hörner, um uns anzuglotzen. Ich horchte nach Hufschlag hinter uns und hörte keinen.

Aefa hatte jedes Pferd in der Burg losgebunden und hinaus auf die Wiesen gejagt…

Gildas Augen waren dunkel vor Konzentration. Er starrte mich an; seine Brauen zuckten, wölbten sich, arbeiteten. Während ich ihm die Geschichte erzählte, hatte ich Äpfel hierhin und dorthin auf die verschiedenen Haufen geworfen, als sortierte ich sie, ohne indes auch nur einen Blick auf sie zu werfen. Gildas hatte es aufgegeben, so zu tun, als arbeitete er, und lauschte mit gefalteten Händen.

Als meine Stimme zu einem weinerlichen Tremolo verebbte, sagte Gildas leise: »Und du hast dich demnach auf einem unbekannten Weg hierher durchgeschlagen.«

»Merlin kannte den Weg. Aber Artus muß uns dicht auf den Fersen sein. Mit Merlins Verletzung kamen wir nur langsam voran.«

»Unsere Heilkundigen verstehen ihr Handwerk, aber ... du weißt, daß er eine böse Wunde hat.«

»Ja.«

»Schau, Magierin Niv. Artus wird unser Asylrecht für eine Weile achten. Aber die Anwesenheit der Königin hier stellt ein ... eine Entweihung dar.«

Mein bitteres Lachen endete in einem Schluckauf.

»Sie ist eine unerträgliche Last für uns. Noch heute nacht muß sie nach St. Anyes weiterziehen, verkleidet als Mönch.«

»St. Anyes?«

»Ein Nonnenkloster, einen halben Tagesritt von hier. Ich dachte, du kennst das ganze Land hier.«

»Nicht jeden Winkel. Nur von unserem Wald bis zu Artus' Burg und von dort aus nach Norden bis zu Morgans Berg.«

Gildas Brauen zuckten. »Spiele mit Schlangen, und sie beißen.«

»Das haben sie, Gildas.«

»Der König wird das Asylrecht respektieren; ich möchte aber keine Voraussage darüber machen, wie lange. Am Ende sind Roß und Axt immer stärker als fromme Worte.«

»Artus ist aufrichtig fromm.«

Artus bestand aus zwei Männern, wie seine Auren es ja

auch kundtaten. Da gab es zum einen den orange-roten König, der um der Befriedigung seines Stolzes willen seinen Freund verfolgte und seine Gemahlin auf dem Scheiterhaufen verbrennen wollte; und zum anderen gab es die große goldene Seele, die ihrem Land und ihrem Volk ergeben war, die weit über das Maß und die Vorstellungskraft der meisten Menschen hinaus opferbereit und für uns Elfen vollkommen unglaublich war. Und jener Artus war ebenso wirklich wie der blutrünstige Heerführer, der uns jagte. Ich murmelte: »Wenn Artus kommt, versuche ihn dazu zu überreden, Mönch zu werden. Er könnte wahre Wunder wirken, Gildas. Er könnte der größte Heilige in der Geschichte eurer Kirche werden.« Gildas lachte. »Ich scherze nicht.« Gildas lachte noch lauter.

Eine Karre quietschte in der Nähe. Gildas rief: »Wir haben die Haufen hier versehentlich miteinander verwechselt. Gebt uns noch ein bißchen Zeit!« Er bückte sich, um meine blindlings durcheinandergeworfenen Äpfel zu sortieren. Jenseits unseres Schattens, im milden Sonnenlicht, blinzelte der Mönch und hielt inne. Dann rollte er seine Karre weg.

Auch ich sortierte Äpfel, diesmal sorgfältiger. »Also wird Artus kommen und Arimathea belagern, und du wirst ihn eine Zeitlang mit dem Recht auf Asyl in Schach halten. Und dann?« hakte ich nach.

»Dann wird es ihm zu bunt, und er stürmt herein, sein magisches Schwert schwingend, und er muß feststellen, daß ihr ausgeflogen seid.«

»Du willst uns alle fortschicken, wie Gwenevere?«

»Noch heute nacht. Die Königin geht nach St. Anyes.

Du, Sir Lancelot, sein Pferdeknecht und mein alter Freund, ihr zieht weiter und geht in euren verwunschenen Wald.«

»Aber Gildas ... Merlin kann sich kaum auf dem Pferd halten.«

»Ihm wird nichts anderes übrigbleiben, will er Artus nicht als Opferlamm gegenübertreten.«

Es wäre nicht das erste Mal, daß Merlin in diese Rolle gezwungen würde. Seine Magie hatte ihn als Kind vor König Vortigern gerettet, als die Prophezeiung von seinen Lippen geflossen war. Diesmal freilich, alt und schwer verwundet, würde er es vielleicht nicht schaffen, Macht aufzubieten.

»Gildas, ich fürchte, er wird die Reise nicht überstehen«, sagte ich leise.

»Dann wird das sein Schicksal sein. Aber du besitzt doch gewiß heilende Kräfte, Magierin! Du kannst ihn retten.«

»Ich weiß nicht.« Selbst als meine magische Kraft auf ihrem Höhepunkt gewesen war, hatte Heilen nicht gerade zu meinen besonders ausgeprägten Begabungen gezählt.

Gildas legte eine Hand sanft auf meine Schulter.

Als ich ihn für herzlos gehalten hatte wie mich selbst, hatte ich Gildas unrecht getan. Ich spürte jetzt sein Herz durch seine Hand. Sehr menschlich war es, warm und standhaft bis zur Torheit.

Er zog sie hastig weg. Er hatte mein Geschlecht vergessen. Höchstwahrscheinlich hatte Gildas keine weibliche Schulter mehr berührt, seit er vierzig Jahre zuvor seine

Mutter zum Abschied gedrückt und sich auf den Weg nach Arimathea gemacht hatte. In entschlossenem Ton sagte er: »Bring deine Freunde in deinen Wald, ob er nun in dieser Welt oder in einer anderen ist. Und komm nie mehr hierher, Magierin Niv.«

Wir ritten von Arimathea aus einen Tag lang über welliges Wiesenland und über Felder, die voll von Schnittern waren. Einige davon schwitzten noch im wogenden Korn, andere feierten schon das Erntedankfest mit Tanz, Gesang und Opferspielen. Wir ritten an lachenden Männern vorbei, die ein hübsches Mädchen mit Halmen fesselten. Lugh drehte sich auf seinem Schlachtroß um und sagte zu mir: »Gleich werfen sie sie in den Fluß.« Ich war nicht sonderlich überrascht. Dies waren schließlich Menschen. »Aber die Fesseln«, fuhr Lugh fort, »sind locker. Und der Fluß ist seicht.«

Er ritt auf seinem Apfelschimmel vorneweg. Ohne seine Rüstung war er keine große Last für das riesige Pferd, das stolz dahertrabte, froh über die Bewegung. Wir hatten dieses Pferd wegen seiner Ausdauer und seiner ›Unsichtbarkeit‹ ausgewählt, und jetzt zeigte es noch einen weiteren Vorzug: es verbreitete Respekt. Bauern, die es nahen sahen, wichen hastig zur Seite, obwohl sein Reiter Lumpen trug. Das Schlachtroß trabte imposant an ihnen vorüber, gefolgt von einem verwundeten alten Mann und zwei Zwergen oder Kindern auf Ponys. Ich fragte mich oft, welche Geschichten die Bauern wohl in ihren Schenken über uns erzählen würden.

Lugh ritt locker, still und wachen Blickes. Ich wußte,

daß er, seit er seine Rose zum Abschied geküßt hatte (während wir geflissentlich weggeschaut hatten), mit seinen Gedanken bei ihr war. Jeder Hufschlag trug ihn weiter von ihr fort. Einmal jedoch, als vorüberziehende Wolken die Herbstsonne trübten, sah ich, wie seine Aura hinter ihm herfloß, ein Faden aus leuchtender Energie, der sich wie ein Spinnenfaden zu Gwen ausspann.

(Ich hatte seine Aura gesehen! »Bei den Göttern«, murmelte ich leise für mich. »Ich kann sehen!« Und dann sah ich nichts mehr, weil Freudentränen mich blendeten.)

Als wäre seine Sehnsucht nach Gwen nicht schon Bürde genug für eine solcherart zerbrechliche Seele, quälten ihn zusätzlich die Gewissensbisse wegen seiner Freunde. Sobald wir die Sicherheit gewonnen und uns einen guten Vorsprung verschafft hatten, fiel Lugh ein, daß seine Ritterbrüder am Scheiterhaufen unbewaffnet gewesen waren. »Ich habe sie niedergehauen«, sagte er zu mir, wie betäubt vor Gram. »Ich erinnere mich nicht, welche. Ich erinnere mich nur an Gesichter, die zu mir aufgeblickt haben, aber nicht, welche. Und ich habe zugehauen. O heiliger Gott!«

Im Wald wird er wieder gesunden, dachte ich. Er wird wieder zu seinem wahren Selbst zurückkehren ... wenn es denn sein wahres Selbst war ... Er wird wieder der Lugh werden, der er einmal war, der große, derbe, redliche Bruder, den ich in Erinnerung habe.

Ich war froh, daß Lugh uns führte. Seine Verantwortung für uns hielt ihn zusammen unter Gram, Reue und Abscheu vor sich selbst.

Hinter Lugh führte Mellias Merlins Pony an einem

Zugriemen. Merlin hing kraftlos auf seinem Reittier, sein Oberkörper war seitlich zusammengesackt. Wir hielten an, wo immer sich die Gelegenheit bot, um seine Wunde zu versorgen, die immer wieder aufbrach und blutete. Und im Schatten sah ich, daß seine Aura, einst ein ausgedehnter weißer Nebel, zu einer schmalen, flackernden orangefarbenen Hülle geschrumpft war.

Als die Sonne sich den Hügeln im Westen zuneigte, winkte Lugh und hob den Arm, und als wir mit unseren Blicken seinem ausgestreckten Arm folgten, sahen wir am Horizont einen flachen, dunklen Fleck, einen Wald. Es war nicht unser Wald. Wir hatten eine neue Route gewählt, die einen weiten Bogen um das Gebiet machte, in dem Artus uns suchen würde. Aber es war ein Wald, dunkel, schutzbietend, heimisch. Sogar der gebeugte, schwer atmende Merlin lächelte.

Kurz bevor wir den Wald erreichten, hielten wir an, um uns und Lughs Schlachtroß mit Kräutern zu behängen, die uns als Elfen auswiesen. Vielleicht warteten kleine, dunkle Kinder in den Bäumen auf uns und zählten schon vergnügt ihre Giftpfeile.

Wir betraten den Wald bei Sonnenuntergang. Die Pferde scheuten und schnaubten, als das Dunkel des Waldes mit seinen wilden, verstörenden Gerüchen sie umfing.

Merlin lag jetzt vornüber gebeugt auf dem Rücken seines Ponys und hatte das Gesicht in der Mähne vergraben. Seine Wunde war aufgebrochen, und Blut floß heraus, eine feine Spur auf dem Waldboden hinterlassend. Wir drei glitten von unseren Reittieren und führten sie auf dem schmalen Pfad, zwischen haschenden Brombeersträuchern und unter überhängenden Ästen hindurch. Lugh ging voran, dann kam Merlin, dann ich, und als letzter Mellias.

Ich spähte hinauf zu den Baumwipfeln, die im Licht der untergehenden Sonne leuchteten. Vögel und Eichhörnchen flogen, flitzten, schnatterten, aber ich war sicher, daß kein unsichtbarer Mantel wirbelte, keine funkelnden dunklen Augen unseren Weg mit feindseliger Neugier verfolgten, keine Finger zuckten, um einen Pfeil zu werfen.

»In diesem Wald gibt es keine Elfen mehr. Nur Wölfe werden uns begrüßen«, sagte Mellias leise.

Keiner stellte seine Worte in Zweifel. Lugh suchte den Pfad. Ich entspannte mich, atmete auf, sog tief den Duft von Moos, Farn, Erde, Schlange, Kröte, Göttin ein.

Zwanzig Jahre zuvor, bei der Rückkehr von der Kindergarde nach Avalon, hatte ich mich so gefühlt. Wenn ich aus Artus' Königreich nach Hause in unseren Wald zurückgekommen war, hatte ich mich auch immer so gefühlt; es war, als wäre ich aus einem schlechten Traum aufgewacht und hätte den Arm meiner Mutter sanft unter der behüteten Wärme unserer Bettdecke auf meinem Körper gespürt.

Eibe und Eiche und Esche umarmten einander über dem entschwindenden Pfad. Kleines Getier flüchtete durch Farn. Die Göttin beugte sich vom dunkel werdenden Himmel und hauchte auf uns herab. Der holprige Pfad führte über ihre Knie. Ihre ausgebreiteten Hände empfingen uns.

Die Göttin mußte meine Feindin sein. Fünfzehn Jahre lang hatte ich ihr kein Opfer dargebracht. Mein einziges Kind war tot und meine fruchtbarsten Jahre verstrichen. Der Tag war nicht mehr fern, da ich ihr Geschenk des Lebens nicht mehr empfangen und ihr kein Leben mehr zurückgeben konnte. Bestimmt haßte sie mich.

Aber ich begab mich mit Freude in ihre Hände. Ich jubilierte, als ich ihren Odem auf meinem Gesicht spürte. Haßt eine Mutter ihr aufsässiges Kind? Und welches Kind kehrt, wenn Wut und Trotz verraucht sind, nicht vertrauensselig in die Arme der Mutter zurück? Just wie ein solches Kind kehrte ich jetzt an die Brust der Göttin zurück.

Draußen im Königreich war die Sonne untergegangen. Unser Pfad verdunkelte sich, unsere Elfenaugen weiteten sich; der Mensch Lugh konnte höchstwahrscheinlich überhaupt nichts mehr sehen.

»Lugh«, sagte ich, »wir sollten anhalten. Merlin...«

Merlin richtete sich mühevoll auf und lenkte sein Pony an Lughs Schlachtroß vorbei. »Hier«, krächzte er, mit der Hand zeigend. »Hier reiten wir hinein.« Und er ritt geradewegs in das Dunkel zwischen zwei turmhoch aufragenden Buchen.

Lugh war verdattert. Er hatte uns zu dieser Stelle geführt; und jetzt übernahm der verwundete alte Merlin plötzlich das Kommando und ließ ihn blind im Dunkeln stehen.

»Fang ihn«, riet Mellias mit einer Stimme, in der Frohsinn mitschwang. Ich wandte mich zu ihm um, angenehm überrascht. Diesen Ton hatte ich schon seit Tagen nicht mehr in seiner Stimme schwingen gehört. Mellias lebte wie ich im Wald auf. Seine kleine dunkle Gestalt hatte sich gestrafft, die Augen glänzten.

Lugh grummelte einen Fluch, saß ab und führte den Apfelschimmel hinter Merlin her. Das riesige Pferd hatte Schwierigkeiten, durch das Unterholz zu gehen, und kam nur sehr langsam von der Stelle. Wir folgten seinem blassen Hinterteil durch dicht an dicht stehende junge Bäume. »Lugh«, wagte ich mich vor, »wie wäre es, wenn ich voranginge?« Mit meiner Elfen-Nachtsicht.

Das Schlachtroß blieb stehen und blies durch die Nüstern. Ein Stück voraus sah ich ein winziges rotes Flakkern – ein Feuer in einem Steinkreis. Vorsichtig zog Lugh den Apfelschimmel weiter. Wir folgten ihnen auf eine schwach erleuchtete Lichtung, auf der Merlin gekrümmt stand und sich die Seite hielt.

In der Mitte der Lichtung ragte eine riesige, von Misteln umsäumte Eiche auf. Eine wacklige Leiter führte hinauf zu einem Baumhaus aus Weidenflechtwerk, das mich an Aefas alte Bude erinnerte. Der köstliche Duft von gerösteter Nußmast erfüllte die Lichtung und weckte Hunger. Kastanien, Bucheckern und Hickorynüsse brutzelten in einer Eisenpfanne auf dem Feuerstein. Ich leckte mir die Lippen und schluckte. Wir hatten das letztemal in Arimathea gegessen.

Ein anderer Geruch mischte sich unter den Duft des Essens. Die Lichtung roch nach... Mensch. Ein Mensch lebte hier allein. Aber das Einsiedlerleben ist der menschlichen Natur zuwider, Menschen leben in Rudeln.

Auch Geister schwebten hier. Meine kribbelnde Haut zeigte mir ihre Gegenwart an – Spukwesen und auch höhere Geister wie jene, die die Kapelle von Arimathea heimsuchten.

Ich sah, daß Merlin nicht wagte, seine Stimme zu heben. Die Anstrengung würde womöglich seine Wunde erneut aufbrechen lassen. Ich flüsterte: »Lugh, ruf du! Kündige uns an!« Denn Lugh schaute hilflos um sich wie ein Kind, das darauf wartete, an die Hand genommen zu werden.

Auf mein Geheiß rief er »Holla, ho!« auf anglisch und »Sei gegrüßt, Freund« auf lateinisch.

»Holla«, antwortete eine freundliche Stimme von oben in derbem Bauernanglisch. »Merlin, alter Freund, bist du das, den ich da sehe?« Aus dem Baumhaus lugte ein dunkles, vage erkennbares Gesicht.

Merlin erhob die Stimme so weit, um sagen zu können: »Caleb, ich bin es, mit Freunden.«

»Ich muß geahnt haben, daß eine ganze Schar kommt; ich habe meine ganze Mast geröstet! Aber du bist ja verletzt...« Merlin war in sich zusammengesackt und lag auf dem Waldboden.

Mellias und Lugh setzten ihn vorsichtig auf und lehnten ihn mit dem Rücken an die Eiche. Caleb kam flink wie ein Eichhörnchen die Leiter heruntergetrippelt. Er war hoch aufgeschossen, aber zu hager und zu zart, als daß man ihn einen Hünen oder gar Riesen hätte nennen können. Aus nächster Nähe roch er säuerlich. Zwischen seinem struppigen braunen Haarschopf und seinem ebenso zottigen Bart war sein Gesicht alterslos, ohne Falten, vollkommen bar jeglicher Spuren menschlicher Phantasie, Gier oder Gram. Ein solches Gesicht hätte einem Elfen gehören können – oder einem Narren. Aber aus seinen Augen leuchtete Weisheit.

»Laßt mich die Wunde versorgen.«

Aus einer Vorratshütte ein Stück weiter hinten zwischen den Bäumen holte er Kräuter, die ich nicht kannte, und eine Art Beerenöl. Aus einem nahen Quell schöpfte er frisches Wasser. Während er die Wunde behandelte, schaute er nicht ein einziges Mal zu einem von uns. Er vertraute uns, weil Merlin uns als Freunde bezeichnet hatte.

Mellias legte den Pferden Fußfesseln an. Lugh hockte sich ans Feuer und beäugte mit schmachtendem Blick die brutzelnde Mast.

Nachdem er die Blutung gestillt und die Wunde verbunden hatte, ließ Caleb sich auf die Fersen zurücksinken. Und nun musterte er jeden von uns mit ruhigem Blick.

»Caleb ist ein christlicher Eremit«, murmelte Merlin.

Das hatte ich mir schon gedacht. Er erinnerte mich an einige von Gildas' Mitbrüdern, an die mit der großen weißen Aura. In der Dunkelheit konnte ich seine nicht sehen.

Merlin deutete mit einem Nicken zu Lugh. »Sir Lancelot ist einer von den Rittern des Königs...«

An jedem anderen Ort im Königreich hätten diese Worte aufgeregte Gesten und Ausrufe ausgelöst. Ich hatte das Gefühl, daß Caleb den Namen schon einmal gehört hatte, aber den Mann leibhaftig vor sich zu sehen brachte ihn keineswegs aus der Ruhe. Er blickte an Lugh vorbei auf Mellias und mich.

»Mellias«, keuchte Merlin, »und ... Niv ... sind von den Elfen.«

Mellias und ich sträubten uns und duckten uns wie jagende Hunde, bereit zum Sprung. Noch nie in fünfzehn Jahren hatte Merlin diese Tatsache laut verkündet. Die Menschen fürchten und hassen die Elfen, und die Christen verbinden sie mit ihrem bösen Gott Satan.

Caleb blieb auf den Fersen hocken, unbeeindruckt, ungerührt.

Als nächstes ächzte Merlin: »Und Niv ist eine Frau.« Damit nahm er uns unseren letzten Mantel der Tarnung und warf ihn weg.

Caleb lächelte mich an und sagte: »Eine wunderschöne Frau«, wie ein Galan bei Hofe.

Sein Lächeln ließ das Feuer höher brennen. Ich holte tief Atem und fühlte, wie seine Aura friedlich die meine streifte. Da wußte ich, daß sie enorm war. Diese Aura konnte die ganze Lichtung ausfüllen, sich in den Wald ausdehnen oder eine Spinne in ihrem Netz aufsuchen, wenn Caleb dies wünschte.

Merlin ließ sich mit einem leisen Stöhnen neben mich plumpsen. Caleb wandte sein lächelndes Gesicht ihm zu und verkündete: »Die Mast ist fertig.«

Wir aßen dicht um das kleine Feuer herum hockend, während die Pferde hungrig im Dunkeln schnupperten. »Haltet sie nah bei euch«, mahnte Caleb, »sonst holen die Wölfe sie.«

Otter Mellias sagte: »Die Wölfe können sie auch hier holen, Caleb.«

Der Eremit schüttelte den Kopf.

Wir aßen die Nüsse und Samen, aber nicht aus der Pfanne, sondern aus einem edlen Gefäß, einer großen, runden Schale, die im Feuerschein wie Silber glänzte. Und in der Tat war es Silber, angelaufen und zerbeult, aber echtes Silber. Wie war ein Eremit, der allen irdischen Gütern entsagte, an diesen kostbaren Gral gekommen?

Im Kreis herum wanderte die Schale, mit jeder Runde leichter werdend. Caleb selbst aß nichts. Er hielt die Mast kurz unter seine Nase, sog das würzige Aroma ein und reichte sie dann weiter an Mellias. Ich fragte mich, ob er allein vom Geruch der Nahrung lebte. Ich hatte solcherlei Geschichten von christlichen Heiligen gehört, und dürr genug war dieser Caleb allemal.

Die leere, mit den Fingern sauber ausgekratzte Schale beendete ihr Kreisen in Merlins Händen. Er ließ sich zurücksinken, lehnte das Haupt gegen Mellias' Knie und drehte den Gral in seinen hageren Händen, um ihn zu studieren.

Schließlich sagte er leise: »Dies ist … ein köstlicher Schatz.«

Ich war peinlich berührt, schämte mich fast ein wenig für ihn. Ich hatte ihn noch nie zuvor so menschlich gesehen – soviel Aufhebens zu machen um einen zerbeulten Napf –, fast wie eine Hausfrau. »Wo hast du dieses Gefäß gefunden, Caleb?« fragte er seinen Eremitenfreund.

»Es gehörte meiner Mutter.«

»Und ich wette, sie hatte es von ihrer Mutter.«

»Die Wette gewinnst du.«

»Aha. Und das ist der Grund, warum … du ihn bei dir behältst, diesen Anteil an Gier und Sünde?«

»Ich sehe keine Sünde in ihm, Merlin. Keine Sünde.« Caleb streckte die Hand nach seinem Gral aus, aber Merlin drückte ihn zärtlich an sich.

»Es gibt Menschen, die würden für diese Schale einen Mord begehen«, sagte er mit einem Kichern und zuckte vor Schmerz zusammen.

»Du darfst nicht so viel sprechen!« mahnte Caleb.

Merlin versuchte sich aufzurichten, aber er schaffte es nur, sich auf den Ellenbogen zu stützen. Er starrte hinunter auf den Gral unter seiner Nase. Er räusperte sich, spuckte zur Seite und verkündete: »Diese Silberschale deiner Mutter und deiner Großmutter ist in Wahrheit der Heilige Gral, nach dem Ritter fahnden und für den Mönche beten. Wußtest du das nicht?«

Caleb machte ganz große Augen.

Ich hatte nie geglaubt, daß der Heilige Gral existierte. Darum setzte ich mich noch ein Stück weiter auf, den Blick fest auf die Schale geheftet.

Merlin versuchte zu singen. Mit zitternder Stimme brachte er heraus: »*Den Heil'gen Gral sehn wir, Engel zeigten ihn mir, auch wenn er trüb und matt, so ist er doch fürwahr des Herrn Gefäß*... Oh, Götter!« Er spuckte Blut.

Caleb sagte nur: »Merlin, nicht singen, nicht sprechen!«

Merlin stellte den Gral neben sich, hob die Hände und schrieb: *Du wußtest das!*

Wir schauten verdutzt zu. Ich hatte nie zuvor einen Menschen die Fingersprache lesen sehen. Immer hatte ich es als selbstverständlich vorausgesetzt, sie könnten es nicht, und es sei ihnen versagt, es zu lernen.

Caleb antwortete laut: »Nein. Ich wußte nur, daß er ein Familienerbstück ist.«

Du hast nie die Kraft gespürt, die ihm entströmt?

»Nur die Kraft der Liebe.«

»Wenn ich doch nur singen könnte! Dann würde ich von denen singen, die darauf warten, daß der Gral seinen Glanz auf sie wirft. Ritter. Kaufleute. Bauern. Römer. Und du ißt Nüsse aus ihm! Jede Kirche, jedes Kloster auf der Welt würde allen Besitz dafür hergeben, um diesen Gral zu bewahren, auf daß er die Welt heilen möge!«

Caleb sprach: »Merlin. Nimm diesen Gral. Schenke ihn, wem du willst, auf daß er die Welt heilen möge.«

Merlin strahlte peinliche, gierige Freude aus. Dann wurde er wieder nüchtern. »Mein Freund«, sagte er leise, »ich kenne dein opferbereites Herz. Könntest du ohne den Gral deiner Mütter leben?«

Caleb zuckte mit den Achseln. »Wenn ich nicht ohne dieses Ding – oder irgendein anderes – leben könnte, dann könnte ich gleich mit dir in die zivilisierte Welt zurückkehren.« Merlin nickte und streichelte den Gral, wie er eine Katze streicheln würde. »Aber du kannst nicht so bald wieder weg, Merlin.«

»Gleich morgen früh.«

Caleb schüttelte den Kopf. »Diese Wunde...«

Merlin sprach mit den Fingern zu Caleb.

Ganz ruhig streckte ich die Hand aus und nahm den Gral. Ich befühlte ihn, liebkoste ihn, rieb an ihm, bis er glänzte; mit dem Glanz kamen undeutliche Eindrücke, durch meine Finger oder durch andere Sinne. Hätte ich meine volle Kraft besessen, wären sie viel stärker gewesen.

Aber ich war froh, überhaupt irgendwelche Eindrücke wahrzunehmen. Vielleicht, dachte ich, kehrt meine Kraft langsam wieder zu mir zurück ... oder vielleicht verstärkt die Kraft des Grals meine eigene.

Ich fühlte die Wärme, die Caleb zu fühlen vorgab; eine Wärme der Liebe, die gleiche Präsenz, die ich in Menschenhütten gefühlt hatte, in die ich mich als Kind hineingeschlichen hatte, um zu stehlen. Ich vernahm leise Stimmen, wie von einer Familie, die um ein Feuer herum saß; ich roch Haferküchlein, Kleie, Erbsen. Den einen Moment wog der Gral schwer in meiner Hand, so als wäre er mit einem Festschmaus gefüllt, im nächsten schon entschwebte er gleichsam, leicht wie ein leerer Magen. Ich sah eine Mutter, die ein paar Erbsen dergestalt in ihm verteilte, daß sie aussahen, als wären sie viele. Ich sah, wie sie ihren Kindern beim Essen zuschaute. Stumm fragte ich den Gral: *Wie bist du entstanden?*

Vor langer, langer Zeit, zur Zeit der Römer, war der Gral von einem muskelbepackten Hünen gefertigt worden, der bei der Arbeit sang und das gute Stück gegen Brot tauschte. Er verschwendete keinen Gedanken an eine Kraft, die über jene des Schaffens hinausging.

Ich hörte Caleb sagen: »Wenn du doch nur für uns singen könntest!«

Matt wisperte Merlin: »Ich könnte es versuchen ... Zauberer ist dort drüben, auf dem Pony.«

»Scherze nicht, Merlin.« Und an Mellias und Lugh gewandt, sagte Caleb: »Ihr wißt, Merlin kann die Geschichten von den Heiligen ebenso singen wie Geschichten vom ritterlichen Kampf.«

Merlin kicherte und prahlte: »Ein echter Barde kann jede Mär singen, allüberall. In jeder Zunge.«

Keine geistige Macht wohnte dem Gral inne, noch hatte sie es je getan.

Merlin log.

Des Nachts kamen die Wölfe.

Caleb hatte uns gewarnt. »Gebt ihnen keine Macht«, hatte er gesagt. »Schenkt ihnen keine Beachtung.« (Genau wie die Herrin einst von meinen Geistern gesagt hatte: »Gib ihnen keine Macht.« Aber dies waren Wölfe aus Fleisch und Blut.)

Die Ponys verstanden diese Warnung freilich nicht. Ihr Gewieher weckte uns auf, als sie die schlanken, dunklen Gestalten gewahrten, die die Lichtung umkreisten.

Caleb hatte uns erzählt, daß er die meisten Nächte oben im Baumhaus verbrachte. Aber das Haus bot keinen Platz für uns alle, und da Merlin ohnedies die Leiter nicht hinaufsteigen konnte, schlief Caleb aus Höflichkeit mit uns am Feuer und teilte seine von Flöhen wimmelnden Decken mit uns. Jetzt setzte er sich auf und sprach mit fester Stimme zu den Wölfen.

»Kusch!« herrschte er sie an, wie ein Bauer seine Hunde anherrschen würde. »Fort mit euch! Ab! Diese Leute sind meine Gäste und die Pferde auch. Laßt sie in Ruhe!«

Dies gesagt, legte er sich wieder hin, rollte sich auf die Seite und schnarchte.

Bei allen Göttern! Wie hatte dieser Tor jemals ein solches Alter erreichen können?

Ich setzte mich auf, raffte alles zusammen, was mir an

Macht geblieben war, und errichtete meinen silbernen, funkelnden Lichtschild. Ich versuchte ihn um die ganze Lichtung herum auszudehnen, aber als er sich dehnte und streckte, wurde er sehr dünn.

Die Wölfe hielten inne und schauten zu ihm auf. Zähneknirschend und sabbernd hielten sie miteinander Rat. Im niedrigen Schein des Feuers sahen sie fast aus wie Hunde. Ich wußte, daß sie weniger gefährlich waren als Hunde, aber ich hatte dennoch nicht vor, mich in ihrer Gegenwart hinzulegen und zu schnarchen!

Angeführt von ihrem Leitwolf, gaben die Wölfe plötzlich Fersengeld und trollten sich von der Lichtung. Ein paar ließen sich an ihrem Rande nieder und starrten mit geifernden Lefzen zu uns herüber.

Ich lag wach, wälzte mich zwischen dem schnarchenden Caleb und dem leise stöhnenden Merlin hin und her. Zweimal in der Nacht erhob ich mich, um den verblassenden Schild zu erneuern. Beim ersten Mal sah ich, daß die Wölfe sich hingelegt hatten, mit heraushängender Zunge. Fast teilnahmslos schauten sie zu, wie mein weißer Nebel waberte und sich über die Lichtung legte. Beim zweiten Mal waren sie verschwunden.

Da die Macht nun einmal wachgerufen war, konnte ich mich nicht einfach hinlegen und schlafen. Ich seufzte und ließ meinen Blick über die vom ersten fahlen Lichtschimmer erhellte Lichtung schweifen. Der Morgen wartete im Osten. Unser Feuer war ausgegangen.

Otter Mellias bat: »Gebrauche deine Macht, um das Feuer anzuzünden. Ich hole Reisig.« Ich wandte mich zu ihm um; er lag zusammengerollt unter einer von Calebs zerlumpten Decken. »Woher willst du wissen, ob ich Macht besitze, über die ich verfügen könnte?«

Er lächelte mich an. »Niviene, was gibt es, das ich nicht von dir wüßte?«

Während ich hierüber nachdachte, stand er auf und ging zu den Bäumen, die wir jetzt schon recht gut sehen konnten. Er machte nicht das leiseste Geräusch, als er hier einen Stock, dort einen heruntergefallenen Ast auflas, und kam wie ein Schatten zu mir zurückgeglitten. Er hockte sich nieder und schichtete das Reisig in dem Steinkreis auf. Ich hockte mich neben ihn, legte meine Hände darauf und flüsterte: »Was weißt du von meiner hohen Macht, Mellias?«

Er schrieb mit den Fingern: *Erloschen wie dieses Feuer.*

»Und warum ist das so?«

Der König.

Bei den Göttern, er wußte es!

Mellias, kraft welcher Macht weißt du das alles?

»Das weißt du doch, Niviene.«

»Nein, das tue ich nicht!«

Mellias grinste mich an, während das Feuer aufloderte.

»Ich bleibe hier«, verkündete Lugh.

Ich starrte ihn an. Mein Magen (der schon wieder leer war) rutschte in meine Knabenstiefel. Nach all diesen Jahren bei den Menschen! Nachdem er sein Zuhause und sein Erbe so lange vergessen hatte! Jetzt, da wir uns endlich unserem Wald näherten, wollte Lugh uns wieder im Stich lassen.

Er wandte sich an Caleb. Als wäre es ihm eben erst eingefallen, fragte er ihn: »Du nimmst mich doch als Eremitenlehrling, nicht?«

Wir standen bereit zum Abmarsch. Merlin hing bereits vor Schmerz gekrümmt über dem Hals seines Ponys; mit einem unwirschen Grunzen gab er überdeutlich zu verstehen, was er von dieser Idee hielt. Ich sah meinen eigenen Gram in Mellias' braunen Augen widergespiegelt. Er schaute mit hoffnungsvoll bangem Blick zu Caleb, und zu meiner Überraschung und Freude sah ich, daß Caleb mit sich rang. Seine große weiße Aura zitterte. Ha! dachte ich. Caleb wartet sehnsüchtig darauf, daß wir endlich abhauen und ihn in Frieden lassen mit seinen Wölfen und seinem Gott! Er wird Lugh abweisen. Ganz sicher wird er Lugh abweisen. Aber die christliche Nächstenliebe – diese eigenartige, unsinnige Tugend – verbat eine direkte Abweisung. Hier war schließlich eine Seele in Not. Nur eine Seele, die in allergrößter Not war, würde sich wünschen, auf dieser verwunschenen Lichtung zu bleiben.

Auch Lugh entging Calebs innerer Zwiespalt nicht. Überrascht bemühte er sich zu erklären: »Ich wäre ein Eremit wie du, Caleb. Ich würde mit Gottes Schöpfung in Frieden und Einklang leben und für den Rest meines Lebens über Gott nachsinnen. Nimm mich als deinen Lehrling oder als deinen Jünger an.«

Caleb zog langsam die Schultern hoch und ließ sie ebenso langsam wieder sinken; eine dunkle Wolke legte sich über ihn wie ein Umhang. Langsam sagte er: »Freund Lancelot, ich habe von dir gehört.«

»Sogar hier!« Lughs Mundwinkel hoben sich zu einem kurzen Lächeln.

»Ich habe von deinen jähen Zornesausbrüchen gehört. Du kannst in rasender Wut davonstürmen und eine Weile verschwinden, und kein Mensch weiß, wohin. Du kannst ohne Plan und Zweck töten. Du bist ein prächtiger Kämpe. Ich glaube nicht, daß du ein guter Einsiedler wärest. An dieser Gabe gebricht es dir.«

Lugh breitete die Hände zu einer flehenden, beschwörenden Geste aus. »Caleb, du kannst mich von diesen Wutanfällen heilen! Du kannst mich Frieden lehren!«

Auf seinem Pony stöhnte Merlin ungeduldig.

Caleb stammelte: »Ich esse kein Fleisch. Ich tue niemandem Leid an.«

»Auch ich werde niemandem Leides antun.«

»Ich bete und preise den Herrn von früh bis spät.«

»Dabei werde ich dich nicht stören.«

»Warum? Warum willst du der Welt entsagen und bei mir bleiben?«

Da sprach Lugh: »Ich habe die Welt verloren. Ich habe meinen König, meine Ehre und meine Liebe verloren. Da kann ich mich auch gleich Gott zuwenden.«

Caleb lachte. Die düstere Wolke wallte ein wenig weg, als das Lachen seine hagere Gestalt erschütterte. Mit Erleichterung sagte er: »Du wirst nicht lange hier bleiben.«

»Das werde ich wohl!« beharrte Lugh trotzig. (Er merkte nicht, wie ungern Caleb seine Gesellschaft wollte. Weit besser hätte er daran getan, dem Eremiten zuzustimmen, daß sein Verweilen nur von kurzer Dauer sein würde; aber Einfühlungsvermögen war noch nie Lughs stärkste Seite gewesen.) »Ich werde hier für immer verweilen und Nüsse und Pilze essen und den Vögeln predigen!«

Eine leichte Röte der Erregung ließ sein Gesicht aufleuchten, als das Einsiedlerleben in seiner Phantasie etwas Abenteuerliches bekam. »Und du wirst mich heilen, Caleb. Ich werde lernen, was Friede ist!«

Caleb wandte den Blick hilfesuchend zum Himmel, zur Erde und zu den stillen Baumwipfeln. Da bekam er eine Eingebung. »Dieses Leben besteht nicht nur aus Gebet und Lobpreis. Wirst du auch Reisig sammeln und Nahrung suchen?«

Lugh schluckte. Der Gedanke an Arbeit und Nahrungssuche stieß Artus' bestem Recken hart auf. Aber er sagte tapfer: »Ja, das werde ich.«

Caleb wandte den Blick zu den heller werdenden Baumwipfeln. »Herr«, betete er laut, »gib uns ein Zeichen. Wenn dieser unglückliche Freund bei mir bleiben soll, gib uns ein Zeichen.«

Seine Stimme hallte von den nahen Bäumen wider und erstarb. Ich wartete, gespannt, was für eine Magie Caleb aufrufen konnte; und fast im selben Augenblick raschelte und knackte es hinter mir im Farn. Ich fuhr herum. Die Pferde tänzelten nervös und bliesen durch die Nüstern.

Durch das Unterholz brach eine große weiße Kreatur, gekrönt von Ästen. Königlich wie Artus trat ein weißer Hirsch auf Calebs Lichtung.

Caleb lachte vor Freude. »Cervus!« rief er, als begrüßte er einen willkommenen Freund. »Cervus, zeig uns den Willen des Herrn!«

Der Hirsch musterte uns alle mit ruhigen, dunklen Augen. Vor dem Unterholz leuchtete er wie eine Schneestatue, und seine von Sternen funkelnde, orangefarbene

Aura flimmerte und glitzerte weit um ihn herum: animalischer Geist vermählt mit Höherem. Er senkte sein Geweih und schritt auf uns zu.

Die Pferde wichen ängstlich zurück, als er näher kam. Langsam passierte er Merlin und mich, kurz innehaltend, um sein Geweih forschend gegen uns zu richten. Aus nächster Nähe roch er wie jeder Hirsch im Herbst, nach grasigem Schweiß und Sperma. Doch als er sich Caleb näherte, wich das natürliche Orange aus seiner Aura, und zurück blieb nur ein sternengesprenkelter Schaum. Cervus wandelte jetzt in einem Traum, seine wahre Natur vergessend, regiert allein vom Geist.

Caleb wiederholte seine Frage, noch leiser diesmal: »Cervus, soll dieser Mann bei uns bleiben?« Und er zeigte auf Lugh.

Gesenkten Hauptes, das mächtige Geweih hin und her schwenkend, näherte sich Cervus Lugh.

Lugh legte die Hand an das Heft seines Messers.

Gut! dachte ich, *Gut! Soll Lugh Cervus erstechen und mit uns kommen!*

Jetzt stand Cervus vor Lugh, den Kopf leicht geneigt, um ihn direkt anzuschauen, von Aug' zu Aug'. Lugh wich zurück. Langsam löste sich seine Hand vom Messer. Cervus trat vor und legte seinen schweren Kopf auf Lughs Schulter.

Resigniert kam Caleb dazu und umarmte Mann und Hirsch. »'s ist der Wille des Herrn«, verkündete er betrübt und massierte Cervus' Hals wie den eines Pferdes. »Du sollst bei uns bleiben, Lancelot. Möge Gott dich von deiner Raserei heilen.«

12

Die Ratseiche

Auf einem schattigen steinernen Tisch zwischen Wald und Weide fanden wir drei kleine Laibe Brot, einer davon noch warm. Ich stieg von dem apfelgrauen Schlachtroß, das Lugh nicht mehr brauchte, und nahm die Laibe. Sie waren hier zurückgelassen worden für die Armen, die Heimatlosen oder das gute Volk. Wir waren alles drei.

Mellias half Merlin von dem Schlachtroß, auf dem ich mit ihm geritten war, um ihn festhalten zu können. Bei dem steinernen Tisch ließen wir uns nieder, um seine Wunde zu versorgen, während die an den Füßen gefesselten Pferde grasten.

Als wir Calebs Verband abnahmen, schlug uns ein übler Geruch entgegen. Die Wunde war schwarz angelaufen und hatte eine rissige, geschwollene Oberfläche. Rings um sie quoll Eiter hervor. Wir brauchten mehr als elfische Resolutheit, um in ihrer Gegenwart zu auszuharren, um uns nicht davonzustehlen, auf die Ponys zu schwingen und zu verschwinden.

Mellias sah mich über Merlins schlaff auf die Brust gesunkenen Kopf hinweg an. Unsere Blicke trafen sich, und wir nickten.

Caleb hatte es gewußt. Seine letzten Worte an mich hatten gelautet: »Meinen alten Freund verlangt es danach, einen bestimmten Baum zu erreichen, eine gewisse Ratseiche. Du kennst diesen Baum?«

»Ich kenne ihn sehr gut.«

»Schont ihn auf der Reise nicht. Reitet dorthin, auf dem schnellsten Wege.«

»Aber die Wunde...«

»Wird nicht mehr von Bedeutung sein.«

Ich wußte also, wie es um Merlin stand. Ich hatte das Wort eines Heilkundigen, der sein Fach besser verstand als ich.

Otter Mellias machte sich auf die Suche nach Wasser. Merlin lehnte mit dem Rücken an dem steinernen Tisch. Sein Atem ging rasselnd, und er wurde von Krämpfen geschüttelt. Ich hockte neben ihm auf den Fersen und spähte über das Weideland auf den Rauch eines verborgenen Dorfes. Schafe weideten in der Ferne; ihr Blöken ließ die Luft vibrieren. Am Rande meines Hörvermögens vernahm ich die Klänge einer Hirtenflöte.

Gleich in der Nähe graste der Apfelschimmel. In seiner Satteltasche stießen Zauberer und der Heilige Gral mit sachtem Klang gegeneinander.

»Merlin«, sagte ich, »du sagtest, der Heilige Gral werde die Welt heilen. Kann er nicht auch dich heilen?«

Merlin lachte leise, mit schmerzverzerrtem Gesicht. »Ach, Niviene! Schon so lange erwachsen und immer noch ein Dummerchen!«

Ich verkniff mir eine patzige Erwiderung. Merlin seufzte und fuhr fort, mit vor Schmerzen bebender Stimme. »Ich erfand den Heiligen Gral, um die Christen in Verruf zu bringen. Ich dachte... wenn kein Heiliger Gral je auftauchen würde... glänzend, schimmernd... mit magischen Zeichen versehen... dann würden sie es sich vielleicht noch einmal anders überlegen mit ihrer Religion. Aber ich erkenne jetzt... daß das mein schwerster Fehler war. Denn ich habe Fehler gemacht, Niviene.«

Um ihn zu trösten, sagte ich: »Du bist schließlich ja auch zur Hälfte Mensch.«

»Niv, ich habe Lugh und Gwenevere bezaubert, damit sie sich lieben.«

Ich war wie vom Donner gerührt. Ich wußte nicht, was ich darauf sagen sollte. Schließlich stammelte ich: »Warum denn nur?«

»Ich dachte, Artus würde sie verstoßen. Ihre Sterne waren falsch. Sie war falsch für seinen Frieden... aber Artus verschloß die Augen. Wie König Markus.«

»Ja.«

»Und jetzt hat mein Fehler ihn die Krone gekostet.«

»Artus trägt seine Krone noch.«

Anstelle eines kraftraubenden Kopfschüttelns rollte Merlin seinen an dem Stein lehnenden Kopf einmal nach links und dann nach rechts: Nein. »In diesem Augenblick reitet er in die Schlacht, um mit seinem Neffen Mordred um die Krone zu kämpfen.«

»Deshalb haben wir nichts von ihm gesehen!«

»Er hat im Augenblick andere, wichtigere Sorgen.« Merlin schloß die Augen und sank in einen unruhigen Schlaf; immer wieder fuhr er zusammen, zuckte, rollte den Kopf hin und her. Die Schafe kamen näher, und die Stimmen der Kinder des Schäfers mischten sich unter ihr Geblöke.

Mit geschlossenen Augen sagte Merlin: »Niv, zieh für mich in die Schlacht. Tu für Artus, was ich täte.«

»Wo?«

»Das erzähle ich dir alles … später.« Ich fragte mich, ob er später überhaupt noch in der Lage sein würde zu sprechen oder sich wenigstens mit der Fingersprache verständlich zu machen. Er seufzte tief. »Mordred war auch ein Fehler von mir. Ich brachte ihn zurück von Morgans Berg.«

»Ja. Sprich jetzt nicht mehr. Ruh dich einfach aus.«

Er schüttelte den Kopf und verzog das Gesicht zu einer Grimasse. »Und … was Mordred angeht … Niv, du mußt mir vergeben.«

Ich wandte meinen Blick von den Schafen und der Ferne ab und starrte Merlin an. Niemals sagt Elf zu Elf: »Vergib mir.« Dies ist ein rein menschlicher Gedanke. Bedächtig vor Staunen fragte ich: »Ich? Dir vergeben? Was?«

»Du wirst es erfahren. Wenn du's erfährst, vergib mir.«

Als die Herde näher kam, sahen uns die Hirtenkinder. Sie schwangen wild ihre Stäbe und pfiffen nach ihren Hunden, daß sie die Schafe wegtrieben. Wir waren Fremde, womöglich Räuber – am Ende gar die gefürchteten Elfen, für die man Brot auf dem Steintisch hinterlassen hatte.

Merlin stieß keuchend hervor: »Der Heilige Gral war mein schwerster Fehler von allen. Ich erfand ihn, um die Christen zu … verwirren. Statt dessen bestätigte er sie in ihrem Glauben.«

»Wie kann das sein, Merlin?«

»Wäre er doch nur gefunden worden! Wäre doch nur ein Gral gefunden, für heilig erklärt und auf einen Altar gestellt worden! Dann würden sogar die Menschen erkennen, daß es nur ein Ding war. Ein bloßer Gegenstand.«

»Nicht, wenn er Wunder wirkte.« Der menschliche Glaube kann seine eigenen Wunder bewirken. Gib einem sterbenden Menschen ein Büschel Haare, sag ihm, sie stammten vom Haupte Josephs von Arimathea, und es kann sein, daß er wieder gesund wird.

Merlin biß die Zähne zusammen und schob sich ein Stück höher, gegen den Tisch. Er wandte seinen verschleierten Blick zu der blökenden Herde, aber ich glaubte nicht, daß er viel sehen konnte. »Er würde ein Ding bleiben, ein Gegenstand … und eines Tages würden sie das endlich erkennen und aufhören, ihn anzubeten … und das, wofür er stand. Aber … der Gral wird niemals gefunden werden. Ich werde nicht mehr hier sein, um ihn zu finden.«

»Er steckt da drüben in deiner Satteltasche.«

»Den würden sie niemals akzeptieren, Niv. Nicht diesen zerbeulten, angelaufenen Napf.«

»Warum hast du ihn dann Caleb weggenommen?«

»Ich habe ihn ihm nicht weggenommen! Ich habe ihn

dazu überredet, ihn herzugeben für die Heilung der Welt.«

»Aber warum? Warum?«

»Weil dieser Gral heilig ist. Hast du seine Macht nicht gespürt?«

»Merlin, ich wußte, daß du logst, als ich keine Macht in ihm fühlte. Ich fühlte nur ... Liebe. Menschliche Liebe.«

»Ja. Die heiligste Kraft auf der Welt. Dieser Gral wird dein Leben heilen – und vielleicht auch Artus'. Und jene Heilung wird sich ausbreiten.«

Der Gral würde mein Leben heilen? Ich wußte ja nicht mal, daß mein Leben verwundet war. Wie gebannt lauschte ich Merlins holpernden, stockenden Worten.

»Irgendwann, Niv ... im Lauf der Zeit ... fließt alles Leben zusammen ... wie Wasser ... wie der Elfenfluß. Wie Bäche in den Fluß. Die Zeit wird kommen ... da Anglisch, Sächsisch, Römisch, da all das ... keine Bedeutung mehr haben wird. Selbst Elf und Mensch wird nichts mehr bedeuten ... Sie werden alle zusammenfließen ... und sich zu neuen Strömen teilen ... und diese werden wieder zusammenfließen ... wie Wasser, Niv. Das Leben ist wie Wasser.«

Und als Merlin schweratmend innehielt, glaubte ich den Elfenfluß zu sehen und meinte auf ihm zu schwimmen. Ich sah Bäche hier und da in ihn münden und sich in seinen Fluten verlieren. Ich sah Nebenarme von ihm abzweigen und sich wieder mit ihm vereinigen.

Merlin sprach: »Das Leben ist eins, Niv. Trennung ist nur etwas Vorübergehendes. Wenn also der Gral dich beglückt, dann beglückt er die Welt.«

Ich konnte mir vorstellen, daß Angeln und Sachsen eines fernen Tages eins sein würden. Aber Elf und Mensch? Würde die Göttin klares und trübes Wasser zusammenschütten?

Und dann sah ich sie in der Ferne, die Füße auf der Erde, den Kopf über den Wolken. Sie vermengte Wasser aus zwei Krügen; der vereinte Strom ergoß sich auf die Erde wie hernieder prasselnder Regen, und sie dachte sich nichts dabei. Weniger denn nichts. Auf die gleiche Weise schöpfte ich vielleicht Wasser aus einem Bach, ohne einen Gedanken daran zu verschwenden, daß womöglich winzige Geschöpfe darin lebten; oder, wenn ich doch daran dächte, so würde es mich nicht kümmern. Die Wassergeschöpfe lebten ihr Leben, und ich lebte das meine.

So hoch über uns, so weit von uns weg lebt die Göttin, während sie zugleich doch auch in uns wohnt. Mich schauderte, und ich riß mich von diesem Bild los.

»Wie?« fragte ich Merlin. »Wie wird der Gral mich beglücken?«

»Du wirst ihn zusammen mit mir als Opfer beerdigen. Du wirst mich als Opfer bestatten – und meinen Zauberer. Uns drei zusammen. Dann wirst du beglückt und geheilt werden.«

»Bestatten ... dich bestatten?«

»In der Ratseiche. Du kennst den großen Spalt in seiner Seite, wo einst der Blitz in ihn einschlug. Darin sollst du mich bestatten. Mich. Zauberer. Den Heiligen Gral. Still, Niviene! Mellias kommt zurück!«

Ich drehte mich um und sah den Otter nahen wie den Hauch einer linden Brise; seine kleinen Füße drückten kaum das Gras nieder. Vorsichtig hielt er eine Blatt-Flasche mit Wasser in den Händen.

»Merlin, nur wenig entgeht Mellias. Er hat seine eigene mysteriöse Kraft.«

Merlin versuchte zu lächeln. »So mysteriös, wie du denkst, ist die gar nicht. Es ist die größte Kraft auf der Welt. Er stahl den Menschen einen Funken davon.«

Gleichwohl sprach Merlin nicht mehr von Bestattung, Opfer oder Vergebung, während Mellias ihn versorgte.

Unter der Ratseiche lag ihr gelbes Laub. Herbstsonne lächelte durch die kahlen, mächtigen Äste. Mellias und ich legten ihr Merlin zu Füßen, und wir selbst sanken nieder, um uns auszuruhen.

Als er den dunklen Fleck am goldenen Horizont zum ersten Mal gesehen hatte, hatte Mellias gesagt: »Da ist die Heimat!« Da war Merlin zurückgesackt, gegen mich, die ich hinter ihm auf dem Rücken des mächtigen Schlachtrosses saß. Zusammen schwankten wir im gleichmäßigen Rhythmus der Schritte des Apfelschimmels; und plötzlich ergoß sich Merlins Blut schwarz über uns beide, Tunika und Hose durchnässend.

Ich wußte, daß er die Blutung bis jetzt mittels schierer Kraft zurückgehalten hatte. Doch nun, da die Heimat in Sicht kam, war er mit seinen Kräften am Ende. Wenn wir uns jetzt nicht sputeten, würde Merlin die Ratseiche nimmer lebend erreichen!

Mellias sprengte voraus, um der Kindergarde zu signalisieren, daß sie ihre Giftpfeile stecken lassen sollte. Das graue Schlachtroß trabte mit festem, unerschütterlichem

Schritt an Schnittern und am Mittsommerkogel vorbei und weiter zum Ostrand. Dort hatte Mellias Kinder versammelt, die bereit waren, uns zu helfen. Sie hatten ein Floß mitgebracht, das im Fluß auf uns wartete. Ich ritt in den Schatten des Waldes hinein, und die Göttin umfaßte mich.

Merlin hatte mich gewarnt: »Deine Mutter wird nicht da sein.« – »Ich weiß«, hatte ich erwidert. Denn ich wußte es, seit ich geträumt hatte, wie sie in die Ratseiche einfuhr. »Macht nichts«, keuchte Merlin. »Die Göttin wird uns begrüßen.« Und mit der Waldesluft, mit dem satten Geruch von Pilz und Nuß, von feuchtem Laub und Humus, schlossen sich auch ihre Arme um uns.

Die Kinder halfen Merlin auf das Floß und nahmen das Schlachtroß als Entgelt. Wir ließen es in ihrer Mitte zurück: kleine braune Knirpse, die an seiner Mähne hoch klommen, auf seinem Rücken tanzten und sich an seinen Flanken herunterrutschen ließen. Er war das größte, fügsamste Tier, das sie je gesehen hatten. Ich hoffte, daß sie ihm kein Leid zufügen würden. Die Ponys ließen wir frei.

Ich sicherte Merlin auf dem Floß, und Mellias stakte flußaufwärts, durch Schwärme von Enten und Schwänen, die sich kaum bewegten, um uns vorbeizulassen.

Wenn die Elfen ihre Knochen ablegen wie Herbstlaub, wandern sie allein ins tiefe Dickicht. Ihre Gebeine werden selten gefunden. So war meine Mutter fortgewandert, während ich mich um Artus' Frieden gekümmert hatte.

Merlin hatte einen menschlichen Plan. Die geheime Stätte im Dickicht, die verschollenen Knochen, derer sich nur die Göttin entsann, waren nichts für ihn. Nein. Merlin war unter großen Schmerzen und unter Aufbietung gewaltiger Kräfte hierher zur Ratseiche gekommen, um den uralten Baum zu seiner Grabstätte zu machen, zu seiner Gedenkstätte, so, wie Menschen sie lieben.

Mit der allerletzten Kraft, die ihm zu Gebote stand, kroch er in die schwarze Höhle, die ein Blitz vor langer Zeit in den Leib des Baumes getrieben hatte. Er legte die Beine übereinander, lehnte den Kopf zurück, gegen das schwarze Holz, und streckte seine skelettdürren Hände aus. Auf diese Geste hin strömte das Blut wieder aus ihm heraus. Ich hätte nie geglaubt, daß ein Körper so viel Blut enthalten könnte, wie Merlin vergossen hatte.

»Zauberer«, wisperte er.

Mellias reichte ihm die alte Harfe. Sie schien wie ein Kind in seine Arme zu springen. Er hielt sie so, als wäre er bereit, eine Weise auf ihr anzustimmen, und ächzte: »Und nun den Heiligen Gral.«

Ich nahm die angelaufene, zerbeulte Schale aus der Satteltasche. Kurz hielt ich sie in der Hand und fühlte die Liebe, die sie über Menschengenerationen hinweg in sich aufgesogen hatte. Allein die Göttin konnte wissen, wie viele liebevolle Hände Festessen in ihr aufgehäuft hatten – oder kärgliche Reste dergestalt in ihr ausgebreitet hatten, daß sie wie ein Festessen angemutet hatten –, um sie hungrigen Mäulern darzureichen. Nur sie allein kannte all die Hände, die in sie hineingegriffen hatten und die jetzt längst zu Staub zerfallene Knochen waren.

Ich reichte sie Merlin, der sie wie einen Panzer auf seine Brust legte.

Dann wisperte er: »Hört mir zu, Kinder!«

Es fiel mir sehr schwer, mich über Merlin zu beugen, während ich gleich hinter mir den Tod nahen fühlte. Mellias muß es noch schwerer gefallen sein. Aber wir gehorchten und beugten uns über ihn.

Merlin murmelte: »Der Eremit Caleb reichte uns seine Nußmast in diesem Gral dar ... frohen Herzens ... Er selbst wollte nichts davon haben ... Nun bringe ich diesen Gral der Göttin ... auf daß sie die Welt heilen möge.

Zauberer geht mit mir zur Göttin.

Ich gebe meine Gebeine der Göttin zurück, die sie mir einst schenkte.

Niviene, meine Tochter. Wenn dein Herz zu dir zurückkehrt, wird mit ihm auch deine Kraft in ihrer ganzen Fülle wiederkehren. Geh jetzt zu Artus, wie ich es dir aufgetragen habe; und wenn du Mordred findest, vergib mir.«

»Merlin«, sagte ich leise, »welches Unrecht du auch immer getan hast, es läßt sich nicht mehr ändern. Es liegt in der Vergangenheit.«

»Nur bedenke, Kind, daß ich nicht immer weise gehandelt habe.«

»Das werde ich, Merlin.«

»Und vergiß niemals, daß ich dich liebe.«

Liebe. Vergebung. Dies waren schwer zu verstehende Begriffe für mich, die ich standhaft Elfe geblieben war. Vielleicht verstand Mellias sie besser.

»Ich habe dich aufs innigste geliebt«, sprach Merlin und schloß die müden Augen. »Und nun ... versiegelt die Höhle.«

In meinem Traum, als die Herrin in die Höhle gefahren

war, hatte diese sich von selbst hinter ihr geschlossen und versiegelt. Diesmal, bei Tageslicht, mußten Mellias und ich das besorgen. Hurtig häuften wir Laub in und über die Öffnung. Nach wenigen Augenblicken verschwand Merlins totenbleiches Antlitz unter gelben Blättern. Der Heilige Gral schimmerte immer noch durch. Auch ihn bedeckten wir. Merlins gleichlange Finger, die auf den Saiten der Harfe ruhten, verschwanden als letztes.

Wir traten einen Schritt zurück, um ein wenig zu verschnaufen. Dann drehte Mellias sich um, schlenderte zum Seeufer und kam mit einem Armvoll Schlamm wieder, den er in Röhricht aufgefangen hatte. Den klatschte er auf das Laub.

Auf den Schlamm packten wir Erde, die wir mit den Händen ausgegraben hatten, und deckten sodann das Ganze mit Steinen zu. (Später lehnten unbekannte Hände eine große flache Steinplatte gegen die Höhlung, von der Art, wie Menschen sie auf das Grab eines Anführers stellen.)

Schweratmend und erschöpft von der Anstrengung sanken wir zu Boden, um uns unter der Ratseiche auszuruhen. Otter Mellias schlief sofort ein. Ich selbst lag wach und dachte über Merlins letzte Worte nach.

Tochter hatte er mich genannt.

Merlin war ein Poet, und er sprach wie ein solcher. Aber in Wahrheit hatte ich für Merlin stets das empfunden, was eine menschliche Tochter für ihren Vater empfindet. Der Umstand, daß wir beide gleichlange Finger hatten, bildete ein Band zwischen uns. Merlin war so oft zugegen gewesen, als ich aufgewachsen war; wie ein schattenspendender Baum hatte er über mir und der Herrin gewacht. Ich erinnerte mich, wie er Haferküchlein auf heißen Steinen gebacken hatte, während die Herrin mich in ihrem Schoß gewiegt hatte. Wir drei waren wie eine Familie gewesen. Ich erinnerte mich, wie er mich nach meinem ersten Ritt in den Wald getragen hatte, als ich nicht mehr hatte gehen können.

Ich schluckte hart, und mein Blick verschwamm. Wenn ich weiter solche Erinnerungen heraufbeschwor, würde ich weinen, so wie ich im Obstgarten von Arimathea geweint hatte.

Aber wir Elfen weinen nicht um die Toten. Wir leben im Hier und Jetzt, wir singen diesen Ton des ewigen Liedes der Göttin.

Mellias regte sich und schlug die Augen auf. »Niviene, wir haben alles getan, wie er es sich gewünscht hat.«

»Ja, das haben wir.«

»Jetzt sind wir frei.« Mellias' Stimme trällerte fröhlich. Ich wandte mich zu ihm um und schaute ihn an.

Mellias hatte lange Zeit ein fast menschliches Leben geführt, unter Menschen. Jetzt endlich schuldete er niemandem mehr etwas: Lugh nicht, der uns verlassen hatte; Merlin nicht, der tot war. Jetzt konnte er für immer im Wald bleiben und zu seinem wahren elfischen Selbst zurückkehren.

Ich schüttelte den Kopf. »Eines müssen wir noch tun, Mellias. Wir müssen zu Artus in die Schlacht ziehen.«

»Ich nicht.«

Das verblüffte mich. »Du wirst nicht mitkommen?« Irgendwie hatte ich angenommen, daß Mellias dorthin gehen würde, wohin auch ich ginge, daß er mir folgen würde wie ein Hund.

»Ich nicht«, wiederholte er. »Als Merlin das befahl, lag er im Fieberwahn. Es ergibt keinen Sinn, Niviene. Was willst du in der Schlacht? Hast du schon einmal eine Schlacht gesehen? Bei den Göttern, ich ja! Ich werde nicht dorthin gehen.«

»Ich muß dort etwas tun ... ich muß vergeben. Das war das Wort, das er gebrauchte. Vergeben.«

Mellias machte eine Handbewegung, als klopfte er Staub von seiner Tunika.

Wenn er erst ein bißchen ausgeruhter war, würde er seine Meinung schon ändern, dachte ich. Er würde mich nicht allein zu diesem scheußlichen Etwas namens Schlacht ziehen lassen.

Die Ratseiche raschelte mit den Blättern.

Ich blickte hinauf zu den kahlen Ästen und sah, daß sie voller Geister waren. Wie bleiche Vögel saßen sie auf den Zweigen, hüpften zwischen ihnen hin und her oder flatterten herum. Elfen und Menschen, männlich und weiblich, manche nackt, manche edel gewandet, zwitscherten leise, wie Vögel, die man von fern hört.

Und jetzt sah ich, daß einige von ihnen göttlich waren; sie ragten so riesig zwischen den anderen auf und waren mit ihnen verschlungen und verwoben, daß ich sie auf den ersten Blick gar nicht als einzelne Wesen wahrgenommen hatte. Andere, klein wie Bienen, standen schwirrend in der Luft auf schimmernden Schwingen. Und aller Augen waren auf die mit Schlamm und Erde versiegelte Höhle unten gerichtet.

Neben meiner Schulter flüsterte Mellias: »Was ist das?«

Ich befeuchtete meine Lippen, um zu antworten. »Sie sind da. Merlins Freunde.«

Mellias rückte noch ein wenig näher zu mir heran. Ich fühlte, wie er zitterte.

Auch ich zitterte. Mit bangem Blick forschte ich in der Wolke aus Gestalten nach einem vertrauten Gesicht. Wenn diese großen Geister kamen, Merlin zu begrüßen, längst Verstorbene und jüngst Verschiedene, würde dann nicht auch die Herrin unter ihnen zu finden sein?

Ich erspähte etwas, das ihr Altweibergesicht hätte sein können; es lugte unter dem Flügel einer riesigen Gestalt hervor. Ein Mädchen, das sie hätte sein können, jünger, als ich sie je gesehen hatte, saß auf einem hohen Ast – vielleicht dem Ast, von dem aus ich einst Gwen erspäht hatte.

Aber ich konnte mir beider Phantome nicht sicher sein und gab daher die Suche bald wieder auf. Diese Vision ging weit über meine eigenen Sorgen hinaus, welche sich in ihr verloren wie Wassertropfen in einem See.

Aus der versiegelten Höhle stieg jetzt eine dünne Dunstfahne empor. Zuerst nicht mehr als ein leichter Hauch, einem Atemhauch an einem frostkalten Morgen ähnlich, gewann sie an Kraft und Gestalt, bis ich glaubte, auch Mellias müsse sie nun sehen. Sie driftete und wölbte sich und wankte, wie ein Mensch, der sich reckt. Kalt kreiselte und waberte sie zwischen mir und Mellias hindurch und wurde heller, nahm ein blasses Orange an, wie das eines Sonnenaufgangs. Sie stieß sich von der Erde ab und schwebte langsam empor, sich kräuselnd wie Rauch zwischen den Geistern und Göttern, die sich auf den Ästen der Ratseiche versammelt hatten. Als sie die andern erreichte, lösten sie sich selbst in Nebel auf. Und die Wolke bedeckte den alten Baum und hüllte ihn vollständig ein; und sie lüftete sich und entschwand. Die Ratseiche kam langsam wieder zum Vorschein, erst der Stamm, dann die versiegelte Höhle, schließlich die kahlen Äste. Die Sonne schaute durch die Wolke hindurch, und dann war die Wolke fort.

Ich seufzte. »Sie sind weg«, sagte ich zu Mellias.

Aber wir rührten uns nicht vom Fleck.

Später zogen wir unsere Kleider aus und wateten in den See. Leid und Tod sind ansteckend. Wie eine Seuche springen sie von einem Körper zum andern. Wir hatten tagelang mit Merlins Leid gelebt, und jetzt hatte sein Tod uns berührt. Wir freuten uns auf das eiskalte Wasser, das uns von dem ansteckenden Keim reinigen würde.

Ich schwamm weit hinaus und ließ mich treiben, den Blick zurück auf das Eiland Avalon gewandt, die Apfelinsel. Vom Wasser aus sah ich die Bäume, kahl oder golden, und einen blassen Fleck, der die Villa meiner Mutter gewesen war und jetzt mein Bau war, mein Nest. Und ich sah die uralte Ratseiche, die alle Apfelbäume Avalons weit überragte.

Ein Lied von Merlin

»Zwei Drachen«, spricht Merlin, »einer rot, einer weiß,
Schlagen um sich und kämpfen und drehn sich im Kreis.
Wie die Angeln und Sachsen Seite an Seit',
Liegen seit Jahren die beiden im Streit.
Während sie warten, daß Gottes Hand
Bestimme die Zukunft in diesem Land,
Können sie es einfach nicht lassen,
Einander zu morden und hassen.«

So spricht Merlin, das Kind, und blickt stumm
Sich im Kreis der Erwachsenen um.
Hört zum ersten Mal der Trommel Klang,
Wie das Pochen eines Herzens bang.
Scheint zum ersten Mal den Kessel zu sehen.
Sieht zum ersten Mal den Druiden stehen.
Die Königin hält ihn schützend im Arm,
Das Licht der Fackeln umgibt ihn warm,
Es schreit der Druide: »Tod diesem Kinde,
Damit sein Blut den Mörtel binde!
Mischt den Mörtel mit dem Blut dieses Jungen,
Dessen Vater dem Elfen- oder Höllenreich entsprungen!«
Der König wehrt ab. »Er besitzt meine Gunst.
Unterweist ihn in der Druiden Kunst

Und in der neuen Lehre der Christen!
Ich will mein Reich für die Zukunft rüsten.
Er soll unser aller Leitstern sein,
Den Weg uns weisen mit hellem Schein!«
Nun singen die Barden von Vortigern.
Doch längst nicht mehr leuchtet für ihn der Stern.

13

Drei Königinnen

Unter den Ästen der Ratseiche sagte Mellias: »Als Merlin dir befahl, dich zu Artus in der Schlacht zu gesellen, war er krank. Im Fieberwahn. Was willst du da?«

Später, an meinem Hoffeuer, sagte er achselzuckend: »So gehe, wenn du denn unbedingt darauf bestehst.« Dann beugte er sich geschäftig vornüber und putzte das Rohr seiner Pfeife.

Ich war selbst überrascht von meinem kalten Gram. War ich – mochten es die Götter verhüten! – abhängig von meinem Otter geworden?

»Du weißt, daß ich mich in Gefahr begebe«, erwiderte ich.

»Das weiß ich besser als du!«

»Aber du willst nicht mitkommen.« Ich war ehrlich verwirrt. Während all dieser Jahre war Mellias immer eine zuverlässige Rückendeckung für mich gewesen.

Er straffte sich, legte die Pfeife beiseite und schaute

mich über das kleine Feuer hinweg an. »Niviene«, sagte er ernst, »du mußt eines wissen. Als ich seinerzeit auf die Apfelinsel kam, um hier zu leben, und du von der Kindergarde zurückkamst, begehrte ich dich. Das wußtest du.«

Ich nickte. Angst krallte sich um meinen Magen. Noch nie hatte ich Mellias' so ernst erlebt, so düster.

»Bei jeder Mondblüte wartete ich auf dich. Erst tanztest du mit anderen. Dann tanztest du nicht einmal mehr. Also suchte ich mir andere Gespielinnen.«

»Aefa.«

»Gewiß, ich fand Aefa. Aber es war nie so, wie es mit dir gewesen wäre. Für dich, Niviene, zog ich aus in dieses furchtbare Königreich.«

»Das ist nicht wahr! Du gingst um des Abenteuers willen dorthin!«

»Ja, als ich jung war. Wir sind nicht mehr jung, Niviene. Hast du das schon bemerkt?«

Ich betrachtete Mellias im warmen Schein des Feuers. »Du hast noch nicht ein graues Haar auf dem Kopf!« Aber Runzeln der Sorge und der Angst hatten sein Gesicht zerfurcht.

Er fuhr fort. »Ich ging um des Abenteuers willen und wegen Lugh. Lugh war für mich das, was ein Bruder für einen Menschen sein sollte. Später ging ich deinetwegen. Um auf dich aufzupassen. Um dir Schirm und Schild zu sein.«

Ich wandte den Blick von ihm ab und schaute hinunter ins Feuer. Ich glaube, ich empfand das, was die Menschen Scham nennen.

»Niviene, ich habe lang Zeit unter den Menschen

gelebt. Länger als du, da ich früher auszog. Du weißt, wenn du unter Fremden lebst, lernst du ihre Sprache. Und du lernst auch ihr Denken.

Ich habe die Menschen nie so verachtet wie du; deshalb habe ich vieles von ihnen gelernt. Ich lernte … die Liebe von ihnen. Ich begann Merlin zu lieben, und Aefa, und am meisten von allen dich.«

(Ich erinnerte mich an Merlins unter Schmerzen hervorgepreßte Worte an dem steinernen Tisch. »Die heilige Macht unterweist unseren Mellias. Er stahl den Menschen einen Funken davon.«)

Ich hob den Blick wieder und schaute Mellias an. »Dennoch: Jetzt, da ich mich in Gefahr begebe, kommst du nicht mit.«

»Hör zu, Niviene. In zwei Tagen wird der Mond erblühen. Ich hatte gehofft, daß du dieses Mal vielleicht dort sein würdest. Aber wenn du in Artus' Schlacht ziehst, dann mach dir keine Sorgen um mich; ich werde schon eine lustige Gefährtin finden, wie ich es bisher ja auch stets getan habe.

Jahrelang bin ich dir gefolgt wie ein Hund und habe dich beschützt wie ein Schild. Damit hat es jetzt ein Ende. Wir sind zu Hause. Merlin ist tot. Lugh hat uns verlassen. Diese menschliche Narretei soll nun endlich aus mir entschwinden! Wenn du dich dazu entschließt, in ein Boot zu steigen und dich wieder dort hinaustreiben zu lassen, in eine Schlacht im Königreich, dann ist das dein Entschluß, den du allein für dich faßt. Du wirst nicht länger für mich mit entscheiden. Ich, Mellias, habe mich dazu entschlossen, mich in meine Otterfelldecke zu wickeln und zwei Tage durchzuschlafen. Und dann werde ich tanzen – mit dir, wenn du da bist. Und wenn nicht, dann halt mit einer anderen. Danach werde ich meine Netze flicken und ein paar Äpfel pflücken. Vielleicht dörre ich sie für den Winter, nach der Art der Menschen. Ich habe mich dazu entschlossen, jetzt wieder in mein wahres Ich zu schlüpfen, zu meinem eigentlichen Leben zurückzukehren und alles zu vergessen, was gewesen ist, die ganze phantastische grimme Welt da draußen. Soll sie nur ihren Geschäften nachgehen – ich werde die meinen pflegen.«

Noch nie hatte Mellias sich so ausführlich geäußert oder mit solcher Emphase gesprochen. Bis zu diesem Augenblick hatte ich ihn auch noch nie so vollkommen humorlos erlebt.

Leise murmelte ich: »Merlins letzte Worte. Ich muß scheiden.«

»Dann ist das also dein Entschluß. Mir ist nicht bange um dich. Du weißt nicht, auf was du dich da einläßt, aber du wirst es schon überleben. Echte Elfen sind Überlebenskünstler.« Er hob seine Pfeife auf, steckte sie sich in den Gürtel, und erhob sich von meinem Feuer wie stummer grauer Rauch. Ich schaute ihm nicht nach, als er ging. Von einem seltsamen Frösteln geschüttelt, heftete ich meinen Blick auf das Feuer und versuchte, die Vision von Artus heraufzubeschwören. Aber das Feuer wollte mir nichts erzählen.

Hätte das Feuer mir einen Blick auf das gewährt, was Merlin die Schlacht von Camlann genannt hatte, hätte ich mich vielleicht auch in meine Decke gerollt und zwei

Tage geschlafen wie Mellias. Neben dem Feuer schaudernd, hätte ich vielleicht noch einmal an seine früheren Worte gedacht. »Hast du schon einmal eine Schlacht erlebt? Bei den Göttern, ich ja.«

Mellias wußte, was eine Schlacht bedeutete, und er ging nicht dorthin. Einer klugen Elfe hätte dies zu denken gegeben, erst recht in Anbetracht ihrer Müdigkeit und Erschöpfung; sie hätte sich gefragt, welchen Anspruch ein Toter an sie stellen konnte, welches Recht er geltend machen konnte, daß sie seinen Willen erfüllte.

Aber in jener Nacht und an dem Morgen, der auf sie folgte, war ich keine richtige Elfe. Ich war auch keine herzlose Magierin. Ich war ... Bei den Göttern, ich verhielt mich wie eine verhexte Menschenfrau!

Zielstrebig befolgte ich Merlins Willen. Noch nie zuvor hatte ich mich ohne Begleitung in das Königreich gewagt. Allein diesmal, zog ich das warme wollne Hemd und die Hosen an, die meine Mutter mir hinterlassen hatte, und meinen ›unsichtbaren‹ Mantel aus der Kindergarde. (Mellias' Kristall baumelte wie immer unter meinem Hemd.) Allein stopfte ich mir einen Beutel mit Nüssen voll, stieg in ein Boot und stakte, Merlins Anweisungen folgend, flußabwärts.

So begab es sich, daß ich mich in einem Wald aus Röhricht in meinem Boot niederkauerte, während am Ufer die Schlacht von Camlann wütete.

Die Sonne blickte still auf dieses erstaunliche Bild des Grauens hinab und zog ihre Bahn. Bussarde kreisten langsam am Himmel, geduldig harrend. Sonne und Bussarde hatten schon menschliche Schlachten gesehen. Sie brauchten sie nicht zu riechen oder sie aus nächster Nähe zu hören, wie ich.

Die Schreie von Männern und Pferden zerrissen die Luft, untermalt von Ächzen, Stöhnen und dem Klirren von Stahl. Exkremente und Blut stanken um die Wette. Mein Kopf dröhnte, meine Schläfen pochten, und ich würgte, wiewohl mein Magen sich schon lange vorher entleert hatte. Der Großteil des Kampfes fand außerhalb meines Gesichtsfeldes statt, jenseits der Uferbank; doch hin und wieder kam ein tollkühnes Paar von Widersachern zu Pferd oder zu Fuß die Uferbank herabgerollt oder -gerutscht und focht im Wasser weiter, das jetzt bereits rosa zwischen den Schilfrohren schwappte. Drei Menschenleichen und ein totes Pferd lagen unweit von mir im Röhricht. Wenn ich nach oben blickte, sah ich die Schlachtaura schwarz wie eine Gewitterwolke am Himmel hängen und die Morrigan-Krähe zwischen den geduldigen Aasfressern ihre Kreise ziehen. Jener riesige schwarze Vogel, der seine Blutgier und seine Verzückung hinauskrächzte, konnte nur *sie* sein.

Warum diese Männer ihre gesunden Körper opferten, entzog sich meiner Vorstellungskraft. Die meisten von ihnen würden unter einem König Mordred nicht anders leben als unter König Artus. Sie kämpften hier nicht gegen Sachsen, sondern gegen ihre eigenen anglischen Brüder, mit denen sie noch vor einem Mond zusammen Bier getrunken hatten. Es war mir genauso unbegreiflich wie das Turnierspiel, das Lugh immer mit den Dorfjungen gespielt hatte. Dann und wann war ein Junge gestürzt, hatte sich ein Bein gebrochen oder war um

Haaresbreite der Blendung entgangen, und Elana und ich hatten dann kopfschüttelnd über ihre Torheit gestaunt. Genauso staunte ich jetzt über die Unsinnigkeit dieser Schlacht, in der ohne irgendeinen ersichtlichen Grund jede Sekunde ein gesunder Mann in der Blüte seiner Jahre sein Leben aushauchte. Ich kauerte in meinem Boot, einigermaßen sicher, es sei denn, ein direkter Hieb von einem die Uferbank herunterrollenden Kombattanten hätte mich getroffen, und horchte, roch, würgte und litt. Zu Recht hatte Mellias mich gefragt: Was willst du da?

Doch halt. Der Schlachtenlärm ebbte ab. Die Schreie, das Geächze und Geklirre entfernten sich. Die Schlacht schien sich nun vom Ufer zu verziehen; gerade so, wie ein Gewitter sich verzieht und der Donner rollt und grummelt und schließlich verstummt, während noch immer Blitze zucken.

Die hoffnungsfrohen Bussarde kreisten tiefer.

Just als ich erwog, ob ich die Uferbank hinaufklimmen und einen Blick riskieren solle, kam ein Rittersmann dahergewankt, verfolgt von zwei weiteren; sofort duckte ich mich tief in mein Boot und zog Röhricht vor mich.

Der Flüchtende war klein und schmächtig und mit einer schwarzen Rüstung bewehrt. Ein schwarzer Federbusch hing schief von seinem Helm; Blut durchtränkte seine linke Seite. Ein Hüne folgte ihm dicht auf den Fersen; er schwang ein Schwert, das silbern gleißte unter dem Blut, das an ihm klebte und von ihm heruntertroff. Der Mann blutete kaum, obgleich sein Panzer und seine Tunika in Fetzen hingen. Er mußte verwundet sein, aber die Scheide, die bei jedem Schritt gegen seinen Oberschenkel schlug, war frei von Blut, wie auch die Überreste seines Brustharnischs und der Tunika.

(Und Merlin sprach: »Dies ist Caliburn, das Zauberschwert, das niemals sein Ziel verfehlt. Und dies, seine Scheide, ist gar wertvoller noch, denn wer immer die magische Hülle trägt, nie an seinen Wunden vergeht.«)

Ich blinzelte, erinnerte mich an das Lied in der Schenke, die lauschenden Riesen und den Zauber, mit dem Merlin sie in Bann schlug, so daß sie ihre Kümmernisse vergaßen und sich mit vollem Herzen wieder für Artus und seinen Frieden begeisterten.

Die Stelle des Liedes, die von der magischen Scheide handelte, fand nun ihre Bestätigung. Hier kam Artus, den ich zweimal geliebt hatte, der mich meine Macht und meinen Bruder gekostet hatte, der mir einen Sohn geschenkt hatte, den er nie kennengelernt hatte; hier kam dieser stolze Recke, taumelnd unter Wunden, die ihn längst zu Boden hätten zwingen müssen, und verlor nicht einen Tropfen Blut, während er sein Zauberschwert Caliburn wider seinen Neffen schwang.

Und hinter ihm, ein Stück zurück, tappte torkelnd ein von Blut geblendeter Riese, der gleichfalls sein Schwert schwang. Ich konnte nicht ausmachen, welchen der beiden Männer er zu bekämpfen trachtete, aber es war einerlei. Er wankte, stolperte und strauchelte über Leichen; es sah ganz danach aus, daß die ersten beiden ihr blutiges Geschäft erledigt haben würden, bevor er sie einzuholen vermochte.

Auf der Uferbank direkt über mir hielt Mordred inne, drehte sich langsam um und baute sich vor Artus auf. Keiner von beiden trug einen Schild. Jeder hob sein Schwert mit beiden Händen hoch über den Kopf und stürmte auf den anderen los.

Wäre ich ein Barde gewesen, der sich im Schilf versteckt hielt, hätte ich diesen Zweikampf für den Rest meines Lebens auf Banketten und Jahrmärkten besingen können. Ich hätte meinen Lebensunterhalt von ihm bestreiten können. Ich wußte exakt, wie er klingen sollte, an welcher Stelle die Harfe einzusetzen hatte, wie ich das gewaltige Aufeinanderprallen der Schwerter in Worte und Töne fassen sollte; wie die Helden wankten, schlugen, fielen und sich wieder aufrafften; wie sie einander am Ufer hin und her trieben; wie kein Halm je wieder sprießen würde, wo sie ihren blutigen Fuß hingesetzt hatten; wie dieses Stück Ufer hernach für immer dürr und bar jeden Lebens bleiben würde. Einer zwang den anderen mit mächtigen Streichen in die Knie, und letzterer zog ersterem die Beine unter dem Körper weg. Sie wälzten sich in blutgetränktem Schlamm, ließen die Schwerter fallen, tasteten nach ihren Messern. Ein prächtiges Lied würde das sein, mit einem Refrain über den Fluß, dessen Wasser sich rot färbte.

Gleichzeitig fanden sie ihre Messer, zückten sie, stießen sie sich gegenseitig durch den zerbeulten, zerrissenen Küraß in die Brust.

Gleichzeitig rollten sie auseinander, wanden sich in Pein, lagen still.

Der Riese, der ihnen gefolgt war, kam herangewankt und beugte sich über Artus. Er fiel auf die Knie und barg Artus in seinen Armen. Es war Bedevere.

Ich kletterte die Uferbank hinauf und stellte mich zwischen Artus und Mordred; ich schaute von einem zum andern.

Beide atmeten noch. Als ich mich zu ihm wandte, öffnete Mordred ein schmales rotes Auge und krächzte etwas. Ich beugte mich zu ihm hinunter, um ihn besser zu verstehen, und hörte ein klägliches »M-Ma, M-Ma«. Es klang wie das Blöken eines Lammes, das seine Herde verloren hatte.

Ich kniete nieder und ergriff Mordreds Hand. Seine gleichlangen Finger staken in Handschuhen. Ich beugte mich ganz tief zu ihm hinab, um sein Blöken zu hören, und da spürte ich, wie die Kraft an meinem Rücken empor kribbelte, als hätte sie nie geschlummert. Ich drang durch Mordreds angespanntes, weißes Gesicht und durch seinen Schädel geradewegs in seinen Geist.

Die Eisentür, die seinen Geist verschlossen hatte, stand offen. Durch die Tür hindurch sah ich Apfelbäume, Sommersonne, glitzerndes Wasser. Die Insel Avalon. Aber ich sah sie aus einer Warte knapp über dem Erdboden. Farn strich mir durchs Gesicht.

Ich, der kleine Bran, stolperte über Wurzeln und Steine, rief verzweifelt nach meiner Mama. Sie schritt vor mir her, ohne sich umzudrehen. Ihr langer schwarzer Zopf schwang auf ihrem Rücken hin und her. Ein Weidenkorb stieß gegen ihre Schulter. Ihre Schritte ließen kein Unterholz rascheln, keinen Zweig knacken. Lautlos verschwand sie hinter einem gigantischen Apfelbaum.

Riesige graue Bäume beugten sich zu mir herab und starrten mich an. Etwas bewegte sich im Dickicht. Ich schrie: »M-Ma!« Da fiel ich über einen Stein und landete auf dem Bauch.

Jetzt erschien Mama wieder. Wie eine Hirschkuh schien sie aus dem Apfelbaum herauszuwachsen und spähte um ihn herum.

Ich weinte nicht richtig, es war eher ein Plärren. Deshalb sah ich sie klar und deutlich. Ich sah ihr unwirsches, mürrisches Gesicht, die mißbilligend zusammengekniffenen Lippen. Ich wußte, daß sie keinen Lärm mochte. Ich wußte, wenn ich wieder losplärrte, würde sie verschwinden und mich allein lassen mit den starrenden Bäumen und dem Ding, das sich im Dickicht bewegte.

Ich mäßigte mein Plärren zu einem Wimmern. »M-Ma!«

Sie zuckte mit den Schultern. Geschwind und lautlos, nicht das leiseste Geräusch machend, kam sie zurück und blieb vor mir stehen. Für mich sah sie aus wie ein Baum, als sie da in ihrer rehledernen Tunika vor mir aufragte und auf mich herabblickte.

Ich schniefte. Ich hatte Schmerzen, viel schlimmere als die, die man hat, wenn man über einen Stein stolpert und auf die Nase fällt.

Meine Mutter kniete sich vor mir auf die Erde. Ihre warmen braunen Arme legten sich um mich. Ich vergrub mein Gesicht in ihren Brüsten. Sie rochen nach süßer Milch.

Die Sonne schien, ein Kuckuck rief. Ich lag glücklich und zufrieden in Mamas Armen, und sie strich mir über das Haar. Jetzt hatte ich überhaupt keine Schmerzen mehr.

Ich, Niviene, zog mich aus Mordred zurück und wurde wieder ich selbst. Ich war Niviene, die Herrin vom See. Ich hielt meinen Sohn Bran in den Armen; sein Blut rann über meine Brüste und meinen Bauch; ich fühlte, wie sein Herz gegen meines pochte, stolpernd und schwach. Ich hatte ihm den Helm abgenommen, strich über seine schwarzen, schweiß- und blutdurchtränkten Locken und sprach leise zu ihm.

Ein Zucken durchfuhr seinen Körper, und ich drückte ihn fest an mich. Er starb, und ich hielt ihn ganz fest und sprach leise zu ihm, bis ich fühlte, daß sein Geist aus ihm entschwand. Mordred war frei. Ein schlechtes Leben hatte ich ihm geschenkt. Mein kleiner Bran war nicht mehr er selbst gewesen, seit er klein gewesen war. Er hatte nicht mehr gewußt, daß er mein Bran war; erst in dem Augenblick, da der Tod die Eisentür in seinem Geist aufgebrochen hatte, hatte er sich erinnert. Jetzt war er frei.

Und ich hatte in seinem Geist dem Tod gegenübergestanden. Mit seinen Augen hatte ich die Göttin gesehen, in meiner Gestalt. Wie würde ich je wieder Furcht empfinden können?

Ohne Hast bettete ich den toten Körper auf die Erde. Ich nahm die behandschuhten kleinen Hände mit den gleichlangen Fingern und kreuzte sie auf seiner Brust. In Gedanken sandte ich meine Vergebung an Merlin. Er hatte es nicht gewußt.

Nun, da Mordred / Bran wie Merlin dahingeschieden war, fühlte ich mich frei. Mochten die Bussarde seine einst geliebten Knochen abschälen. Ich ließ mich zurück auf die Fersen sinken und schaute mich um.

Sir Bedevere kniete neben Artus, der noch atmete. Caliburns magische Scheide vermochte den Blutstrom aus seinen furchtbaren Wunden nicht länger einzudämmen. Blut quoll ihm aus Bauch, Schenkel und Brust.

Bedevere schluchzte.

»Caliburn ...«, ächzte Artus. »Gib es der Herrin. Wirf es in den Fluß.«

Und Merlin sprach: »Die Herrin vom See schenkt dir das Schwert wider die Sachsen in unserem Land. Wann immer du aber dein Volk enttäuschst, junger König, verlangt zurück sie dein Pfand.«

Ich stand auf.

Bedevere hatte den ganzen Tag lang getötet. Seine schmale Aura hob sich rot schimmernd gegen den wolkenverhangenen Himmel ab. Ich näherte mich ihm behutsam, meine leeren Hände ausgestreckt. Ich sagte: »Bedevere, ich bin die Herrin vom See. Gib mir Caliburn.«

Bedevere blickte zu mir auf, durch einen Schleier aus Blut und Tränen. Er sah einen Knaben, irgend jemandes Knappen – zerzaust, aufgelöst, blutverschmiert und tropfnaß von den Wassern des Flusses. Er schaute an mir vorbei, als nähme er mich gar nicht wahr.

»Bedevere, ich bin die Herrin vom See«, wiederholte ich. »Der Magier Merlin und ich gaben Artus das Schwert Caliburn. Nun fordere ich es zurück.«

Artus richtete sich stöhnend ein winziges Stück auf und sackte sogleich wieder zurück.

»Gib ... es ihr«, krächzte er. »Gib Caliburn ... der Herrin.« Er versuchte, Caliburn selbst aufzuheben, aber ihm fehlte die Kraft dazu.

Bedevere hob das Schwert auf. Wieder schaute er an mir

vorbei und um mich herum, nach der sagenumwobenen ›Herrin‹ fahndend.

Ich stand so dicht bei ihm, daß ich das Heft selbst hätte in die Hand nehmen können; freilich auch so dicht, daß er mir die Klinge durch den Leib hätte stoßen können. Geduldig streckte ich die Hände aus und sagte in ruhigem Ton: »Bedevere. Gib mir das Schwert.« Und ich fügte eine kurze, scharfe Elfenredensart hinzu, welche die Menschen aus alten Liedern kannten.

Hierauf heftete Bedeveres suchender, verschleierter Blick sich endlich auf mich und blieb dort haften. Langsam überreichte er mir Caliburn.

Ein Schock fuhr mir durch die Arme und durch den Leib.

Caliburn pulsierte vor Kraft und Energie. Ich hatte immer gedacht, die Caliburn-Mär sei eine von diesen Elfenerfindungen, die den Menschen Angst einjagen und ihnen die Kraft aus dem Hirn saugen, wie die Geschichten von Wolkenburgen und hundert Jahre währenden Nächten und Verwandlungen, Geschichten, die wir ersinnen, um unsere Wälder vor unerwünschten Besuchern zu schützen.

Aber Caliburn war tatsächlich eine uralte Waffe, die vor langer, langer Zeit mit dauerhaften, bindenden Zauberformeln behext worden war. Wer der Magier gewesen war – Elf, Mensch oder vielleicht einer jener Alten, die Morgans Berg errichtet hatten –, vermochte ich nicht zu sagen; aber ich fühlte die Kraft seiner – oder ihrer – Magie in meinen Händen, und beinahe hätte ich das Schwert fallen lassen.

Um Caliburn überhaupt anfassen zu können, brauchte ich die Scheide.

Artus wäre ohne die Scheide längst tot gewesen. Aber er war auch so dem Tode nahe. Ich deutete mit forderndem Blick auf die Scheide. Artus mühte sich zu sprechen. Bedevere zögerte, dann nahm er die Scheide und reichte sie mir. Rasch schob ich Caliburn hinein.

Jetzt war die Magie gedämpft. Die Scheide besaß ihre eigene Kraft, aber sie war nicht zu vergleichen mit der des Schwertes. Ich schob die Scheide mit dem Schwert durch meinen Gürtel und kniete mich zu Bedevere.

Artus' Wunden brachen alle auf einmal auf. Mit Messer und Zähnen riß ich Fetzen von meiner Tunika, um die Flut zu stillen. Bedevere bekreuzigte sich und betete laut. Artus' Atem ging rasselnd.

Hinter uns schwappte der Fluß mit vernehmlichem Klatschen gegen das Ufer. Ich blickte über meine Schulter. Ein Boot kam durch das Schilf herangeglitten und lief mit einem Knirschen auf die Uferbank: eine Barke, ausgelegt mit einem Teppich, mit Kissen gepolstert, gestakt von einer kleinen Elfenfrau, die wie eine Königin gewandet war. Aefa. Neben ihr stand eine stolze Menschenfrau, auch sie in reicher Robe. Ihr Antlitz und ihr Haar waren verschleiert, aber ich erkannte sie sofort.

»Bedevere, deine Gebete wurden erhört«, sagte ich.

Bedevere wandte sich um und starrte nur. Dann bekreuzigte er sich abermals und stieß hervor: »Die Hexe!«

»Sie ist die Schwester deines Herrn. Wenn irgend jemand auf der Welt ihn heilen kann, dann sie. Heb ihn hoch, Bedevere. Trag ihn zu der Barke.«

Allen Göttern sei Dank war Artus ohnmächtig geworden. So fühlte er nicht, wie Bedevere ihn mit seinen mächtigen Armen aufhob – wobei er mit seinem Panzer die Wunden quetschte und drückte –, wie er mit ihm die Uferbank hinabwankte und ihn auf die Kissen bettete, die Aefa inzwischen zurechtgelegt hatte.

Ich folgte ihm. Im Röhricht stehend, fragte ich Morgan: »Herrin, wohin bringst du ihn?«

Sie starrte durch ihren Schleier auf mich herab. Wie sprach dieser zerlumpte, blutbesudelte Junge mit ihr, der königlichen Hexe? Was erdreistete er sich? Doch nach einem Augenblick des Nachdenkens ließ sie sich zu einer Antwort herab.

»Sag seinen Gefährten, daß er mit uns nach Avalon, dem Apfeleiland, fährt, wo die Herrin vom See ihn vielleicht zu heilen vermag.«

Ich sagte: »Ich bin die Herrin vom See, Morgan.«

Aefa hatte sich über Artus gebeugt, seine Blutungen zu stillen. Jetzt blickte sie zu mir auf und rief: »Niviene!«

Morgan zog ihren Schleier zur Seite und musterte mich erneut. »Nun ja, tatsächlich«, sagte sie verwirrt. »Du bist wahrhaftig die Magierin Niviene! Wirst du uns auf Avalon Gastgeberin sein und versuchen, meinen Bruder zu retten?«

»Das werde ich, Herrin«, erwiderte ich. Obgleich ich wußte, daß dies ein hoffnungsloses Unterfangen war.

»Dann komm mit uns.«

Ich zögerte. Dunkle Schattenschwingen wischten über die Barke hinweg. Der Tod würde jeden Moment herabstoßen und sich darauf niederlassen. Konnte ich, echte

Elfe von Geburt, auf jener schmalen Barke zusammen mit dem Tod reisen?

Ich schickte mich an, an Bord zu klettern, fühlte mich aber von hinten ergriffen von großen, behandschuhten Händen und auf die Barke gehoben. So erwies der Riese Bedevere Artus seinen letzten Liebesdienst.

Ich überlegte, ob ich Morgan sagen sollte, daß ihr Pflegesohn – mein leiblicher Sohn – wenige Schritte weiter tot auf der Uferbank lag. Ich überlegte, ob ich Aefa dies mitteilen sollte. Ich entschied mich sogleich dafür, es zu unterlassen. Selbst die gemeinsten Menschen lieben. Morgan würde womöglich über Bord springen, ans Ufer waten und um den toten Mordred wehklagen. Inzwischen versammelten sich schon Männer am Ufer und schauten zu uns herunter. Wir hatten keine Zeit mehr zu verlieren.

Sobald wir offenes Fahrwasser erreicht hatten, hielt Aefa mit dem Staken inne, um einen seidenen Umhang vom Teppich aufzuheben und mir zu reichen. Dankbar hüllte ich ihn um meine durchnäßten Kleider. Er hielt den Wind ab und verlieh mir eine gewisse Würde. Genug jedenfalls, um die Stimme eines Barden von dem Hügel, von dem aus er die Schlacht verfolgt hatte, rufen zu hören: »Drei Königinnen tragen den König von dannen!«

Während wir uns nun flußaufwärts bewegten, erblickte ich Männer entlang des ganzen Ufers. Erschöpfte, blutende Männer schauten zu, wie wir vorbeifuhren, auf Speere gestützt oder auf der Erde sitzend. Wenn sie in den Fluß gewatet wären, um uns aufzuhalten, hätten wir ihnen kaum Widerstand entgegenbringen können. Aber sie fürchteten die Magie. Und Artus schien tot zu sein. Stumm ließen sie uns passieren.

Über ihnen kreisten die Bussarde, auf ihre Stunde wartend. In ihrer Mitte zog die Morrigan-Krähe ihre Kreise, sich emporschwingend, sinkend, ihre Blutgier lustvoll hinauskrächzend. Zwei Schwäne glitten über die Barke hinweg und gingen auf dem Fluß nieder. Einer auf jeder Seite, schwammen sie neben uns her.

Auf diese Weise verließen wir die Schlacht von Camlann und kamen nach Avalon, mit Artus, dem Hohen König, fast blutleer auf Morgans bestickten Kissen.

Ein Blätterlied der Ratseiche

Wasser, brich aus dem Fels hervor,
Steig über Wurzel und Blatt empor,
Getragen vom Wind ins Himmelsblau.
Verteile mit Regen, Nebel und Tau
Die Kraft von rauher Erde und Stein,
Von Blut und modrigem Gebein,
Daß erneut sie niederfällt
Auf diese Welt.

14

Tanz

»Niviene«, sagt Aefa. »Ich will heute nacht zum Mondblütentanz. Wirst du bei Dana bleiben?«

Die kleine Dana hört, daß ihr Name genannt wird, und schaut auf. Sie sitzt mitten auf dem Dana-Mosaik im Eingang der Villa, die kleinen Patschhändchen mit den gleichlangen Fingern auf den bunten Kieselsteinen. Sie lächelt ihr blumensüßes Säuglingslächeln, beugt sich nach vorn, stützt sich mit den Händen ab und wippt auf Händen und Füßen hin und her.

Über ihr brütend, nur Augen für sie habend, murmele ich: »Ich habe vor, heute nacht selbst zum Mondblütentanz zu gehen.«

Dana ist Aefas Kind. Aefa behauptet, daß mein Sohn Bran Danas Vater ist. Das macht mich zu ihrer Großmutter, Artus zu ihrem Großvater, die Herrin … heilige Erde! Zu ihrer Urgroßmutter! Dieses Kind hat einen Stammbaum, nach dem sich mancher stolze Mensch die Finger lecken würde! Wenn ich jetzt noch meinen Vater kennte... Aber wie hat Aefa einmal gesagt? Niemand kennt seinen Vater.

Aefa ruft erstaunt: »Du, Niviene? Du willst zum Mondblütentanz?« Und sie dreht sich just in dem Augenblick zu mir um, als die kleine Dana sich aufrichtet.

Da steht sie nun, auf weichen, noch nie benutzten Füßchen schwankend, an der gleichen Stelle, an der ihr Vater zum ersten Mal aufgestanden war, an der ich zum ersten Mal aufgestanden war. Ich halte den Atem an. Aefa dreht sich um und schaut.

Dana plumpst hart auf die Kieselsteine und öffnet den Mund, um loszuheulen. Die Villa hallt von unserem herzhaften Lachen wider.

Dana hält inne, mit offenem Mund. Sie schaut von Aefa zu mir und wieder zu Aefa. Dann kräht sie los.

Als ich wieder sprechen kann, sage ich: »Ja, ich habe vor, heute nacht zum Mondblütentanz zu gehen, und auch zu allen folgenden Mondblütentänzen ab heute. Ich habe viel zu viele Mondblütentänze verpaßt.«

»Aber Niviene... deine Macht...«

»Das, was ich an Macht habe, wird mir bleiben. Was brauche ich mehr?«

Denn die Sachsen sind nicht gekommen. Die furchtbaren Wilden mit den goldenen Haaren haben unsere anglischen Nachbarn nicht in unseren Wald getrieben. Nun, da Merlin uns keine Neuigkeiten mehr aus der Menschenwelt bringt, gibt es schlicht keine Neuigkeiten mehr. Ich stehle mich durch den Wald wie jedes einfache wilde Wesen, wie jede Elfe, die noch nie etwas von Artus oder von König Markus oder vom Rittertum, von Römern oder Sachsen gehört hat. Ich glaube, ich habe vergessen, wie man ein Pferd reitet.

Ich sage zu Aefa: »Wer weiß, vielleicht bringe ich der Göttin ja doch noch einmal ein Opfer dar.« Meine Arme fühlen wieder das warme Gewicht eines Kindes. »Noch würde es gehen.«

Jetzt, im Licht des erblühenden Mondes, raffe ich mein weißes Hemd bis zu den Hüften, hänge mir die Schuhe um den Hals und schiebe das Boot ins Wasser. Ich klettere hinein und ergreife die Stange, während der erste Trommelschlag über das Wasser hallt.

Ein mondschimmernder Pfad führt mich geradewegs über den Elfensee. Dunkles Wasser gleitet unter dem Boot dahin. Irgendwo hier, unter mir, liegt mein junges, ertränktes Herz. Jenes Herz ist seit langen Jahren tot; ich kann es nicht wieder lebendig machen. Doch seit Danas Geburt fühle ich ein ähnliches, zaghaftes Etwas in meiner Brust, das kurz davor ist zu klopfen, ja beinahe schon klopft.

Irgendwo hier, unter mir, liegt König Artus, den ich geliebt habe. Er starb, bevor wir drei Königinnen die Insel erreichten. Hier, ungefähr an dieser Stelle, bestatteten wir seinen blutleeren Körper in den Wassern des Sees. Die Angeln hatten an jenem Tag ihren Schutzherrn verloren. Die Menschheit verlor einen großen Helden, von dem die Barden bis in alle Ewigkeit singen werden. Und ich verlor... meinen gefährlichen Freund, meinen feindlichen Geliebten.

Irgendwo hier versenkten wir auch Caliburn. Ich sagte:

»Caliburn hat genug Blut vergossen!« Die klebrige Flüssigkeit bedeckte es von der Spitze bis zum Heft. Mein geistiges Ohr hörte noch immer die schrillen, krächzenden Schreie der Morrigan-Krähe. Ich versenkte Caliburn mitsamt seiner Scheide im See, zusammen mit seinem Herrn.

Zu dem Zeitpunkt hatte Morgan bereits erfahren, daß Mordred tot war. Ihr Land wurde von einem neuen, fremden König regiert. Sie hatte kein Zuhause mehr im Königreich. Inständig bat sie mich: »Laß mich bei dir bleiben, hier in dieser beschaulichen, gesegneten Stille.«

Ich zuckte mit den Achseln. »Ob du gehst oder bleibst, darüber habe nicht ich zu befinden.«

»Wenn nicht du, wer regiert dann die Elfen?«

»Niemand regiert die Elfen.«

Als ich jene Worte aussprach, glitt eine unsichtbare, ungeahnte Bürde von meinen Schultern und fiel in den See. Ich hatte nie gewußt, daß ich sie trug, aber ich fühlte, wie sie hinabfiel. Sie liegt jetzt dort drunten bei Artus, Caliburn und meinem jungen Herzen.

Mein neues Herz schlägt im Takt mit dem leisen Trommelschlag, der über das Wasser hallt. Ich fühle, wie es pocht. Es erblüht wie ein roter Mond in meiner Brust, unter Mellias' Kristall.

Diese Wiederbelebung, dieses Wiederaufleben, ist nicht elfisch. Der Frühlingsgeist ist ein menschlicher Charakterzug, wie der Mut, den ich erlernen mußte, wie die Liebe.

Ich hege schon lange den Verdacht, daß ich menschliches Blut in den Adern habe. Ich wollte es erst nicht wahrhaben. Aber jetzt, da ich unter dem erblühenden

Mond über den See stake, gewähre ich dem Gedanken Einlaß in meinen Geist. Merlin sagte, daß das Leben eins sei, daß Mensch und Elf eines Tages eins sein werden. Vielleicht sind sie heute nacht in mir eins. Vielleicht sind jene beiden Ströme schon immer in meinem Blut geflossen. Einen von ihnen lehnte ich ab, aus ... menschlichem? ... Stolz heraus. Das ist vorbei. Ich bin Elfe genug, um die Wahrheit zu akzeptieren, wenn ich sie sehe.

Ganz in der Nähe höre ich jetzt eine vertraute Flöte trillern. Mellias und ich haben nicht mehr miteinander gesprochen, seit er nein zu mir sagte. Ich habe ihn heimlich beobachtet, wie ich es in der Kindheit tat. Ich habe seiner fernen Flöte gelauscht und seinen Kristall zwischen meinen Fingern gewärmt.

Das Boot gleitet in hohes Röhricht und stößt gegen Land. Diese innerliche Regung, diese neu geborene Bewegung ist mein Herz, das klopft.

Ein menschlicher Jäger würde diesen Pfad nicht als Pfad bezeichnen. Wenn einer mit einem schärferen Auge als die meisten ihn bemerkte, würde er glauben, es sei eine Hasenfährte. Doch er führt mich indirekt, mit viel Innehalten und vielen Kurswechseln, zu dem Feuerschein.

Die Trommel schlägt. Die Flöte trillert um den rhythmischen Schlag herum. Von Mellias' zwischen meinen Brüsten baumelndem Kristall aus verbreitet sich eine sanfte, hungrige Wärme in meinem Körper – die gleiche Wärme, die ich zum letzten Mal mit Artus auf einer Wiese im Mondenschein spürte. Der Pfad führt um eine große weiße Buche herum auf die Tanzlichtung.

Ich lehne mich gegen die Buche, das weiße Hemd an

die weiße Rinde drückend. ›Unsichtbar‹ erforsche ich die Lichtung.

Schemenhaft gegen den Schein des knisternden Feuers sich abhebend, wirbeln die Tanzenden leise an mir vorbei. Eine auffällige, hochgewachsene Gestalt springt und tollt wie ein seiner Wurzel lediger junger Baum; in dem wehenden Haar und an den schwingenden Armen und Händen funkeln Edelsteine rot im Feuerschein. Morgan geht immer noch in unserem Wald um. Aefa ist ein kleinerer, langsamerer Schatten. Vielleicht hat sie Dana irgendwo in der Nähe zum Schlafen gebettet.

Ein schlanker, kleiner Bursche kommt wie ein aufgescheuchter weißer Rehbock vorbeigesprungen, mit den Füßen stampfend und den mit einem Geweih geschmückten Kopf hin und her werfend. Seine Augen glänzen dunkel, huschen hierhin und dorthin, entdecken mich, wo ich unsichtbar stehe, weiß vor weiß.

Er schnaubt überrascht und hüpft aus dem Kreis heraus. Vorsichtig blickt er zu mir, bereit, beim leisesten Hauch davonzuspringen. Ein schwarzer Zopf schwingt vor weißem Rehfell. Kleine dunkle Hände greifen nach meinen. Unter seinem warmen, schwingenden Kristall schwillt mein neues Herz an. Er ergreift meine Hände und zieht mich tanzend aus dem Schutz meines Baumes.

Meine Füße erinnern sich an die Schritte.

Danksagung

Geoffrey Ashe schreibt in seinem Buch *The Discovery of King Arthur*: Der Grund, weshalb der historische Abt Gildas Artus in seinen geschichtlichen Zeugnissen niemals namentlich genannt habe, sei darauf zurückzuführen, daß der König die christlichen Klöster ausgeraubt habe, um sein Heer zu finanzieren. Diese erstaunliche Theorie wurde zu einem der Stützpfeiler des vorliegenden Romans.

Anne Eliot Crompton

Sara Douglass

Sternenströmers Lied

Unter dem Weltenbaum 2
Roman. Aus dem australischen Englisch von Marcel
Bieger. 379 Seiten. Gebunden

Um eine uralte Prophezeiung zu erfüllen, stellt sich Axis, charismatischer Anführer der Axtschwinger, mutig den mächtigen Widersachern des Landes Achar. Schauerliche Nebelelfen, die von der Furcht anderer leben, versuchen die Hauptstadt des Landes zu erobern. Als Axis während des Kampfs tödliche Verletzungen erleidet, zeigt sich, daß Faraday zauberische Gaben besitzt: Sie heilt seine Wunden. Nun aber ruft die Weissagung Axis dazu auf, die heillos zerstrittenen Völker seiner Welt wieder zu vereinen, damit sie zur einstigen Harmonie mit der Natur zurückfinden. Mit den gewaltigen Kräften weiser Magie und der Liebe einer starken Frau tritt der Axtherr dem Bösen entgegen. Wird es ihm aber auch gelingen, das Geheimnis zu lüften, das seine Herkunft umgibt?

»Am Ende des Buchs wünscht man sich, daß die Fortsetzung schon nächste Woche erscheint.«
Locus

06/1007/02/R

Bernhard Hennen
Der Wahrträumer

Die Gezeitenwelt 1
Roman. 633 Seiten. Gebunden

Drei Tage nachdem die Walfängerin Alessandra zu einer der reichsten Frauen Nantallas wurde, erscheint ein Priester: Dem Fischerdorf wurde die Ehre zuteil, unter seiner Aufsicht einen Märtyrer auszulosen, der am Ritual der *Endgültigen Askese* teilnehmen wird. Auserwählte aus dem ganzen Land sollen durch ihr Opfer – Fasten bis zum Tode – jenen leuchtenden neuen Stern vom Himmel bannen, der jede Nacht heller zu strahlen scheint.
Doch noch bevor das Opfer vollzogen wird, schlägt ein Asteroid auf der Erde ein und verändert das Antlitz der Gezeitenwelt. Auf Jahre bleibt der Himmel hinter Wolken verborgen. Flutwellen, Erdbeben und Vulkanausbrüche vernichten ganze Kulturen. Die Winter werden immer länger, und ein verzweifelter Kampf ums Überleben beginnt. Ein Kampf, in dem die Legenden der Vergangenheit Gestalt annehmen.
Zur gleichen Zeit flüchtet weit im Norden ein Nomadenvolk vor dem Atem des Winters und wagt es, den Visionen eines jungen Träumers zu folgen ...

06/1003/01/L

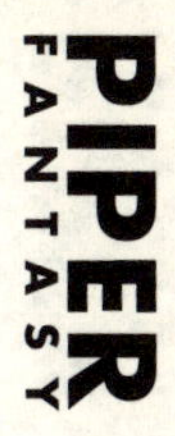

Sara Douglass

Sternenströmers Lied

Unter dem Weltenbaum 2
Roman. Aus dem australischen Englisch von Marcel Bieger. 379 Seiten. Gebunden

Um eine uralte Prophezeiung zu erfüllen, stellt sich Axis, charismatischer Anführer der Axtschwinger, mutig den mächtigen Widersachern des Landes Achar. Schauerliche Nebelelfen, die von der Furcht anderer leben, versuchen die Hauptstadt des Landes zu erobern. Als Axis während des Kampfs tödliche Verletzungen erleidet, zeigt sich, daß Faraday zauberische Gaben besitzt: Sie heilt seine Wunden. Nun aber ruft die Weissagung Axis dazu auf, die heillos zerstrittenen Völker seiner Welt wieder zu vereinen, damit sie zur einstigen Harmonie mit der Natur zurückfinden. Mit den gewaltigen Kräften weiser Magie und der Liebe einer starken Frau tritt der Axtherr dem Bösen entgegen. Wird es ihm aber auch gelingen, das Geheimnis zu lüften, das seine Herkunft umgibt?

»Am Ende des Buchs wünscht man sich, daß die Fortsetzung schon nächste Woche erscheint.«
Locus

06/1007/02/R

Bernhard Hennen

Der Wahrträumer

Die Gezeitenwelt 1

Roman. 633 Seiten. Gebunden

Drei Tage nachdem die Walfängerin Alessandra zu einer der reichsten Frauen Nantallas wurde, erscheint ein Priester: Dem Fischerdorf wurde die Ehre zuteil, unter seiner Aufsicht einen Märtyrer auszulosen, der am Ritual der *Endgültigen Askese* teilnehmen wird. Auserwählte aus dem ganzen Land sollen durch ihr Opfer – Fasten bis zum Tode – jenen leuchtenden neuen Stern vom Himmel bannen, der jede Nacht heller zu strahlen scheint.

Doch noch bevor das Opfer vollzogen wird, schlägt ein Asteroid auf der Erde ein und verändert das Antlitz der Gezeitenwelt. Auf Jahre bleibt der Himmel hinter Wolken verborgen. Flutwellen, Erdbeben und Vulkanausbrüche vernichten ganze Kulturen. Die Winter werden immer länger, und ein verzweifelter Kampf ums Überleben beginnt. Ein Kampf, in dem die Legenden der Vergangenheit Gestalt annehmen.

Zur gleichen Zeit flüchtet weit im Norden ein Nomadenvolk vor dem Atem des Winters und wagt es, den Visionen eines jungen Träumers zu folgen …

06/1003/01/L

Hadmar von Wieser
Himmlisches Feuer

Die Gezeitenwelt 2

Hg. von Bernhard Hennen. Roman. 559 Seiten. Gebunden

Auch auf der anderen Seite der Gezeitenwelt, im fernen Serkan Katau, steht der neue Stern am Himmel – doch hier sieht man ein neues Zeitalter heraufdämmern. Der Herrscher des mächtigsten Reiches des Planeten erkennt darin die Aufforderung, das zu tun, was der sagenhafte erste Kaiser einst tat, jener Kriegsherr der Geheimen Kammer, der die Mantikoren bezwang und verspeiste.

Im zweiten Roman des großen Fantasy-Zyklus *Die Gezeitenwelt* nimmt Hadmar von Wieser die Fäden auf, die Bernhard Hennen in *Der Wahrträumer* entrollte, und spannt sie rings um den Globus. Es treten neue Helden auf, deren Leben von Meteoriten und Flutwellen, Rätseln und Geheimnissen bis in die Grundfesten erschüttert wird. *Himmlisches Feuer* – das ist die Geschichte der tollkühnen Jagd auf einen Gott. Die Geschichte einer Liebe, die zwei Kontinente überspannt. Die Geschichte der Suche nach einem Ich, das hinter Rätseln und Horror verborgen liegt.

06/1006/02/R